Kirsten Klein

D1825072

Glückskatzen

Über die Autorin:

Kirsten Klein, geboren 1959, wuchs in Pforzheim auf. Während einer Ausbildung im kaufmännischen Bereich entdeckte sie ihre Leidenschaft fürs Schreiben. Sie verfasst Romane und Kurzgeschichten für Kinder und Erwachsene sowie Theaterstücke und Drehbücher.

Kirsten Klein

Glückskatzen

Roman

dotbooks.

Druck-Neuausgabe 2018

Copyright der Originalausgabe © 2016 dotbooks GmbH, München
Umschlaggestaltung: HildenDesign, München, www.HildenDesign.de
Umschlagabbildung: © HildenDesign unter Verwendung
eines Motivs von Alta Oosthuizen
Printed in the EU

ISBN 978-3-96148-522-2

1. Kapitel

Ein ungewöhnliches Paar

»Seit wann seid ihr denn zusammen?«, fragt Mia Melcher, sieht ihr Gegenüber aufmunternd aus haselnussbraunen Augen an und lehnt sich in ihrem königsblauen Therapeutensessel zurück. »Erzählen Sie mal.«

Irritiert erwidert Mona Gesell Mias Blick. »Äh … ungefähr seit vier Monaten. Ja, so lange kennen wir uns jetzt.«

»Ich meine eigentlich Sie beide«, erklärt Mia lächelnd und weist auf den Gelbbrustara auf der Schulter ihrer Gesprächspartnerin. Der fühlt sich offenbar durch Mias Blick angesprochen und ruft lauthals: »Monamia, Monamia, Monamia!«

»Ist ja schon gut, Amigo!«, beruhigt ihn Mona Gesell und reicht ihm aus ihrer türkisblauen Jacke eine Erdnuss. Geschickt ergreift er sie mit einem Fuß, schält sie mit seinem imposanten Schnabel und verspeist sie mit sichtlichem Genuss.

»Sein Züchter war Italiener, müssen Sie wissen. Amigo ist praktisch zweisprachig aufgewachsen.«

»Verstehe. Und wann haben Sie ihn übernommen?«

Mechanisch streicht Mona Reste der Erdnussschale von ihrem Arm. Als sie sich dessen bewusst wird, hält sie inne und blickt betreten auf den Parkettboden, auf dem bereits etliche Schalen liegen.

»Lassen Sie nur«, meint Mia abwinkend. »Dann lohnt sich das nächste Saugen wenigstens.«

Mona lächelt erleichtert und beginnt zu berichten, muss dabei den Ara jedoch mit einer weiteren Erdnuss beschwichtigen. »Im Dezember, an meinem Geburtstag. Er war drei Jahre alt. Ich bin 14 geworden.«

»Nun, das dürfte ja schon eine Weile her sein, oder?«

»Ähm, genau genommen 25 Jahre«, antwortet Mona ein wenig verlegen.

»Hatten Sie ihn sich gewünscht, oder war er eine Geburtstagsüberraschung?«

»Beides«, sprudelt Mona hervor. »Ich wollte nichts lieber haben, hätte aber im Traum nicht gedacht, dass ich tatsächlich einen bekommen würde.« Bei diesen Worten tritt ein Leuchten in ihre Augen, erlischt aber ebenso schnell wieder. »Ein Hund wäre zwar inzwischen längst gestorben, aber danach hätte ich vielleicht einen Mann gekriegt.« Seufzend blickt sie zu ihrem Ara, der mit seinem Schnabel liebevoll ihren blaugelb gefärbten Kurzhaarschopf krault und dabei unablässig »amooore mio amiga monamia« plappert.

»Ungefähr als ich 18 wurde, begann er, mich anzubalzen.«

Mia rechnet nach. Da war Amigo sieben. Gelbbrustaras werden etwa in diesem Alter geschlechtsreif.

»Anfangs fanden meine Familie und Freunde das lustig«,

berichtet Mona weiter, »bald aber lästig, vor allem ich. Außerdem darf mir seitdem keiner mehr zu nahe kommen, wenn Amigo dabei ist, vor allem Männer. Amigo vertreibt einfach jeden. Na ja, bei näherer Betrachtung …« Sie stockt und krault sein gelbes Brustgefieder. »Bisher waren keine besonders tollen Typen dabei, einer vielleicht, aber … Ach was, der eigentlich auch nicht. Aber jetzt reicht's! Leon lass ich mir nicht von ihm nehmen!« Indem sie stetig lauter wird, veranlasst Mona den Ara zu erregten Flügelschlägen und Ausrufen. Diesmal erhält er auf sein unablässiges »Monamia!« jedoch keine Erdnuss, sondern Schimpfe. »Nein! Ich bin nicht deine Mona! Nicht mehr, verstehst du!«

Mia sieht sich genötigt, ein Machtwort zu sprechen, bevor die Situation eskaliert. »Hören Sie auf, ihn anzuschreien«, bestimmt sie ruhig und fährt freundlich fort. »Ihr beide seid ja wirklich wie ein altes Ehepaar, Mona. Wahrscheinlich bemerken Sie das gar nicht.«

Amigo hält ausnahmsweise seinen Schnabel und hört der Psychologin aufmerksam zu.

Die Gemaßregelte ist verdutzt. »Meinen Sie? Meinen Sie wirklich?«

»Aber sicher, Sie müssten sich mal sehen. Schade, ich hätte das aufzeichnen sollen. Was glauben Sie, für wie viele Leute es schon ein heilsamer Schock war, sich selbst im Umgang mit ihren Lieblingen zu sehen.«

Mona senkt verschämt den Blick. »Oh, ich glaube Ihnen auch so. Aber …« Verzweifelt blickt sie wieder auf. »Was raten Sie mir? Was soll ich tun? Ich liebe doch meinen

Amigo.« Während sie eine weitere Nuss aus ihrer Tasche nimmt, quellen Tränen aus ihren Augen. »Aber Leon liebe ich auch und will ihn nicht verlieren.«

Mia reicht ihr ein Taschentuch und berührt mitfühlend ihren Arm, misstrauisch beäugt von Amigo. »Wir werden eine Lösung finden. Amigo ist fehlgeprägt. Seit seiner Geschlechtsreife betrachtet er Sie als seine Partnerin. Er hatte ja gar keine Wahl.«

Nachdenklich hält Mia inne. Bereits seit einer Weile keimt in ihr eine Vermutung. »Ich möchte ganz offen mit Ihnen reden, Mona«, sagt sie endlich, erhält ein zustimmendes Nicken und fährt fort. »Wissen Sie, eine Tierpsychologin muss vor allem die Menschen ihrer Patienten unter die Lupe nehmen. Mir scheint, Amigo hat seine Aufgabe als ›Männerschreck‹ bisher sehr gut erfüllt und Sie erfolgreich davor bewahrt, sich Ihrer Bindungsangst zu stellen.«

Mona fühlt sich durchschaut, nickt und ordnet verlegen ihr blaugelbes Haar, das schon wieder von Amigo zerwühlt wurde. Mit der anderen Hand kramt sie eine weitere Nuss aus ihrer Jacke hervor und reicht sie dem Ara.

Es klingt ungeheuer laut, als er sie schält und verspeist, denn beide Frauen sind in tiefes Schweigen versunken.

»Tragt ihr beide eigentlich immer Partnerlook?«, bricht Mia es schließlich.

Mona blickt auf ihr gelbes T-Shirt und lacht kurz auf. »Na ja, ich würde schon gern mal abwechseln, aber manche Farben mag er halt gar nicht, zum Beispiel rot. Einmal hat er sogar mit dem Schnabel einen Rubin aus der Fassung eines

Anhängers gelöst, und das, während ich ihn trug. Leider hab ich's nicht mitbekommen und später nach dem Stein gesucht und gesucht. Vielleicht hat er ihn verschluckt.«

»Einen Rubin!«, ruft Mia aus. »O je, das war dann ja ein teueres Leckerli.«

»Kann man wohl sagen«, stimmt Mona zu und langt in ihre Tasche, zieht ihre Hand aber ohne Nuss wieder heraus. »Haben Sie vielleicht eine Erdnuss für ihn? Er macht sonst bald Terror.«

Darauf war Mia nicht gefasst. »Hm«, überlegt sie. »Das hab ich leider nicht da. Darf es auch was anderes sein, eine Walnuss vielleicht?«

Mona nickt. »Ich denke schon.« Ehe sie es verhindern kann, fliegt Amigo der Psychologin nach, streift die Deckenbalken des ausgebauten Bauernhauswohnzimmers und landet in der Küche auf der Anrichte.

Während Mia ihren Vorratsschrank durchsucht, fragt sie sich nervös, was er unterwegs wohl mit seinen Flügeln angestoßen und zu Fall gebracht hat. Geklungen hat es nach Porzellan, das auf Parkett zerspringt. Hoffentlich war es nicht ihr kleiner Pinguin, ein Andenken an ihre Urgroßmutter.

Mia findet eine Dose mit Walnüssen, die sicher noch vom vorigen Jahr sind. Kaum hat sie sie geöffnet, da hockt Amigo auch schon auf ihrer Schulter und bedient sich daraus. Offenbar fühlt er sich inzwischen wie daheim, lässt sich von Mia zurück ins Wohnzimmer tragen, inspiziert dort den antiken Messingkronleuchter und sitzt nach ein paar Flügelschlägen auch schon drauf. Wie wunderschön der glänzt, und als Schaukel eignet er sich ganz hervorragend.

Mit knallrotem Kopf beordert Mona den Ara zurück auf ihre Schulter, was gar nicht so einfach ist, denn es gefällt ihm viel zu gut auf dem Kronleuchter. Außerdem hat sie in einer Hand Porzellanscherben, die vor wenigen Minuten noch einen Pinguin darstellten. »Ent…schuldigung«, stammelt sie. »Er ist versichert. Ich komme … natürlich … für den Schaden …«

Obwohl Mona ihr leidtut, kann Mia ihre Trauer über den Verlust des Andenkens nicht ganz verbergen. »Na ja«, meint sie und reicht der Patientenbesitzerin die Dose mit den Nüssen. »Der Wert dieses Vögelchens war mehr ideell.«

Mona ist untröstlich. »Ich versuche, ihn zu kleben.«

Zweifelnd betrachtet Mia die unzähligen Scherben in Monas Hand, wendet sich aber schnell davon ab und sinkt schwer in ihren Therapeutensessel. Der Anblick der armseligen Überreste ist doch zu schmerzlich.

Mona lässt sie in ihre Jackentasche gleiten und versichert: »In so was bin ich gar nicht schlecht, wirklich.«

»Okay, kommen wir zurück zum Thema«, sagt Mia entschlossen und schaut auf Amigo, der gerade wieder eine Nuss verputzt. »Lieben bedeutet mitunter auch loslassen. Ich kenne eine Auffangstation für Papageien, etwa eine halbe Autostunde von hier entfernt. Wenn Sie möchten, fahren wir da demnächst gemeinsam hin. Ganz unverbindlich«, fügt sie rasch hinzu, als sie bemerkt, wie Monas Augen sich mit Tränen füllen. »Amigo könnte dort vielleicht Kontakte zu anderen Gelbbrustaras knüpfen.« Herrje, überlegt die Psychologin insgeheim, als sie die ersten Tränen bei Mona kullern sieht. Wie kann sie sie bloß aufheitern? Wieder mal fällt es ihr schwer, die Seelenqualen eines Mitmenschen auszuhalten. »Das ist so eine Art Eheanbahnungsinstitut für Vögel.«

Mona verzieht das Gesicht zu einem gequälten Lächeln, offensichtlich nur, um Mia nicht zu enttäuschen, und deshalb fast noch schwerer zu ertragen. »Ja, klar«, presst sie mühsam hervor, »gern.«

Amigo, der Monas Gefühlsaufwallung nicht nachvollziehen kann, lässt vor Irritation darüber eine Nuss fallen, beknabbert sanft ihr Ohr und krault tröstend ihr Haar. »Amooore mio Amiga Monamia.«

»Verstehen Sie mich nicht falsch«, sagt Mia mit einfühlsamer Stimme. »Es wäre nur eine vorübergehende Trennung – so lange, bis Amigo eine Partnerin gefunden hat. Wenn sie freigegeben wird, können Sie beide Vögel mit zu sich nach Hause nehmen.«

Mona horcht auf. »Ach ja?« Die Erleichterung steht ihr überdeutlich ins Gesicht geschrieben.

Mia nickt, muss sie aber noch auf etwas hinweisen. »Wir werden natürlich sehr viel Geduld mit Amigo haben müssen, wegen seiner Fehlprägung. Er hält sich ja für einen Menschen und muss erst umlernen. Das kann lange dauern, sehr lange.« Dass es oft völlig misslingt, verschweigt Mia. Das will sie ihr ein andermal erklären, bei passender Gelegenheit. Jetzt bringt sie es nicht übers Herz, hat sie ohnehin die vereinbarte Beratungszeit längst überzogen.

Wie gut, dass nun auch die Walnüsse aufgebraucht sind. »Da schau, nichts mehr drin.« Mona zeigt Amigo die leere Dose, stellt sie auf den Tisch und steht auf.

Mia erhebt sich ebenfalls. »Ich begleite euch nach draußen.« Eine vorsorgliche Frage, die sie unterwegs zur Tür auf den Lippen hat, schluckt sie gleich wieder hinunter. Warum sollte Amigo davonfliegen? Er hängt doch viel zu sehr an Mona, ist ja auch auf ihrer Schulter sitzend gekommen.

Trotzdem tritt die Psychologin mit einem mulmigen Bauchgefühl ins Freie.

2. Kapitel

Begegnungen

Mausi vernimmt ein Summen über ihrer Nase und blinzelt in die Frühlingssonne. Welche vorwitzige Hummel wagt es, sie beim Dösen zu stören? In ihrem Garten! Die Katze fährt mit beiden weißen Vorderpfoten durch die Luft, aber der Störenfried ist schon auf und davon.

Behaglich reckt Mausi ihre Glieder, dehnt ihren glänzend schwarzen Rücken und springt von dem bemoosten Mäuerchen, auf dem sie ihr Schläfchen hielt. Anschließend reibt sie den Kopf daran, denn obwohl sie keinen weiteren Eindringling in ihrem Revier bemerkt, schadet es bestimmt nicht, es gründlich zu markieren.

Nachdem das erledigt ist, streift Mausi mit frischem Tatendrang an kürzlich erblühten Gewächsen vorbei. An einer Osterglocke schnuppert sie und tapst mit einer Pfote sanft darauf. Bing – kaum lässt sie los, schnellt das gelbe Glöckchen zurück. Das macht Spaß! Mausi wiederholt es sofort. Beide Vorderpfoten kommen abwechselnd dran, dann noch einmal und noch einmal und … Plötzlich zuckt sie zurück und erstarrt. Was war das eben für ein Schrei?

Noch nie hat sie so etwas in ihrem Garten gehört. Das ist von oben gekommen, aus dem Haus.

Mausi muss wissen, was da los ist, ob Mia in Gefahr schwebt! Schnurstracks folgt sie verwilderten Pfaden, eilt zwischen Büschen hindurch und springt über Beete hinweg.

»Mia, Mia, was ist passiert? Wo bist du?«

Mausi hört sie mit jemandem reden, noch bevor sie um die Ecke Richtung Haustür biegt. Ihre Stimme klingt betont ruhig, aber die erfahrene Therapeutenkatze weiß: Das bedeutet nicht zwangsläufig, dass alles okay ist. Wenn Mia so spricht, möchte sie andere beruhigen.

Mit zwiespältigen Gefühlen und klopfendem Herzen schleicht Mausi an der Fachwerkfassade entlang und lugt um die Ecke. Vor der Haustür steht Mia mit einer Unbekannten. Beide schauen zum Dach hinauf, worauf ein höchst merkwürdiger, bunter Vogel sitzt und zu ihnen herunterschaut.

»Das hat er noch nie getan, ehrlich«, beteuert die Unbekannte, worauf Mia lakonisch ergänzt: »Bis jetzt.«

Plötzlich sondert der Vogel Töne ab, fremdartig und doch … Mausi erstarrt. Ja, genau das hat sie vorhin gehört. Doch was hat es zu bedeuten? Ist das etwa ein Kampfschrei? Mausi muss Mia beistehen, also nichts wie hin zu ihr!

Mona Gesell öffnet den Mund, um etwas zu sagen, als sie die Katze herbeispringen sieht. Zu spät! Während Mausi zu Mia flüchtet, sträubt Amigo auf dem Dach sein Kopfgefieder, breitet seine Schwingen aus und stürzt sich mit schrillen Hilferufen auf Monas Brust. Dort klammert er sich fest, als wolle er mit ihr verschmelzen und sich nie wieder von ihr lösen, äugt zitternd zu Mausi hinab.

Die wähnt sich an Mias Seite in Sicherheit und wagt nun einen genaueren Blick zu ihm hinauf. Wie kann ein so großer Vogel Angst vor ihr haben? Klar, sie ist eine Katze, aber der sprengt eindeutig ihr Beuteschema. Natürlich muss sie ihm das nicht unbedingt auf den Schnabel binden und beginnt allmählich sogar zu genießen, dass er dermaßen von ihr beeindruckt ist. »He du, ich hab heute schon gefrühstückt und zu Mittag gegessen«, maunzt sie zu ihm hinauf. »So schnell brauch ich keinen weiteren Happen. Also stell dich erst mal vor.«

In seiner Panik findet der Ara keine Worte. Mona will für ihn einspringen und öffnet erneut den Mund.

Doch jetzt kommt Mia ihr zuvor. »Bleiben Sie ruhig, Mona«, bittet sie leise. »Ich sehe ja selbst, dass Amigo sich vor Katzen fürchtet. Lassen wir den beiden Zeit, um sich ein bisschen kennenzulernen. Wenn Sie jetzt sprechen, spürt Amigo die Unsicherheit in Ihrer Stimme. Versuchen Sie, sich etwas zu entspannen, während ich Ihnen von Mausi erzähle.«

Als die Katze ihren Namen hört, reibt sie den Kopf an Mias Bein. Amigos Neugier übersteigt inzwischen seine Angst. »Wie kommt es, dass du Mausi heißt?«, möchte er wissen. »Du bist doch eindeutig eine Katze.«

»Gleich loszufragen, ohne sich vorgestellt zu haben, ist unhöflich«, murrt Mausi.

Bei allem Respekt, aber diesen Vorwurf will der Ara nicht

hinnehmen. »Dein Mensch hat meinen Namen doch längst genannt«, merkt er an.

Mia, die eben von Mausi erzählen wollte, horcht auf. »Hören Sie nur, die beiden kommunizieren schon miteinander.«

»Ja, unglaublich«, freut sich Mona. »Aber jetzt bin ich neugierig geworden. Wie kommt eine Katze zu so einem Namen?«

»Als ich sie zum ersten Mal gesehen habe, hatte sie noch gar keinen«, beginnt die Tierpsychologin. »Es ist jetzt gerade mal ein Jahr her, da wurde ich bei einem drastischen Fall von animal-hoarding um Mithilfe gebeten. In einer Wohnung, die man schier mit Atemmaske betreten musste, wimmelte es nur so von schwarzweißen Mäusen. Dass ein winziges Katzenbaby darunter war, fiel zunächst gar nicht auf.«

»Wahnsinn«, staunt Mona. »Ich meine, klar, das kann ich mir vorstellen. Das weiße Lätzchen und eine Blesse hat sie ja auch, wie viele Farbmäuse. Aber wie ist sie da hingekommen?«

Mia zuckt mit den Schultern. »Das bleibt Mausis Geheimnis. Bisher hat sie mir zumindest noch nichts darüber erzählt«, fügt sie lächelnd hinzu und streicht ihrer Katze über den Rücken. »Obwohl sie ziemlich kommunikativ ist. Aber wahrscheinlich erinnert sie sich nicht daran.«

»Nur ganz dumpf«, schnurrt Mausi und mag auch gar nicht daran denken, geschweige denn darüber reden, weil es ihr noch immer Angst macht. Außerdem sind Mona und Amigo ihr noch viel zu fremd, um derart persönliche Gedanken und Gefühle in ihrer Gegenwart zu äußern. Ganz fest drückt sie sich an Mias Bein. Die versteht und nimmt sie auf den Arm. Nun ist sie etwa auf gleicher Augenhöhe mit Amigo und klettert noch eine Etage höher, auf Mias Schulter.

Mona weicht einen Schritt zurück, weil sie fürchtet, dass Amigo sich wieder verspannt. Noch immer haftet er an ihrer Brust, gewöhnt sich aber rasch an die neue Situation. Jetzt steigt er sogar auf ihre Schulter und pfeift zu Mausi hinüber: »Was du kannst, kann ich schon lange. Ich kann sogar noch mehr, nämlich fliegen!«

»Für einen Vogel nicht gerade eine Höchstleistung«, kontert Mausi und macht alle vier weißen Pfoten startbereit. »Willst du mal sehen, wie gut ich im Weitsprung bin? Allmählich regt sich doch mein Magen.«

Amigo presst sich in Monas Halsbeuge und erstarrt.

»War nur Spaß«, amüsiert sich Mausi. »Du bist wahrscheinlich alt und zäh.«

Die beiden Frauen lachen über die Kapriolen ihrer tierischen Freunde.

Auch auf der Streuobstwiese, die das etwas abgelegene Anwesen von der Straße trennt, gibt es einige Zuschauer. Kinderlachen und Hundegebell dringen herüber. Einen Gelbbrustara, der sich aus lauter Angst vor einer Katze an seine Besitzerin kuschelt, sieht man schließlich nicht alle Tage.

»Nun ja«, beendet Mia ihre Erzählung über Mausi. »Ich hab die Kleine adoptiert und mit der Flasche aufgezogen. Ihren Namen hatte sie natürlich weg. Bis vor ein paar Monaten sind ihr die Mäuse schier auf der Nase herumgetanzt. Sie hat nämlich gedacht, sie wäre auch eine.« Plötzlich stutzt die Tierpsychologin. »Aber sagen Sie mal … Seit wir hier draußen stehen, verlangt Amigo ja gar keine Nuss mehr.«

Erstaunt blickt Mona auf ihren Ara. »Stimmt. Jetzt, wo Sie's sagen …« Sie bricht ab und wirft einen Blick auf ihre Uhr. »Oh, schon nach sechs! Höchste Zeit, ich muss los.« Noch während sie das sagt, öffnet sie die Heckklappe ihres Kombis und entlässt Amigo in den darin befindlichen Käfig.

»Gut, wir haben ja alles besprochen«, meint Mia. »Sie melden sich einfach, wenn Sie so weit sind, ja?«

Mona nickt und verabschiedet sich. Als sie einsteigt, dringt von hinten Amigos Schrei heraus. Es klingt wie eine Zustimmung. »Und grüßen Sie Leon von mir«, gibt Mia ihr mit auf den Weg. »Wenn er wirklich der Richtige ist, hält er durch.«

Mona lässt die Scheibe herunter, bedankt sich und fährt winkend davon.

Mit nachdenklicher Miene schaut die Tierpsychologin ihr nach und winkt zurück.

Mausi ist froh, dass sie immer noch auf Mias Schulter sitzt, denn so kann der beim Anfahren aufwirbelnde Sand des Feldwegs ihrer Nase nichts anhaben.

Im Licht der Abendsonne wälzt sich die Katze wenig später behaglich in den Blaukissen, die im Frühjahr dichte Polster bilden. Mia hat diese und andere Frühlingsblüher letzten Herbst vorsorglich gepflanzt. Jetzt bekleiden sie annähernd vollständig die Überreste des verwitterten Gartenmäuerchens. Über ein Jahrhundert lang haben Wind und Wetter ihm zugesetzt, am Gestein genagt und es stellenweise völlig zersetzt. Mit dem Wind sind immer mehr Pflanzensamen zugereist, haben sich in allen Fugen und Rissen eingenistet und sprießen nun munter daraus hervor.

Penible Gärtner würden die meisten davon als Unkraut bezeichnen. Für Mia Melcher dagegen ist das ein absolutes Unwort. Sie liebt ihren halb verwilderten Garten! Nur gelegentlich greift sie ein wenig ein und gebietet einigen jener sogenannten Unkräuter Einhalt, damit sie nicht alle anderen Pflanzen völlig überwuchern.

Für heute stehen keine weiteren Termine im Kalender, was jedoch nicht unbedingt bedeutet, dass Mias Feierabend gesichert ist. Zwar lässt sie Anrufe, die in ihrer Freizeit eingehen, von ihrem Anrufbeantworter entgegennehmen, hört ihn aber oft außerhalb ihrer Geschäftszeiten ab und ruft gleich zurück. Hier, im abgelegensten Teil des Gartens, dem sich eine Wiese anschließt und dahinter der Wald, erreicht der Klingelton des Telefons sie nicht. Zum Schutz vor Zecken in zerschlissener, langärmeliger Bluse und Jeans, die brünette Lockenmähne mit einem Haargummi gebändigt, lockert sie zunächst mit der Spitzhacke die Erde. Erst danach kann sie den bereitliegenden Pflänzchen ein Bett ausheben, worin sie wurzeln können.

In den letzten Tagen hat die Sonne den Boden festgebacken, doch gegen Mias Hartnäckigkeit kommt er auf die Dauer nicht an. Immer wieder hält sie erschöpft inne, wischt sich den Schweiß von der Stirn und schaut zu Mausi hinüber.

Die rekelt sich auf der Mauer und blinzelt ihr zu. Mia lacht. »Na, ist es schön, anderen bei der Arbeit zuzuschauen?«

»Mau«, entgegnet die Katze. »Auf jeden Fall genieße ich es, in deiner Nähe zu sein. Da fühle ich mich geborgen. Und wenn du dich schon so abrackerst, dann pflanz wenigstens was Vernünftiges, Baldrian zum Beispiel oder Katzenminze.«

Plötzlich blickt Mausi zu den dichten, hochgewachsenen Forsythien, Magnolien und Fliederbüschen am Rand des Gartens. Trug der leichte Abendwind ihren Ohren von dort nicht eben ein Atemgeräusch zu? Gewächse atmen lautlos. Folglich muss sich zwischen ihnen etwas aufhalten. Mensch oder Tier? Nach einem Vogel klang es nicht.

Mausi spitzt die Ohren, wartet geduldig und vernimmt das Geräusch erneut, jetzt etwas von der ursprünglichen Stelle entfernt. Vorsichtig schleicht sie sich auf der Mauer heran, natürlich nur so weit, dass eine Flucht noch möglich ist. Witternd reckt sie den Hals und versichert sich zwischendurch immer wieder mittels rascher Seitenblicke Mias Anwesenheit.

Vor Mausis staunenden Augen teilt sich einer der Forsythienbüsche und scheint plötzlich zwei große blaue Augen zu haben. Dass sie zu einem kleinen Jungen gehören, ist erst auf den zweiten Blick erkennbar. Sein in der Abendsonne leuchtendes, blondes Haar gleicht nämlich verblüffend dem Goldgelb der Blüten.

»Mau«, spricht Mausi ihn an. Gefährlich sieht er nicht aus, eher ängstlich. Trotzdem lächelt er jetzt ein bisschen. Was ihn wohl hierher geführt hat, fragt sich Mausi und will auf ihn zugehen. Im selben Moment ertönt jedoch von hinten Mias Stimme: »Was siehst du denn da?«

Die Katze wendet sich um und maunzt. Als sie wieder zu dem Strauch blickt, ist der Junge fort. *Seltsam*, denkt Mausi und läuft zu Mia, um ihr davon zu erzählen. Doch leider hört die nicht so aufmerksam und geduldig zu wie sonst, gießt die frisch eingepflanzten Gewächse und streicht mit ihrer erdigen Hand über den schwarzen Katzenrücken. »Komm, lass uns reingehen. Mir reicht's für heute. Ich hab auch was Feines für dich.«

Das ist ein Wort! Mit steil aufgerichtetem Schwanz, der aussieht, als wäre seine Spitze in weiße Farbe getaucht worden, eilt Mausi ihrer Mia voran, über die Terrasse ins Wohnzimmer und von dort aus schnurstracks in die Küche. Bis Mia sich die Hände gewaschen hat, mag Mausi nicht warten, sondern springt auf die Anrichte. Sie schaut durchs offene Fenster in den Garten. Na so was, da ist er ja wieder, der Junge. Halb versteckt hinter einer breiten Thuja begegnet sein Blick dem der Katze.

Wo Mia bloß bleibt … Irgendwas stimmt mit diesem Kind nicht. Mausi maunzt sie aufgeregt an, als sie endlich hereinkommt.

»Ja, ja«, entschuldigt sich Mia. »Tut mir leid, dass du so lang warten musstest. Dafür gibt's jetzt was ganz Besonderes.«

Mausi maunzt nur noch lauter und wendet sich zum Fenster. »Da, schau doch mal, da draußen, der Junge!«

Statt ihrem Blick zu folgen, nimmt Mia ein abgedecktes

Schälchen aus dem Kühlschrank, stellt es in die Mikrowelle und bemerkt: »Glaub nur nicht, es geht schneller, wenn du dich so aufführst, meine Süße.«

Mausi ist der Verzweiflung nah. Hat Mia etwa ihr psychologisches Gespür versehentlich mit diesen Pflanzenwurzeln eingegraben?

Bing, meldet die Mikrowelle. Mia holt das Schälchen heraus und hebt den Deckel ab. Ein verführerischer Duft nach frischem Lachs breitet sich in der Küche aus. Dem kann die Katze nun doch nicht widerstehen, dreht sich um und nimmt ihn mit sämtlichen Sinnen in sich auf. Aber Mia entführt das Schälchen vor ihrer Nase zum Fenster. »Es ist noch zu heiß.«

Sehr gut, denkt Mausi. Jetzt muss Mia nur noch zur Thuja schauen. Ob der Junge sich derweil ganz dahinter versteckt hat? Jedenfalls sieht Mausi ihn nicht mehr und kann ihn auch sonst nirgends entdecken.

»So, nun ist es genau richtig temperiert«, meint Mia und stellt das Schälchen auf den Fliesenboden. »Lass es dir schmecken.«

Frischer Lachs, Mausis Lieblingsgericht Nummer eins! Wie immer ziert sie sich beim Speisen katzenmäßig, umrundet das Schälchen zunächst einige Male. Nach diesem Ritual pickt sie, dem Katzenknigge gemäß, Häppchen für Häppchen heraus, frisst ein paar, legt aber auch welche neben die Schüssel. Schmeckt so lecker wie immer, und trotzdem … Selbst diese Köstlichkeit kann Mausi nicht ganz über ihr misslungenes Vorhaben, Mia auf den Jungen aufmerksam zu machen, hinwegtrösten.

Nachdem auch sie zu Abend gegessen hat, liegt Mia im Wohnzimmer auf der Couch, vor der Nase ein aufgeschlagenes Buch und auf dem Bauch die vor sich hin dösende Mausi. Beide schwören auf diese Variante der Katzenfelltherapie.

Wenn die Tierpsychologin keine Zeit für Mußestunden hat, treibt sich Mausi gern in den verwinkelten Räumen des uralten Bauernhäuschens herum und spielt Verstecken. Dessen wundersame Fähigkeit, ihr immer neue Räume und Nischen zu offenbaren, weiß Mausi vor allem dann zu schätzen, wenn Hunde zu Besuch kommen. Mit dem ein oder anderen wollte Mia sie schon bekannt machen, doch da ist die Katze stur geblieben – bisher.

Nachdem sie das Haus vom Erbe ihrer Großmutter erworben hatte, musste sich die junge Frau allerdings erst an die unterschiedlich hohen Räume gewöhnen. Auch heute noch, fast drei Jahre später, stößt sie sich manchmal den Kopf an und flucht. Trotzdem würde sie ihr »Hexenhäuschen« im beschaulichen Glattkleebach niemals mehr hergeben. Komplett ist es natürlich erst seit Mausis Einzug. Mia liest nun bereits zum dritten Mal eine Passage ihres Krimis, ohne sich darauf konzentrieren zu können. Sie findet heute keine innere Ruhe. Dabei ist das endlich mal ein Abend ohne Pflichten und Störungen. Sogar das Telefon bleibt stumm. Mausi spürt die Unruhe, rückt höher, schmiegt ihr Köpfchen an Mias Brust und fordert schnurrend weitere Streicheleinheiten, die sie selbstverständlich prompt bekommt.

Was hat Mia dieser Mona Gesell heute noch mal erklärt? Genau, dass lieben auch loslassen bedeute.

Ha, als ob gerade sie diese Kunst beherrschte! Über zwei Jahre lang hat sie ihren Ex, den sie damals für ihre große Liebe hielt, nun nicht mehr gesehen. Trotzdem vergeht kein Tag, an dem nicht wenigstens einmal sein Bild vor ihrem inneren Auge auftaucht, an dem sie nicht plötzlich seine Stimme zu hören glaubt und von Zweifeln geplagt wird. War es wirklich richtig, sich von ihm zu trennen? Der Kopf sagt ja, auch heute noch, aber das Herz …

»Sei froh, mein Schatz«, seufzt Mia und blickt in die ins Türkise changierenden grünen Augen ihrer Katze, »mit solchen Fragen musst du dich zum Glück nicht herumplagen.«

Mausi hat schon öfter erlebt, wie in Mia Schwermut aufkeimt, insbesondere dann, wenn sie nichts zu tun hat und mit ihr auf der Couch liegt. Wieso müssen sich Menschen das Leben bloß so schwer machen?

Tröstend leckt sie mit ihrer rauen Zunge über Mias Hand und lässt dabei ihren Blick zur Terrasse schweifen. Hinter dunklen Tannen- und Fichtenwipfeln, die aus der Ferne wie der zackige Rückenkamm eines Fabeltieres anmuten, zerfließt das letzte Abendrot. Doch was regt sich da hinter der Terrasse, zwischen Blumen- und Gemüserabatten?

Mausi erkennt den Jungen sofort, obwohl sein Schopf in der letzten Dämmerung nicht mehr so hell leuchtet. Wenn vor Menschenaugen schon alles im Dunkel ineinander verschwimmt, sehen Katzen immer noch scharfe Konturen.

»Mau!«, ruft sie. »Schau mal, da ist er wieder!«

»Ich hör es ja!«, erwidert Mia und schnellt hoch, als hätte sie nur auf das Klingen des Telefons gewartet.

»Nein, das meine ich doch gar nicht«, protestiert Mausi verärgert. Dass dieses blöde Ding sich ausgerechnet jetzt melden muss!

»Wo ist es denn bloß?«, schimpft Mia und blickt sich suchend im dämmrigen Wohnzimmer um, läuft in den Flur, dann in die Küche – sogar ins Bad und ins Schlafzimmer. Alles, was herumliegt, nimmt sie hoch – Klamotten, Zeitschriften, Bücher –, wird aber nirgendwo fündig. Selbst Kühlschrank und Waschmaschine inspiziert sie. Jetzt springt der AB an. »Mausi, du kannst doch so gut apportieren, bist doch ein halber Hund. Komm, such Telefon, such.«

Stimmt, Mausi kann das tatsächlich, wenn sie will. Aber jetzt will sie ganz und gar nicht! Und überhaupt, was fällt Mia eigentlich ein, sie einen halben Hund zu nennen? Will sie ihr jetzt womöglich weismachen, sie sei ein Hund? Alles hat seine Grenzen!

Schreiend läuft die Katze an Terrassentür und -fenster entlang und schaut suchend hinaus.

»Was hast du denn?«, fragt Mia und tritt hinzu, das endlich doch gefundene Telefon am Ohr. »Nein, nicht Sie. Ich wundere mich nur gerade über meine Katze.«

Mausi verstummt und blickt mit irisierenden Augen zu ihr auf. »Mau, jetzt kannst du von mir aus weitertelefonieren. Er ist wieder verschwunden.«

3. Kapitel

Schicksalsgefährten

Eigentlich rollt sich Filou in Gegenwart eines menschlichen Wesens nicht auf den Rücken, aber diesen kleinen Händen vertraut er. Außerdem sind sie erstaunlich geschickt im Streicheln. Ewig könnte er so liegen bleiben, aber das darf er sich jetzt nicht erlauben. Am liebsten nähme Filou seinen Wohltäter mit zu sich auf den Hof. Aber dann würden erwachsene Menschen ihn suchen, ausschimpfen, und – was am schlimmsten wäre – womöglich würde man ihn nicht mehr fortlassen, sondern in einem Haus einsperren.

Also erhebt sich der Kater schweren Herzens, schüttelt sich ein paar Strohhalme aus seinem rotgetigerten Fell und stupst Sascha an. »Na los, steh auf und geh nach Hause. Es ist fast dunkel.«

Hat der Junge das verstanden? Jedenfalls blickt er auf den Lichtschein, der von draußen durch die angelehnte Tür in den Schuppen fällt. Aufstehen mag er aber offensichtlich nicht, bleibt beharrlich mit ausgestreckten Beinen auf dem festgestampften Erdboden sitzen, Rücken und Kopf gegen einen Strohballen gelehnt.

Filou muss ihm deutlicher zeigen, was er von ihm möchte, und flitzt hinaus.

»Halt, bleib doch hier!«, ruft der Sechsjährige. »Wo willst du denn hin?«

Vom Feldweg aus, der die Wiese säumt, auf der der Schuppen steht, hört der Kater ihn und muss nicht lange warten. Er empfängt den Jungen maunzend und streicht ihm um die Beine. Als Sascha nach ihm greifen will, läuft er jedoch davon, den Feldweg, der ins Dorf führt, entlang. Sascha folgt ihm ein paar Schritte, bleibt dann aber stehen. »Nein, ich will noch nicht zurück.«

»Du musst«, maunzt Filou. »Du musst gehen, damit du bald wiederkommen kannst.«

Das Kind hört zu und verzieht ängstlich sein Gesicht. »Sie werden ganz furchtbar mit mir schimpfen, weil ich schon wieder die Zeit vergessen hab. Ich glaube ...« Unschlüssig stößt es die Spitzen seiner Turnschuhe in den Boden, kickt Erdkrümel und Steinchen vor sich hin. »Ich gehe gar nicht mehr zurück, bleibe hier, bei dir, für immer.« Damit bückt sich Sascha und streichelt den Kater. »Du bist so schön kuschlig, warm und weich.«

Filou freut sich über dieses Kompliment. Beinahe wird er weich, besinnt sich dann aber. Niemandem wäre damit geholfen, auch Sascha nicht. Seit Stunden ist er nun schon hier, mit kleinen Unterbrechungen. Aus dem Bach, der die Wiese teilt, hat er ein paar Schlucke getrunken, aber der Hunger müsste ihn doch nach Hause treiben?

Was soll Filou mit ihm anfangen, wenn er sich weiterhin

sträubt? Ihn mitnehmen zur Ratsversammlung auf der Waldlichtung? Aber was werden die anderen Katzen dazu sagen? Sie kennen den Jungen zwar auch, zumindest vom Sehen, Riechen und Hören. Aber es ist eine Versammlung des Katzenrats. Und Sascha ist unleugbar ein Mensch. Er gähnt. »Ich bin müde. Komm, lass uns wieder in den Schuppen gehen und schlafen.«

»Menschen gehen abends schlafen, vor allem so junge wie du, aber Katzen nicht«, belehrt ihn der Kater. Doch Sascha trottet schon Richtung Schuppen davon.

Filou ist mit seiner Geduld am Ende, läuft ihm immer wieder vor die Füße, lässt ihn partout nicht vorankommen und bringt ihn schließlich sogar zu Fall.

Bäuchlings auf dem Feldweg liegend, kullern Tränen aus Saschas Augen. Als er den Kopf hebt, glänzen sie im Schein des Vollmonds auf seinen runden Wangen. Sichtlich verletzt in seiner Kinderseele, schaut er den Kater fragend an. »Warum bist du denn plötzlich so böse zu mir? Was hab ich dir denn getan?«

Das ist ja unerträglich! Filou weiß nicht mehr weiter. Wie kann er dieses Menschenkind bloß zur Vernunft bringen, ohne es noch trauriger zu machen, als es ohnehin schon zu sein scheint?

Trösten muss er Sascha auf jeden Fall. Sonst steht er womöglich gar nicht mehr auf, sondern schläft irgendwann ein und bleibt die ganze Nacht hier liegen. »Mau«, schmiegt Filou also seinen Kopf an Saschas Wange. »Ich mag dich doch, sehr sogar.« Na also, er lächelt schon wieder.

»Weißt du was, Filou?«, plappert er los. »Vorhin hab ich eine wunderschöne, schwarzweiße Katze gesehen, mit vier weißen Söckchen, in einem wunderschönen Garten, bei einer Frau. Die sah sehr nett aus.« Saschas Miene verdüstert sich wieder. »Aber ich hab mich trotzdem nicht getraut, hinzugehen.«

Auf einmal spitzt der Kater die Ohren. Da ruft doch jemand. Hinter der Wiese, die sich bis fast zum Dorf erstreckt, müssen Menschen sein. Filou vernimmt die Stimmen von Männern und Frauen. Wahrscheinlich suchen sie den Jungen.

Jetzt richtet der sich auf, hört sie offenbar ebenfalls. Und plötzlich wirft er sich auf den Boden und presst sich so flach darauf, als wünsche er, von ihm verschluckt zu werden.

Filou stupst ihn an, dann noch einmal.

»Pssst«, flüstert Sascha.

Der Kater maunzt. »Geh zu ihnen. Sie werden froh sein, dass dir nichts passiert ist.«

Der Junge stellt sich taub. Filou versucht es erneut und wird allmählich unruhig, weil die Stimmen näher kommen. Unablässig rufen sie nach Sascha. »Wenn du jetzt zu ihnen gehst, verzeihen sie dir bestimmt«, maunzt der Kater auf ihn ein – doch vergebens. Was soll er tun? Weder will er diesen Fremden begegnen noch den Jungen sich selbst überlassen.

Schließlich sieht Filou nur einen Ausweg. Allerdings wird er dadurch riskieren, dass Sascha sich von ihm verraten fühlt. Und das würde ihm das Herz brechen.

Während der Kater noch zögert, entfernen sich die Rufe wieder. Er ist sich sicher, dass sie den Jungen ohne seine Hilfe nicht finden.

Endlich fasst sich Filou ein Herz und stößt einen markerschütternden Schrei aus. Nachdem er sich vergewissert hat, dass die Suchenden den richtigen Weg einschlagen, huscht er lautlos davon.

4. Kapitel

Die Katzenratsversammlung

Die Gedanken noch bei Sascha, erreicht Filou kurze Zeit später die Waldlichtung. Noch bevor sie ihn bemerken können, sieht er zwischen Tannen-, Fichten-, Buchen- und Eichenstämmen die anderen Katzen. Sie bilden einen Kreis um Grautiger Othello, seinen älteren Halbbruder. Auch diesmal bekleidet er den Vorsitz und ruft bereits die Katzengottheit Mauiriii um ihre Gunst für die heutige Versammlung an sowie um Schutz vor Chraaan, den Gott der bösen Mächte.

Filou hat die Begrüßung verpasst und überlegt, ob er sich unauffällig einreihen kann. Trotz Othellos hingebungsvoller Rufe sind nämlich nicht alle Katzen auf ihn konzentriert. Vor allem die Blicke der rotweißen Blessy schweifen gerade ab, direkt in Filous Richtung. Vermisst sie ihn, hält sie nach ihm Ausschau?

Das wäre zu schön, seufzt er insgeheim, kann aber nicht daran glauben. Sie wirkt nervös, denkt wahrscheinlich eher an ihre Babys, die sie einer anderen Katze anvertraut haben wird, um an dieser Versammlung teilnehmen zu können.

Hat die womöglich nicht aufgepasst? Denn tatsächlich tapst da ein Katzenkind auf die Lichtung zu und ruft nach seiner Mama. Etwa vier Wochen mag es alt sein und dem roten, sternförmigen Fleck auf dem Kopf nach eindeutig Blessys Tochter.

Missmutig murrend unterbricht Othello seine Anrufung. Während alle auf Blessy schauen, die ihre Kleine in Empfang nimmt, ergreift Filou die Gelegenheit und platziert sich unauffällig neben einem Eichenstumpf.

Erleichtert, seine Mutter gefunden zu haben, erwacht auch schon die Neugier in dem Katzenkind. »Was macht ihr da?«, fragt es. »Wer ist Mauiriii?«

Anstelle einer Antwort erhält es von Blessy eine Gegenfrage. »Seeli, warum bist du nicht bei Ini wie die anderen?«

»Die sind auch nicht mehr bei ihr«, maunzt die Kleine. »Ini ist weg.«

»Weg?« Selbst Othello, eigentlich beleidigt, weil ihm die allgemeine Aufmerksamkeit entzogen wurde, horcht auf und will etwas sagen.

Blessy kommt ihm zuvor. »Wo sind deine Geschwister jetzt?«, dringt sie in ihre Tochter.

»Immer noch im Kuhstall, ganz hinten in der Ecke. Als wir aufgewacht sind, war Ini nicht mehr da. Da haben wir Angst gekriegt.«

Tröstend leckt Blessy ihr das Fell und wendet sich zitternd vor Erregung an die anderen. »Ich gehe!« Ohne eine Reaktion abzuwarten, packt sie ihr Kleines am Nacken und eilt mit ihm davon. Eine zierliche Weiße folgt Blessy ein paar

Schritte, überlegt es sich dann jedoch anders und kehrt auf die Lichtung zurück.

»Du hast doch auch Nachwuchs, Schneeflocke«, spricht Othello sie an.

»Ja«, entgegnet die Weiße, »aber meine Tante passt gut auf. Außerdem hat nur Blessy Dreifarbige, sogar zwei, obwohl die sonst so selten sind. Ich bleibe! Ich will endlich wissen, warum seit einiger Zeit immer wieder Dreifarbige verschwinden.«

»Das ist der Hauptpunkt unserer heutigen Versammlung«, verkündet Othello und richtet sich lautstark an alle. »Ich nehme an, deshalb seid ihr so zahlreich erschienen.« Endlich drehen sich auch jene zu ihm um, die Blessy nachschauten, bis das Weiß ihres Fells nicht mehr zwischen den dunklen Stämmen aufblitzt.

Seinen Blick zum Vollmond gewandt, positioniert sich der Kater nicht weit von Filou entfernt auf dem höchsten und dicksten Eichenstumpf inmitten der Lichtung und erhebt seine Stimme. »Mauiriii, höchste Katzengottheit – schütze uns vor dem Dämon Chraaan, sei uns gewogen und beehre uns auch bei dieser Ratsversammlung mit deiner Anwesenheit!«

Um seinen Worten den gehörigen Nachdruck zu verleihen, wiederholt er anschließend unaufhörlich Mauiriis Namen – so lautstark und in schier endlose Längen gezogen, dass es den Wald durchdringt und über Wiesen und Felder hinweg zu hören ist.

»Meinst du nicht, du übertreibst ein bisschen?«, wagt Filou, ihn endlich zu unterbrechen. »Sie hat es doch längst gehört und ist wahrscheinlich genauso davon genervt wie wir.«

Wütend faucht Othello seinen jüngeren Bruder an, muss aber zu seinem Leidwesen feststellen, dass der sich davon kaum noch beeindrucken lässt. Wenn es nur die anderen Kater nicht mitkriegen, vor allem die jungen, aufstrebenden … Auch vor den Katzen will Othello sich nicht blamieren. Das könnte fatale Folgen für ihn haben, angefangen mit Einbußen in ihrer Gunst. Lange bliebe das den anderen Katern nicht verborgen, denn darauf lauern sie ja nur.

Mühsam bewahrt der noch amtierende Oberkater Haltung und blickt auf Filou herab. »Du warst doch vorhin noch nicht da.«

Der Bruder überlegt, ob er das bestreiten soll. Wenn es ihm glaubwürdig gelingt, so ahnt er, kann er den Älteren verunsichern.

Dann gelangt er jedoch zu der Überzeugung, dass es für seine Verspätung gewichtige Gründe gibt. »Ich hab mich um Sascha gekümmert«, maunzt er in die Runde.

»Du meinst diesen Menschenjungen?«, fragt Othello mit herablassendem Unterton.

»Genau den«, bestätigt Filou. »Auch wenn du es dir nicht vorstellen magst …« Er lässt seinen Blick in die Runde schweifen. »Sascha ist sehr wichtig für uns, vielleicht sogar überlebenswichtig.«

»So ein kleiner Menschenjunge?«, wundert sich ein schwarzbrauner Kater mit einem Riss im linken Ohr.

Ophelia ihm gegenüber, bis jetzt augenscheinlich in die

Pflege einer ihrer schneeweißen Vorderpfoten vertieft, scheint ein schwarzes Käppchen zu tragen. Als sie den Kopf hebt, werden über ihren grünen Augen rote Abzeichen sichtbar, die aufeinander zulaufen und über der Nase ein weißes Dreieck bilden. »Wenn von Menschen überhaupt etwas Gutes kommt, dann gerade von den kleinen«, erhebt sie ihre melodiöse Stimme.

»Wenn du das sagst, Ophelia«, schnurrt der Schwarzbraune ihr mit begehrlichem Blick zu. »Du weißt, wie sehr ich auf deine Erfahrung vertraue.«

»Wer's glaubt«, spöttelt Kleckse, eine Weiße mit unregelmäßig verteilten schwarzen Flecken. »Du willst dich doch nur bei ihr einschmeicheln, Schlitzohr.«

Sie erntet die Zustimmung vieler Katzen und Kater, faucht aber Letztere an: »Ihr seid kein bisschen besser.«

Das wollen die nicht auf sich sitzen lassen, widersprechen und schaukeln sich gegenseitig hoch, schreien immer lauter, um einander zu übertönen.

Auf einen stummen Blick von Filou spricht Othello endlich ein Machtwort. Augenblicklich tritt Stille ein. Obwohl er ihm noch kein Zeichen dafür gegeben hat, lässt der Grautiger murrend zu, dass Filou die Gelegenheit ergreift und sich an die Versammelten richtet.

»Alle mal herhören! Wir haben es ja gerade wieder erlebt. Ohne dass man vorher was merkt, verschwinden welche von uns und tauchen nicht mehr auf, jetzt offenbar auch die dreifarbige Ini. Hoffentlich erweist sich unser Verdacht als Irrtum, und sie kommt zurück!«

Von allen Seiten ertönt zustimmendes Gemaunze. »Aber ich fürchte …« Ergriffen von seinen eigenen Worten, bricht der Kater ab. Beklemmendes Schweigen breitet sich aus. »Ist es wegen ihrer Dreifarbigkeit?«, fährt er fort und hat den Eindruck, als wolle Schneeflocke sich äußern. Doch als sie schüchtern seinem Blick ausweicht, spricht er weiter: »Und wenn ja, warum? Warum verschwinden vor allem Dreifarbige? Wenn jemand etwas ahnt und bisher darüber geschwiegen hat, warum auch immer, dann soll er jetzt reden. Wir versprechen …«

»Wir versprechen, ihm das anzurechnen und ihn fair zu behandeln, falls er etwas verschuldet hat«, unterbricht ihn Othello, der beunruhigt bemerkt, wie sein jüngerer Bruder mit jedem weiteren Wort an Achtung gewinnt.

»Selbstverständlich«, bekräftigt Filou.

Zaghaft erhebt Schneeflocke nun doch ihre Stimme: »Ini könnte auch freiwillig gegangen sein. Ich meine … Sie hatte es unter uns schwer, musste viele Hiebe einstecken.«

Als darauf alle verlegen schweigen, meint Filou: »So oder so, wir müssen endlich der Gefahr ins Auge sehen. Ich meine, sie ist zu groß für uns Katzen. Wir brauchen menschliche Hi…«

»Mau!«, schreit Schlitzohr dazwischen. »Menschen! Wenn wir uns an die wenden, können wir uns auch gleich vom nächsten Felsen stürzen!«

Mehrere pflichten dem Schwarzbraunen bei, aber Filou bremst sie aus, bevor sich unkontrollierbare Unruhe ausbreiten kann: »Moment, wartet, lasst mich bitte ausreden, aber zuvor … Sag mal, Schlitzohr, wie viele Menschen kennst du eigentlich?«

Der Kater sieht Filou aus seinen gelben Augen groß an. Mit so einer Frage hat er offenbar nicht gerechnet. »In meiner alten Heimat kannte ich genug Katzen, die übelste Erfahrungen mit Menschen gemacht haben. Und denen hier ist auch nicht über den Weg zu trauen, wie jeder spürt. Das genügt!«

»Ich denke nicht«, entgegnet Filou. »Aus dir spricht die Angst. Deshalb hast du Vorurteile. Früher hab ich ähnlich gedacht wie du, aber dann lernte ich Sascha kennen. Ich kann einfach nicht glauben, dass aus ihm mal ein schlechter Mensch wird. Und warum sollte er der einzige gute sein weit und breit? Ist das nicht höchst unwahrscheinlich?«

Darauf hoffend, dass seine Worte auf fruchtbaren Boden fallen, blickt Filou fragend in die Runde. Zumindest widerspricht ihm keiner, nicht mal Schlitzohr.

Filou will gerade fortfahren, da bemerkt Othello: »Der hagere Knecht schüttet uns manchmal Milch hin, aber dem Bauern misstraue ich. Der hat ihn deshalb schon mal angebrüllt.«

Ein paar Katzen bestätigen das, darunter Schlitzohr. Filou merkt Ophelia an, dass sie etwas sagen möchte. Als er sie dazu ermutigt, empfängt sie jedoch bittende Seitenblicke von anderen Dreifarbigen und schweigt.

Also wendet sich Filou wieder der Allgemeinheit zu: »Die guten Menschen müssen wir auf unsere Not hinweisen.«

Ophelia meldet sich nun doch zu Wort: »Aber selbst wenn

das möglich sein sollte, wie stellst du dir das vor? Etwa durch Sascha?«

So unvermittelt von seiner Lieblingskatze angesprochen, fühlt Filou Erregung in sich aufsteigen. »Ja, genau«, antwortet er freudig. »Mir scheint, bei Menschenjungen sind die Instinkte noch ausgeprägter als bei Erwachsenen. Sascha wird spüren, wer uns helfen will und kann. Er wird unser Fürsprecher, muss vorher nur unser Problem erkennen.«

»Nur«, spöttelt Schlitzohr.

»Ich behaupte ja nicht, dass es leicht sein wird«, verteidigt Filou seinen Plan. »Habt Geduld mit dem Menschenjungen. Mir vertraut er, und euch mag er auch. Lasst eure Krallen drin, wenn er euch streichelt.« Sofern er überhaupt wiederkommen kann, geschweige denn will, fügt der Rottiger in Gedanken hinzu. Schließlich ist es ja möglich, dass Sascha ihm den vermeintlichen Verrat nicht verzeiht.

Unter den Versammelten breitet sich nun doch Unruhe aus. Was Filou ihnen da aufgetischt hat, klingt so ungewöhnlich, dass es erst mal verdaut werden muss. Manche wissen nicht, wie sie darauf reagieren sollen, und überspielen ihre Verlegenheit durch eifrige Fellpflege.

Immerhin, so stellt der Kater zufrieden fest, lehnt es keiner rundweg ab, nicht mal Schlitzohr. Das mag aber an der Verzweiflung liegen, die sich anbahnt. Schließlich muss jeder fürchten, dass auch er aus der Sicherheit verheißenden Gemeinschaft gerissen wird, vielleicht schon in der nächsten Stunde. Wer würde sich unter solchen Umständen nicht an jeden Grashalm klammern, der ihm geboten wird?

Wolken haben sich vor den Mond geschoben. Einige überlegen, ob die Katzengottheit Mauiriii ihnen damit etwas sagen will. Hat sie womöglich Chraaan nicht mehr im Griff? Selbst wer das denkt, wagt nicht, es laut auszusprechen. Schließlich könnte Mauiriii es als Beleidigung auffassen. Allmählich breitet sich Dunkelheit über die Wiese und lockt Mäuse aus ihren Löchern. Das entgeht auch Othello nicht. Bevor ihm gar keiner mehr zuhört, erklärt er die Versammlung für beendet und dankt Mauiriii für ihren Beistand – allerdings so leise, dass es sein eigenes Magenknurren kaum übertönt. Werden da vor ihm nicht Grashalme bewegt? Othello verharrt mäuschenstill und lauscht, lässt sich jedoch von einer neuerlichen Bewegung in seinem Blickwinkel ablenken. Schneeflocke und andere Katzenmütter verlassen gerade die Lichtung. Sie drängt es zu ihren Jungen.

Die Maus nutzt das Abschweifen von Othellos Gedanken. Zu spät bemerkt er, dass sie in ihren Bau geflohen ist. Wie schade, wo er sie doch insgeheim schon zu Ophelias Geschenk auserkoren hatte. Allein bei diesem Gedanken erhebt sein Magen Einspruch. Nun gut, tröstet sich Othello, hat sich wenigstens einen Konflikt mit ihm erspart.

Filou war dagegen erfolgreich und legt seiner Angebeteten die Jagdbeute zu Pfoten. »Für dich, Ophelia, edelste aller Katzen.«

Die Dreifarbige beschnuppert die Maus, beleckt sie und meint: »Ha, bei nächster Gelegenheit sagst du das einer anderen.« Immerhin nimmt sie sein Geschenk an, gibt ihm sogar ein Hinterbeinchen davon ab.

Niemals zuvor hat Filou Mäusefleisch so geschmeckt! Doch den höchsten Genuss bescheren ihm die neidvollen Blicke seiner Konkurrenten. »Ophelia, Liebste«, beginnt er und leckt sich über die Lefzen. »Ich würde deine Intelligenz beleidigen, wenn ich behauptete, dass ich nie anderen Katzen Komplimente mache. Als Kater kann ich einfach nicht anders, wie du weißt. Doch nur dir verspreche ich, Tag und Nacht auf dich zu achten.«

»Was?«, stößt Ophelia entsetzt hervor. »Das schlag dir mal aus dem Kopf! Dann hätte ich ja gar keine Ruhe mehr.«

»Und ob, keine anderen Kater würden dich mit ihren Arien nerven«, verspricht Filou. »Auch ich bin mucksmäuschenstill, wenn du es befiehlst, als wäre ich gar nicht da.«

»Ausgezeichnet«, entgegnet Ophelia und schreitet davon.

Andere Kater, allen voran Schlitzohr, wollen ihr folgen. Filou stellt sich ihnen in den Weg. »Habt ihr nicht gehört? Sie möchte in Ruhe gelassen werden.«

»Von dir«, faucht Schlitzohr, will an ihm vorbei und der Dreifarbigen folgen.

Der Rottiger lässt ihn nicht, stellt ihm seine durch gesträubtes Fell vergrößerte Breitseite in den Weg, peitscht mit dem Schwanz und faucht zurück.

Schlitzohr weicht um keinen Millimeter, faucht noch drohender, hebt eine Vorderpfote und ohrfeigt seinen Kontrahenten. Der schlägt zurück. »Also gut, wenn du unbedingt zwei Schlitzohren haben willst …«

5. Kapitel

Überraschungen

Der Anruf von jenem Abend Ende März, als Mausi so aufgeregt an Terrassentür und -fenster entlanglief, lässt Mia keine Ruhe. Ein älterer Herr wollte sie tatsächlich damit beauftragen, sein Bienenvolk zu therapieren, das er von seinem Sohn zum Geburtstag geschenkt bekam.

Selbstverständlich hat sie ihn an einen erfahrenen Imker verwiesen. Doch er hat am Telefon so anrührend hilflos geklungen und sie gebeten, trotzdem mal bei ihm vorbeizuschauen. Er habe schon so viel Gutes über sie gehört. Mia war gerührt.

Als nun ein paar Tage später ein Klient kurzfristig absagen muss, beschließt sie spontan, am Nachmittag den frischgebackenen Imker zu besuchen, der ganz in ihrer Nähe wohnt.

Wie üblich, wenn sie bei schönem Wetter spazieren geht, begleitet Mausi sie ein Stückchen. »Du bist halt doch ein halber Hund«, muss die Katze sich deshalb wieder mal anhören.

Aber weil ein halber Hund nur einen halben Spaziergang unternehmen mag und Mausi nach etwa 150 Metern durchs

Wohngebiet eher nach Dösen im Garten zumute ist, dreht sie kurz entschlossen um und macht sich auf den Heimweg.

Ohne Katzenbegleitung, auf die sie Rücksicht nehmen muss, verfällt die Tierpsychologin in einen flotteren Schritt und erreicht schneller als erwartet hinter einem Birkenwäldchen das bescheidene Anwesen des alleinstehenden Herrn. Aber was geht dort vor sich? Auf Häuschen und Garten lastet eine Totenstille, die Mia auf Anhieb unheimlich erscheint. Auf ihr Klingeln an der Haustür und mehrfache Rufe erhält sie keine Antwort. Nichts rührt sich, auch keine der vergilbten Gardinen hinter den kleinen Fenstern.

Unheilvolles ahnend, sucht Mia im Garten und findet den Mann endlich hinter dem Haus, neben einem umgekippten Klappstuhl im Gras. Auf ihm thront laut summend ein ganzes Bienenvolk und bedeckt seinen Körper nahezu vollständig.

Allmählich fragt sich Mausi, warum sich dieser Junge in ihrem Garten nicht mehr blicken lässt. Was hat er denn neulich gesucht? Abgesehen von dem kurzen Spaziergang mit Mia hält sie auch heute schon den ganzen Tag über immer wieder vergebens nach ihm Ausschau. Sie wundert sich über sich selbst. Was ist an ihm so interessant? Kinder sind ihr doch sonst nicht so wichtig. Und je kleiner sie sind, desto weniger.

Dort, von wo aus sie ihn zum ersten Mal gesehen hat, auf dem Mäuerchen, döst sie zwischen den Blaukissen. Manchmal weht der Wind ihr den Duft frischer Katzenminze in die Nase. Mia, die Gute, hat tatsächlich noch welche gepflanzt. Zum Dank dafür wird Mausi ihr beim Heimkommen Köpfchen geben. Zunächst lechzt sie jedoch nach Erfrischung, aufgeheizt von der Sonne, die ihr beim Dösen auf den Pelz brannte. Also nichts wie durch die Katzenklappe rein und rauf auf den Waschbeckenrand! Es macht irrsinnig viel Spaß, dem Wasser zuzuschauen und mit ihm zu spielen. Nachdem Mausi das vor Monaten festgestellt hat, brachte sie Mia bei, den Hahn für sie tröpfeln zu lassen, wenn sie damit spielen wollte.

Jetzt ist sie leider auf sich allein gestellt, aber irgendwie muss das doch klappen. Die Katze überlegt, sie hat die Therapeutin schließlich oft genug dabei beobachtet. Irgendwas macht sie mit den Händen am Hebel. Auf dem Beckenrand sitzend, stupst Mausi mit beiden Vorderpfoten abwechselnd dagegen. Vergebens – nichts rührt sich.

Vielleicht ist ja ihr Kopf geeigneter, also nichts wie unter den Hebel damit! Tatsächlich, aus dem Hahn ergießt sich ein kräftiger Strahl – unerwartet kräftig. Mausi erschrickt und springt vom Beckenrand, ist aber im nächsten Moment wieder oben, langt mit einer Pfote in den Strahl und leckt sie ab. Hmm, wie wohl das tut! Gleich noch mal! Ist auch lustig, den Strahl mit den Pfötchen in verschiedene Richtungen zu lenken – mal gegen die blassblauen Kacheln, mal auf den Boden oder zum Spiegel. Mausi kann gar nicht genug kriegen von diesem Spaß. Manchmal wird auch sie von Spritzern getroffen, lernt aber schnell, dass sie die Pfote nicht zu weit in den Strahl halten darf.

Irgendwann verliert selbst das schönste Spiel seinen Reiz – zumindest vorläufig. Die Katze beschließt, es sich noch ein Weilchen auf ihrem Mäuerchen gemütlich zu machen. Unterwegs durchkreuzt jedoch eine unerfahrene junge Maus, die sich tatsächlich vor Einbruch der Dämmerung herausgewagt hat, ihren Plan. Überrascht von dieser Dreistigkeit, reagiert Mausi nicht schnell genug. Ihre Pfoten greifen zu kurz, und nur ein Büschelchen graubraunes Fell bleibt an den Krallen hängen.

Oder hat etwa im entscheidenden Sekundenbruchteil ein Gefühl der Empathie die Jägerin ausgebremst?

Oh, diese verflixte frühkindliche Prägung! »Ich bin eine Katze, eine Katze!«, ruft Mausi und setzt dem Nager hinterher.

Dabei entgeht ihr, dass sie die Grenze ihres Reviers überspringt. Und schon ist sie die Gejagte. Das wütende Gebell von Nachbars Dobermann Rio im Nacken, suchen Mausis Augen nach einer für Hunde unerreichbaren Zuflucht. Da, eine Blutbuche! Aber, oje! Davon trennen die Katze noch mindestens 30 Meter englischen Rasens.

Um die Insekten nicht noch mehr zu reizen, geht Mia vorsichtig rückwärts über den Rasen und zieht langsam ihr Smartphone aus der Jeanstasche. »Lauter geht's nicht, der Mann ist übersät von Bienen«, erklärt sie wiederholt dem Ansprechpartner bei der Feuerwehr. Der versteht sie endlich und verspricht, auch den Notarzt zu alarmieren.

Nach dem Auflegen macht Mia übers Internet einen Imker aus der nächsten Ortschaft ausfindig. In weiße Schutzkleidung gehüllt, trifft der noch vor Feuerwehr und Notarzt ein und beordert das Bienenvolk zurück in seinen Kasten.

Der unter seinen allzu kontaktfreudigen Tierchen auftauchende Rentner ist nicht nur körperlich unversehrt, sondern auch überraschend cool, schaut Notarzt und Feuerwehrmann erstaunt an. »Was wollen Sie denn hier? Brennt's irgendwo? Ist jemand krank?«

Erleichtert darüber, dass die Sache so glimpflich ausgegangen ist, kann Mia sich ein Grinsen nicht verkneifen, überlässt dem Imker die weitere Betreuung des Rentners und verabschiedet sich schnell.

Auf dem Heimweg hat sie das Summen der Bienen noch immer im Ohr. Oder summt sie womöglich selbst?

Jetzt, am Spätnachmittag, von schräg einfallenden Sonnenstrahlen durchflutet, ist der nahe gelegene Mischwald am schönsten. Also macht Mia einen Abstecher, joggt hindurch und lässt ihren Blick über das knospende Grün schweifen. Schade, da vorn gibt der Waldweg schon die Sicht auf angrenzende Wiesen und Felder frei. Wie durch ein Tor kann man hinausgehen oder … Kurz entschlossen biegt Mia vorher ab und dreht eine Runde durch den Wald.

Angenehm ausgepowert schlendert sie nach zwei weiteren ungeplanten Runden den Feldweg in Richtung ihres Hauses entlang.

Ungewöhnlich, dass Mausi ihr nicht entgegenkommt, wundert sich Mia beim Überqueren der Streuobstwiese. Das macht sie doch sonst immer. Seltsam, wie sehr man etwas eigentlich so Nebensächliches vermissen kann. Bisher war ihr nicht bewusst, wie viel ihr das bedeutet.

Dann gewinnt jedoch Mias Frohnatur die Oberhand. Klar, zur ›anderen Hälfte‹ ist Mausi halt immer noch eine Katze und hat wahrscheinlich gerade Wichtigeres zu tun. Nanu, wer sitzt denn da auf der Stufe vor der Haustür? Hat Mia etwa einen Termin übersehen? Wie peinlich! Doch beim Näherkommen erscheinen ihr die Gesichtszüge der jungen Blonden mit dem frechen Kurzhaarschnitt bekannt. Hat die Joggerei ihr etwa das Hirn vernebelt? »Steffi! Das gibt's doch nicht! Du hier?«

Grinsend springt die Blonde auf. »Na endlich, ich hab schon gedacht, du wärst von einem deiner Patienten verspeist worden oder so was Ähnliches.«

Übermütig fallen sich die Freundinnen in die Arme. »So abwegig, wie du vielleicht denkst, ist das gar nicht«, bekennt Mia. »Ich komme gerade von einem angehenden Imker, der um ein Haar von seinen Bienen erstickt wurde.«

»Was?«, ruft Steffi entsetzt.

»War eindeutig seinem Fehlverhalten zuzuschreiben, und man beachte: Keine hat ihn gestochen! Aber jetzt komm erst mal rein und erzähl. Was verschlägt dich hierher, ins verträumte Glattkleebach? Sag bloß nicht, du kommst nur wegen mir«, plappert sie sofort weiter. »Das glaub ich dir nicht, dazu kenn ich dich zu gut.«

»Muss doch endlich mal deine Hütte inspizieren«, entgegnet Steffi und blickt sich drinnen neugierig um. »Aber du hast ja recht, ich will's gar nicht leugnen.«

»Wie heißt er?«, platzt Mia heraus, die Dose mit den Kaffeepads in der Hand.

»Ronald.«

Mia verharrt in der Küchentür und wiederholt den Namen, als überlege sie, wie jemand aussehen könnte, der so heißt.

»Du kennst ihn vielleicht sogar«, meint die Freundin, »wenigstens vom Sehen, Ronald Hochleitner. Er wohnt hier, hat mitten im Dorf eine Anwaltskanzlei.«

Mia geht in die Küche und stellt eine Tasse unter die Kaffeemaschine. »Nein, einen Anwalt hab ich zum Glück noch nie gebraucht. Aber wie um alles in der Welt kommst du in München ausgerechnet zu …«

»Er war geschäftlich dort«, fällt Steffi ihr ins Wort, nimmt eine Tasse dampfend heißen Kaffee entgegen, lässt sich im Wohnzimmer auf die Couch fallen und sieht sich um. »Schön hast du's hier. Sieht genauso aus, wie ich mir's vorgestellt hab.«

Mia, ebenfalls eine Tasse Kaffee in der Hand, setzt sich lachend neben sie. »Also entweder, du kennst mich wirklich so verdammt gut, oder ich hab's dir sehr anschaulich beschrieben.«

»Wahrscheinlich beides«, meint Steffi und nippt an ihrer Tasse. »Aber sag mal …«, hält sie plötzlich inne und lauscht.

Mia vernimmt jetzt auch ein Geräusch.

»Fließt irgendwo direkt am Haus ein Bach vorbei?«, fragt Steffi. Mia schüttelt den Kopf. Sie stellt ihre Tasse auf den gläsernen Couchtisch, verlässt das Wohnzimmer und versucht auszumachen, von wo das Plätschern herrührt.

Mausi – wo ist die eigentlich? Bestimmt im Garten, bei dem herrlichen Wetter. Oder? Mia folgt dem Geräusch und entdeckt im Bad den laufenden Wasserhahn. Hat sie den etwa versehentlich offen gelassen? Sehr unwahrscheinlich. Die Tierpsychologin verspürt ein unheilvolles Grummeln im Magen. Heute ist irgendwie ein komischer Tag, zuerst das mit den Bienen, dann … Mit wenigen Schritten stürmt sie an der verdutzten Freundin vorbei, reißt die Terrassentür auf und blickt sich nervös um. Scheinbar friedlich breitet sich vor ihr der Garten aus im golden schimmernden Abendlicht. Von ihrer Katze ist nichts zu sehen. »Mausi!«

Ehe sie ein zweites Mal rufen kann, erschrickt Mia und fährt herum. »Oh, Steffi, tut mir leid, hab dich gerade völlig vergessen.«

Mit der Tasse in der Hand, steht die Freundin direkt hinter ihr und nickt. »Das hab ich gemerkt.«

Ohne ein erklärendes Wort überquert Mia die Terrasse und folgt dem kaum noch zu erahnenden Pfad, der sich zwischen der halb zerfallenen Mauer hindurchwindet und zu den Lieblingsplätzen ihrer Katze führt. »Mausi! Mausilein! Komm, es gibt was Feines!«

Nach einer gefühlten Ewigkeit starrt die Tierpsychologin ungläubig auf den Pfad.

Hinter ihr lacht Steffi lauthals auf. »Ist das etwa Mausi?«

Mia bleibt die Antwort im Hals stecken, als sie eine graubraune Maus direkt auf sich zuwuseln sieht. Erst kurz vor ihren Füßen erschrickt der Nager, dreht ab und verschwindet im Gras.

Mia fährt sich durch ihre Lockenmähne. Was war das denn? Es bleibt ihr keine Zeit zum Überlegen, denn in ebenso weiten wie hohen Sprüngen kommt Dobermann Rio auf sie zu.

Hinter sich vernimmt sie Steffis entsetzten Aufschrei.

Bevor der Rüde an ihr hochspringen kann, bedeutet ihm die Tierpsychologin mittels einer Geste, sich hinzusetzen.

Rio bremst ab und gehorcht, blickt hechelnd zu ihr auf. »Brav«, lobt sie. »Bleib.«

»Ich nehme an«, ertönt Steffis hohes Stimmchen in Mias Rücken, »das ist auch nicht Mausi.«

Als Antwort erscheint schlussendlich die schwarzweiße Katze, macht einen respektvollen Bogen um den Dobermann und kauert sich hinter Mia ins Gras. Die weist mit dem Zeigefinger zum fernen Garten, aus dem der Hund entwichen ist, und befiehlt ihm ruhig, aber bestimmt, zu gehen. Mit hängender Rute trottet Rio davon.

Hinter sich vernimmt Mia dankbares Maunzen und erleichtertes Aufatmen.

Kaum ist die vermeintliche Gefahr gebannt, mutiert Steffi zur Ulknudel. »Hihi, wusst ich's doch,«, prustet sie los und erstickt schier an einem Schluck Kaffee, »dass es bei dir tierisch lustig zugeht, ich hätte längst kommen sollen! Oh, Mia, tut mir das gut!«

Diese letzte Bemerkung macht die Tierpsychologin stutzig. Sollte es ihrer Freundin am Ende doch gar nicht so toll gehen, wie sie die ganze Zeit vorgibt?

Mausi zerstreut diesen Gedanken, indem sie maunzend

Aufmerksamkeit fordert. »Ach so, natürlich«, lacht Mia und streichelt sie. »Prinzessin erwartet, dass man ihr huldigt. Liebe Steffi, wie du inzwischen sicher erkannt hast – das hier ist meine Mausi!«

Wurde aber auch Zeit, denkt die Katze und gestattet Mias Freundin gnädig, sie zu streicheln. Köpfchen gibt sie ihr nicht – noch nicht. Überhaupt findet Mausi gerade keine Ruhe, um sich mit den beiden Frauen aufzuhalten. Dafür ist sie viel zu lange auf der Blutbuche festgesessen. Und das, wo doch von überall her aus dem Garten so viele verheißungsvolle Düfte und Geräusche locken.

Sie macht sich wieder auf in den Garten, denn im erlöschenden Abendlicht wagen sich Mäuse und Maulwürfe aus ihren Bauen. *Ja, kommt nur, kommt,* fiebert die schwarzweiße Jägerin, lauscht dem Rascheln im Laub und folgt ihrem Pfad. Eine aufwehende Brise erfrischt, trägt Mausi allerdings Hundegeruch zu. Treibt sich Rio etwa noch in der Nähe herum?

Wenn schon, hierher wird er sich nicht so schnell wieder wagen. Oder?

Wie Mausi jetzt hinter sich vernimmt, haben Mia und Steffi sich auf der Terrasse niedergelassen. In deren Umkreis flammen an Büschen und Sträuchern Solarlämpchen auf.

Unentschlossen, wohin sie sich wenden soll, prüft Mausi die Luft. Am Fuße des Hangs riecht es immer noch viel zu penetrant nach Hund! Also schaut sie nach, was sich so alles im Licht der Solarlampen tummelt an Mücken, Käfern und Nachtfaltern. Danach zu schnappen kann auch ganz unterhaltsam sein.

Zuerst will sie sich aber diese Steffi doch mal genauer anschauen, streicht ihr schnurrend um die Beine und lässt sich von ihr am Hals kraulen. Dabei erhascht Mausi einiges vom Gespräch der Freundinnen. Steffi bittet Mia gerade darum, ihr bei der Auswahl eines Welpen zu helfen.

Ein Welpe? Mausi horcht auf. Manchmal sehnt sie sich nach vierpfötiger Gesellschaft. Mit einem kleinen Kater könnte sie Spaß haben, zumindest zeitweilig.

Also maunzt sie zustimmend, aber die beiden Frauen reden inzwischen von etwas ganz anderem. »Jetzt spann mich nicht weiter auf die Folter«, drängt Steffi, immer noch geistesabwesend die Katze kraulend. »Sag schon, was läuft bei dir so?«

Mia wehrt mit der Hand eine Mücke ab, sieht die Freundin verwundert an und beteuert: »Nichts, was soll laufen? Ich bin froh, dass ich hier meine Ruhe hab. Drei Dinge braucht die Frau – Job, Katze und Garten. Basta!«

Steffi schüttelt den Kopf. »Du trauerst also immer noch diesem Scheißkerl nach.«

Mia will das abstreiten, besinnt sich jedoch im selben Moment anders. Die langjährige Freundin kennt sie viel zu gut und würde sie sofort durchschauen. »Wenn du es unbedingt so sehen willst«, seufzt sie. »Ich bin halt nicht so schnell wieder offen für eine neue Beziehung.« Das *wie du*, welches ihr auf der Zunge liegt, kann sie gerade noch runterschlucken.

Steffi lacht herzhaft. »So schnell? Das ist gut! Über zwei Jahre ist es jetzt her, dass du in München warst und dich bei mir ausgeheult hast, wenn ich mich richtig erinnere.«

»Du erinnerst dich richtig«, bestätigt Mia. »Aber was soll's? Wie lange darf man brauchen, um eine zerbrochene Beziehung zu verarbeiten – zwei Wochen, zwei Monate, zwei Jahre, zwei Jahrzehnte? Ist das nicht individuell verschieden?«

»Klar«, stimmt Steffi rasch zu. »Ich meine nur …« Sie bricht ab und lässt ihren Blick durch den dunklen Garten schweifen und hinauf zum abnehmenden Mond. »Das Leben geht so schnell vorbei. Carpe diem.«

Das reizt Mia zum Lachen. »Klingt ganz so, als könnte ›Frau‹ nur mit Mann ihr Leben genießen und was daraus machen. Nein, Steffi«, beteuert sie kopfschüttelnd. »Ich setz mich da nicht unter Druck. Kommt Zeit, kommt der Richtige – oder auch nicht. Mein Lebensglück will ich davon nicht abhängig machen, nicht mehr. Aber ich freu mich«, fährt sie geschwind fort, bevor die Freundin noch tiefer in ihrer Seele bohren kann, »wenn du jetzt hoffentlich jemanden gefunden hast, der zu dir passt.«

»Was heißt hier hoffentlich?« Steffi lacht, ein bisschen zu laut. Versucht sie dadurch unbewusst, ihre eigene Angst und Unsicherheit zu übertönen? fragt sich Mia. »Seit wann seid ihr denn zusammen?«

»Wir haben schon in der ersten Sekunde gespürt, dass das was für's Leben wird«, ereifert sich Steffi und umklammert ihre Kaffeetasse.

»Noch einen?« Mia will schon aufstehen, aber die Freundin schüttelt den Kopf.

»Vielleicht was anderes. Hast du Kirschsaft?«

Mia grinst. »Mit Wodka?« Sie springt auf, geht ins Haus und kehrt im Nu mit zwei randvoll gefüllten Gläsern zurück. »Lass uns auf unsere Münchner Zeiten trinken!«

»Als hättest du geahnt, dass ich komme«, wundert sich Steffi und prostet ihr zu.

»Hab ich, bin schließlich Psychologin«, bemerkt Mia augenzwinkernd.

Erst nachdem sie ihr Glas fast geleert hat, setzt Steffi es wieder ab und schaut ihr Gegenüber seufzend an. »Weißt du, Mia-Schatz … Du kannst sagen, was du willst. Es ist trotzdem ein Jammer, dass du immer noch allein bist, du könntest doch jeden haben.« Dabei wendet sie ihren Blick zu Mausi, die gerade eine der zahllosen Motten anvisiert, welche um eine Solarlampe herumschwirren.

6. Kapitel

Ein ominöser Fund

Filou ist der Dorfstraße gefolgt, an der, etwas abseits, das große Haus liegt, dessen Verputz im Lauf der Jahrzehnte ergraut ist. Nur von Weitem hat Filou bisher ein paarmal gesehen, wie Sascha darin verschwunden ist.

Nun verharrt er gegenüber am Straßenrand, geduckt im hohen Gras, und wartet darauf, dass der Junge herauskommt. Immer wieder lugt Filou über die Spitzen der Grashalme hinweg und beobachtet durch den Lattenzaun, der das Haus von der Straße trennt, wie Kinder verschiedenen Alters im Garten herumtoben. Er hört sie rufen, kreischen und lachen. Manchmal fliegt ein Ball durch die Luft, weit über den Zaun hinaus. Nur Sascha kann Filou nicht erspähen.

Für den Kater unerwartet, schaut ein etwa neunjähriges Mädchen über Zaun und Straße hinweg zu ihm herüber. Hat es ihn bemerkt, obwohl er sich sofort weggeduckt hat?

Wahrscheinlich nicht, denn jetzt wendet es sich dem Ball zu. Vielleicht ist es Saschas Schwester und harmlos. Trotzdem ist Filou erleichtert. Schließlich kennt er das Mädchen nicht. Außerdem genügt ihm vorerst ein menschlicher Freund.

Den erwartet er allerdings dringend, erhofft sich durch ihn nach wie vor Hilfe. Seit der letzten Katzenratsversammlung am Ende der Vollmondphase ist die dreifarbige Jungkatze Ini nun schon verschwunden. Einige vermuten, sie sei abgewandert, weil sie ständig gemobbt wurde. Filou glaubt das nicht und sorgt sich jetzt mehr denn je um Ophelia. Wer weiß, was ihr gerade geschieht, derweil er hier kauert?

In Gedanken bei seiner Lieblingskatze, entgeht ihm beinahe eine Auseinandersetzung zwischen den Kindern. Erst ein Weinen lässt ihn aufhorchen. Das kommt unverkennbar von Sascha! Ins Gras geduckt, schleicht Filou die Straße entlang bis zur Ecke des Hauses. Dort wartet er einen Moment ab, in dem er sich vor den Blicken der anderen Kinder sicher wähnt, und huscht über die Straße. Als er an der Hauswand entlangläuft, vernimmt er über sich ein Geräusch, verharrt und blickt hoch. Es muss durch das Fenster genau über ihm kommen. So direkt darunter, sieht Filou nur das Fensterbrett von unten. Erst indem er sich ein Stück weit davon entfernt, nimmt er Bewegungen dahinter wahr, und auch Klopfgeräusche. Sehen kann er so gut wie nichts, weil die Sonne darauf scheint.

Vorsichtshalber flieht der Kater, hört aber beim Rennen Sascha hinter sich leise rufen und wendet sich um. Tatsächlich – im nun geöffneten Fenster steht der Junge. Schon klettert er hindurch, lässt sich auf den weichen Rasen darunter fallen und läuft dem Kater entgegen. »Filou, warte, Filou!«

Maunzend streicht ihm der Kater um die in kurzen Hosen steckenden Beine und gibt Köpfchen. »Sascha, wie schön, dich zu sehen! Du bist mir offensichtlich nicht böse, oder?«

»Du hättest nicht so laut schreien sollen«, meint der Junge mit vorwurfsvollem Unterton, streichelt ihm aber dabei besonders behutsam seine Wange. »Oh, du hast ja einen Kratzer.«

Filou denkt an seine Auseinandersetzung mit Schlitzohr, kurz nach der Ratsversammlung, wird aber gleich davon abgelenkt. »Komm schnell«, drängt Sascha, »bevor uns jemand sieht.«

Den Kater neben sich, rennt der Junge die Straße entlang und überquert sie, als gerade kein Auto naht.

Minuten später springt er über eine Streuobstwiese und wirft allen Seelenballast von sich. Zwischen Apfel- und Kirschbäumen leuchtet von fern das Weiß eines Fachwerkhauses herüber. »Schau mal, Filou!«, ruft Sascha. »Dahinten wohnt eine hübsche, schwarzweiße Katze mit einer Frau.«

Aber der Rottiger ist schon auf dem Feldweg, der zum Wald mit der Lichtung führt, nahe des Bauernhofes. Sascha läuft zu ihm und fragt: »Warum hast du's denn so eilig? Willst du mir was zeigen?«

Der Kater hält inne, blickt sich nach ihm um und blinzelt in die Sonne. »Genau. Ich hab doch gewusst, dass du mich verstehst, wenigstens meistens.«

»Was willst du mir denn zeigen?«, fragt Sascha gespannt, muss sich aber gedulden. Filou führt ihn durch den Wald und anschließend ein Stück weit über den Hof zum Kuhstall. Er weiß, dass Blessy ihre Babys woanders untergebracht hat, noch während der Ratsversammlung. Doch hier hält sie sich oft auf, um etwas zu ergattern.

Tatsächlich sitzt die Rotweiße direkt neben der offenen Tür, aus der manchmal der Knecht kommt und Milch wegschüttet, die für den menschlichen Verzehr ungeeignet ist. Jetzt, wo sie Nachwuchs zu versorgen hat, ist Blessy um alles froh, was sie kriegen kann.

Allerdings wartet sie nicht allein. Auch andere Katzen treiben sich hier herum, darunter Othello, Schneeflocke und Schlitzohr. Letzterer verzieht sich fauchend, als er Filou kommen sieht. Bei der kürzlichen Auseinandersetzung hat er zwar keinen weiteren Schlitz im Ohr abbekommen, dafür jedoch einen Kratzer direkt unter dem rechten Auge.

Mit der Würde des Siegers schreitet Filou auf Blessy zu und begrüßt sie. »Ich hab jemanden mitgebracht. Sascha möchte bestimmt deine Babys sehen.« Damit wendet er sich zu dem Jungen um, der die Hand ausstreckt, um Blessy zu streicheln. Ängstlich weicht sie zurück. »Ich weiß nicht, Filou. Das kommt ein bisschen plötzlich. Und meine Babys zeige ich natürlich nicht jedem.«

»Sascha ist nicht jeder«, erwidert der Kater, rollt sich auf den Rücken und lässt sich von ihm den Bauch kraulen, zum Zeichen seiner Vertrauenswürdigkeit.

Aus sicherer Entfernung schauen die anderen Katzen neugierig zu ihnen herüber. Auch Schlitzohr lugt hinter der Stallwand hervor.

Als nichts Schlimmes geschieht, entspannen sie sich allmählich. Allen voran lässt sich Blessy sogar von Sascha über den Rücken streichen. »Mau, du scheinst ja wirklich nett zu sein.«

Othello folgt Blessys Beispiel. Zu ärgerlich, dass ihm der Mut gefehlt hat, sich als Erster von dem Jungen jene Ehrerbietung erweisen zu lassen, die ihm als dem Ranghöchsten gebührt!

Den anderen bleibt das nicht verborgen, insbesondere Filou. Er spürt, wie er im Ansehen steigt, und genießt es entsprechend. »Seht ihr, diesem Menschenjungen können wir vertrauen«, wendet er sich an seine Artgenossen. »Ich hab's euch doch bei unserer letzten Versammlung versprochen.«

»Achtung, er ist schon im Stall!«, ruft plötzlich Schneeflocke, die sich als Einzige nicht ablenken lässt. Alle horchen auf, auch Sascha. Bislang tönte nur das Mahlen vielzähliger Kuhkiefer nach draußen, beruhigend in seiner Gleichförmigkeit, dazu ab und an das Rascheln von Stroh.

Jetzt muhen einige der Wiederkäuer erwartungsvoll. Darunter mischen sich die unnatürlichen Laute der Melkmaschinen und eine rau klingende Männerstimme. »Tja, Dreizehn …« Einem Seufzer folgt mehrmaliges Klatschen. »War's das? Also weißt du, wenn das so weitergeht, seh ich schwarz für dich. Ja, ja, rabenschwarz.«

Sascha kann seine Neugierde nicht mehr bezähmen. Gegen die Wand neben der Tür gedrückt, lugt er in den Stall. Beiderseits eines Ganges zeichnen sich in gedämpftem Tageslicht Rücken und Köpfe nebeneinanderstehender schwarzweißer Kühe ab. Halb verdeckt von einem der Tiere, klopft ein hagerer älterer Mann in blauer Latzhose ihm auf die Hinterhand.

»Ich glaube«, flüstert Sascha, ohne seinen Blick davon abzuwenden, »diese Kuh gibt zu wenig Milch.«

Noch während eine schicksalsträchtige Ahnung in ihm aufkeimt, wähnt er sich von dem Mann entdeckt. Jedenfalls blickt der jetzt direkt in seine Richtung. Sascha weicht zurück und verharrt ein paar Meter neben der Tür, eng an die Stallwand gepresst. Darf er hier denn überhaupt sein? Vorsichtshalber möchte er von keinem Menschen gesehen werden.

Manche Katzen irritiert sein Verhalten. Blessy will gerade Filou darüber befragen. Der kennt den Jungen schließlich besser. Doch da tritt der Knecht heraus und schüttet mit säuerlichem Lächeln einen halben Eimer Milch auf den Boden. »Da, ihr habt Glück, dass Dreizehns Euter noch immer entzündet ist.«

Nachdem er sich zurückgezogen hat, leckt Blessy Milch auf, die sich in einer kleinen Mulde gesammelt hat. Auch die anderen halten sich ran. Sascha amüsiert sich über die Milchbärte, die ihnen wachsen.

Nach einer Weile hebt Blessy den Kopf und fragt Filou: »Warum versteckt sich dein menschlicher Freund vor seinen Artgenossen? Hat er was angestellt?«

Filou leckt sich Milchspuren von den Lefzen. »Bestimmt nicht. Sascha ist nur vorsichtig, weil er nicht weiß, was er von diesem Mann halten soll. Mir geht's ähnlich.«

»Besonders gern scheint der uns die Milch jedenfalls nicht

zu opfern«, mutmaßt Schneeflocke, worauf Othello meint: »Hauptsache, er tut es. Also respektiert er Mauiriii.«

Bevor sie versickert, leckt Blessy noch etwas Milch aus einer anderen Bodenvertiefung und merkt spöttisch an: »Was heißt hier respektieren? Ihr wisst doch gar nicht, ob er Mauiriii überhaupt kennt, geschweige denn an sie glaubt.«

Das kann Othello nicht so stehenlassen. »Warum sollte er uns sonst etwas von seiner Nahrung geben? Ich bin sicher, er respektiert, dass Mauiriii uns nach ihrem Ebenbild geschaffen hat – als auserwählte Spezies, die durch Opfergaben gewürdigt werden muss.«

»Wie auch immer – meine Kinder warten auf mich.« Blessy macht sich davon, Schneeflocke ebenfalls.

»Wer achtet denn auf sie?«, ruft Filou ihnen hinterher. Blessy sieht sich nach ihm um. »Unsere Urururgroßmutter und meine Tante. Jetzt, wo sie über einen Mondzyklus alt sind und nichts als Unfug im Sinn haben, überlasse ich sie nur erfahrenen Verwandten. Später muss ich noch eine Maus fangen, mit der sie vor dem Essen üben können. Meine Milch genügt ihnen mittlerweile nicht mehr.«

Unschlüssig musterte sie Sascha. »Meinetwegen darf er mit, wenn er unseren Kindern nicht zu nahe kommt. Das gilt übrigens auch für dich, Filou.«

Der Junge scheint zu verstehen und hält gebührenden Abstand, während sie eine verwilderte Wiese überqueren.

»Seltsam, vorhin war keine Dreifarbige dabei«, bemerkt Filou, doch Blessy geht nicht darauf ein. Ist sie eifersüchtig und ahnt, dass ihm schon wieder Ophelia im Kopf herumspukt? Der Kater vergewissert sich, dass Sascha ihm folgt.

Schnurstracks erreichen sie ein etwas abgelegenes, lang gestrecktes Holzgebäude, worin landwirtschaftliche Fahrzeuge untergebracht sind. Unter der Aufsicht zweier schwarzer Katzen, von denen eine sehr mager ist und sich auffallend steif bewegt, spielt Blessys Nachwuchs davor in der Sonne.

Die Geschwister dicht auf dem Schwanz, jagt der kräftigste rote Kater einer der beiden dreifarbigen Schwestern hinterher und nimmt ihr einen schaufelförmigen Gegenstand ab. Um ihn behalten zu können, muss er immer wieder Haken schlagen und entkommt endlich damit durch eine schadhafte Stelle an einer Seitenwand des Gebäudes. Die ist irgendwann durch einen morschen Holzbalken entstanden und dient den Katzen seitdem als Tür.

Lauthals protestierend, will sich die Bestohlene bis zu der Öffnung hochhangeln, ist aber zu klein und zu schwach dafür.

Stattdessen kommt plötzlich Schneeflocke, die drinnen ihre Kleinen gesäugt hat, herausgeschossen und schreit wie am Spieß.

Besonders die sensible kleine Seeli erschrickt darüber schier zu Tode, aber auch alle anderen verharren inmitten ihrer Bewegung. Selbst ein Amselmann auf dem Dach stellt seinen Gesang ein.

Als jedoch nichts Weiteres geschieht, geht Filou langsam auf die verstörte Schneeflocke zu und reibt sich beruhigend an ihr. »Was hast du denn?«

Die Katze kann vor Entsetzen kaum antworten und wendet sich nach Blessys rotem Sohn um. Neugierig darauf, was da draußen los ist, schlüpft er eben durch das Loch ins Freie, immer noch den schaufelförmigen Gegenstand in der Schnauze. Als Schneeflocke das sieht, stößt sie erneut schrille Schreie aus. Sascha hat sich bisher abseits gehalten und will nun beruhigend auf die Tiere einreden, aber Filou hält ihn zurück.

»Zeig her, was du da hast«, fordert Blessy ihren Sohn auf, der im Begriff ist, sich damit davonzumachen.

Nun ereilt ihn aber der Respekt vor seiner Mutter, zumal auch die Schwarzen ihn einkreisen, Urururgroßmutter und Tante, und er trottet schuldbewusst auf Blessy zu.

Bei eingehender Begutachtung des Objekts begreifen zumindest die Erwachsenen Katzen Schneeflockes Entsetzen und erschaudern. Filou spricht aus, worum es sich dabei handelt. »Eindeutig das Schulterblatt einer zierlichen Katze. Das stammt unmöglich von einem Kater.«

Doch etwas irritiert Filou, und die Urururgroßmutter ebenfalls. Von allen Seiten beschnuppert er den sterblichen Überrest und wird zunehmend sicherer. Ja, er liegt mit seiner Vermutung richtig.

7. Kapitel

Amigo auf dem Weg zur Selbsterkenntnis

Beruhigend legt Mia eine Hand auf den zitternden Unterarm ihrer Klientin. »Herr Ritter hat das unter Kontrolle, seien Sie unbesorgt.«

Mona Gesell nickt schluckend, ohne ihren Blick von Amigo, der in einer riesigen Voliere sitzt, abzuwenden. Unter Aufsicht des Leiters der Papageienauffangstation sieht sich der Gelbbrustara heute Nachmittag erstmals Artgenossen gegenüber und weiß ganz offensichtlich nicht, was er von diesen ›komischen‹ Vögeln halten soll. Schon flattert er zu Mona, die beide Hände in das Gitter der Voliere verkrallt hat, presst von innen seinen Bauch dagegen und blickt sie flehend an.

»Lassen Sie sich nicht von seinem Verhalten irritieren«, redet Mia ihr zu, insgeheim fürchtend, Mona könnte diese kritische Phase nicht durchstehen und den Versuch abbrechen wollen. »Es ist ganz natürlich, dass er sich anfangs so verhält.«

»Ja, aber er meint, ich würde ihn im Stich lassen, diesen anderen da ausliefern«, stößt Mona hervor, kann ihre Tränen nicht länger zurückhalten und krault mit dem Zeigefinger Amigos Bauchgefieder.

Die Tierpsychologin schüttelt den Kopf. »Er sieht doch, dass Sie da sind.«

»Geschehen kann ihm nichts«, schaltet sich Ritter ein. »Es ist ja noch ein Gitter zwischen ihm und den anderen. Die sollen sich erst mal aneinander gewöhnen.«

»Genau«, bekräftigt Mia. »Da muss er jetzt durch.«

Schluchzend nickt Mona, unablässig ihren Gelbbrustara durch das Gitter streichelnd. Behutsam, aber bestimmt, löst die Tierpsychologin Monas Hände davon, dreht sie zu sich und schaut ihr ins Gesicht. »So, wie Sie sich gerade verhalten, muss Amigo glauben, Sie kämen nicht ohne ihn zurecht. Wie soll er sich da auf seine Artgenossen konzentrieren, geschweige denn auf sie zugehen können?«

Mona schnieft, reibt sich die Augen und will sich wieder zu Amigo umdrehen, aber Mia hält sie davon ab, redet auf sie ein: »Denken Sie an Ihren Freund. Leon heißt er, nicht wahr?«

Gedanklich bei Amigo, sickert die Frage nur allmählich in Monas Hirn. »Ja, Leon«, nickt sie endlich und fährt herum, Schweißperlen auf der Stirn, weil Amigo nach ihr ruft und schreit, als hätten Flugdrachen es auf ihn abgesehen. Noch immer klebt er am Gitter.

Ritter blickt die Tierpsychologin vielsagend an. Die nickt verstehend. Klar, solange Mona in Amigos Sichtweite ist, bleibt er auf sie fixiert.

»Wie geht's Leon?«, erkundigt sich Mia, einer Eingebung folgend, muss Mona jedoch an den Schultern rütteln, um eine Antwort zu erhalten.

»Was?«, fragt sie und reißt die Augen auf, als erwache sie gerade aus einer Trance und sehe die Tierpsychologin erst jetzt. »Bis die Wunde verheilt ist, muss er Brei essen.«

Wunde? Übles ahnend, starrt Mia sie an. Mona druckst herum. »Ges... gestern hat sich Amigo plötzlich auf Leon gestürzt und ihm mit dem Schnabel die Oberlippe aufgerissen.« Als sie diese Worte aus ihrer eigenen Kehle vernimmt, gewinnt die Vernunft wieder Oberhand über Mona und lässt sie beschämt den Kopf senken.

Mia nutzt die Gunst der Minute, führt sie aus dem Raum und schließt hinter ihnen die Tür. Augenblicklich ertönt drinnen ein herzzerreißendes Geschrei. »Das kann ebenso gut einer von den anderen Aras sein«, schwindelt Mia, fasst die immer noch Widerstrebende am Arm und geleitet sie mit sanfter Gewalt durch einen langen Gang hinaus ins Freie. »Die sind ja jetzt alle ein bisschen aufgeregt. Kommen Sie, drehen wir eine Runde.« Ohne deren Zustimmung abzuwarten, hakt Mia sich bei ihrer Klientin unter wie bei einer langjährigen Freundin, und spaziert mit ihr die Einfahrt entlang. Selbst hier meinen die beiden, noch Amigos Protestgeschrei zu vernehmen.

»Das verzeiht er mir nie«, fürchtet Mona.

Mia bricht in schallendes Gelächter aus. »Und ob, aber es kostet Sie mindestens 100 Nüsse.« Angesteckt von Mias Humor, muss Mona nun doch ein wenig lächeln. »Da«, weist Mia auf ein Eichhörnchen, das vor ihnen über einen gekiesten Weg springt, der von der Einfahrt abzweigt.

Mona will ihrem Fingerzeig gerade folgen, da ertönt hinter

ihnen Ritters Stimme. Beide Frauen wenden sich um, sehen den Leiter der Auffangstation in der Tür stehen und winken. Ehe Mia auf sie einwirken kann, ist Mona schon bei ihm und bestürmt ihn mit Fragen. »Ist er schwer verletzt? Tot?« Gemeinsam mit Mia will Ritter sie davon abhalten, zu den Aras hineinzustürmen.

8. Kapitel

Ini

Die Urururgroßmutter spricht aus, was auch Filou denkt. »Ist nicht Inis Schulterblatt, unmöglich, riecht viel zu alt und vermodert.«

Bis auf die übersensible Schneeflocke beschnuppern es nach und nach alle anderen Katzen und überzeugen sich vom Wahrheitsgehalt dieser Aussage. Zuletzt ergreift Sascha es zaghaft, dreht es zwischen den Fingern und betrachtet es ehrfurchtsvoll von allen Seiten. Während er überlegt, was er da in der Hand hält, äußert Filou wiederholt sein Erstaunen darüber, dass vorhin beim Kuhstall keine einzige Dreifarbige anwesend war.

»Das ist doch jetzt egal«, meint Blessy genervt und wendet sich an ihren Sohn: »Wo hast du das gefunden?«

Er schaut einen Feldweg entlang, der zum Wald führt. Hinter dem sprießenden Korn ragen an einer Stelle vereinzelt Tannen in die Höhe. »Nun sag schon«, drängt Blessy. »Dahinten?«

Der Kleine bejaht. »Soll ich es euch zeigen?«

»Wir warten darauf«, drängen einige gleichzeitig und eilen

71

dem davonspringenden Katerchen hinterher. Den Ernst der Lage noch nicht ermessend, fühlt es sich überaus wichtig und führt sein Gefolge zwischen Tannen und Baumstümpfen hindurch. Als Blessy auffällt, dass ihre anderen Kinder mit dabei sind, schickt sie sie zu Schneeflocke zurück. Die soll beider Nachwuchs inzwischen hüten.

Kreuz und quer herumliegende Äste strapazieren die arthritischen Gelenke der Urururgroßmutter dermaßen, dass sie zurückfällt. Die Tante bemerkt es und wendet sich zu ihr um. »Willst du nicht lieber hier warten, bis wir wieder da sind, Cassandra?«

»Nein, nein, kommt gar nicht in Frage«, entgegnet die magere Alte und zieht ächzend ein Hinterbein aus einem Gewirr von Zweigen, worin es sich verheddert hat. »Haben nicht genügend aufgepasst. Sind schuld, dass dieser kleine Frechkater sich davongestohlen und hier allein herumgetrieben hat. Was hätt ihm nicht alles zustoßen können! Darf nicht dran denken, gar nicht dran …«

»Dann denk nicht daran, sondern komm«, fordert die Tante sie auf.

Sascha bemerkt, wie sehr Cassandra sich plagt. Also rennt er an die Spitze zu Filou und veranlasst ihn, ihm ein Stück weit zurück zu folgen. »Bitte sag der Schwarzen, dass ich sie tragen möchte.«

Nach einem Seitenblick auf den Kater nähert sich der Junge Cassandra und streicht ihr über den Rücken. Überrascht von seinem Wagemut zuckt sie zusammen und blickt misstrauisch zu ihm auf. »Arme schwarze Katze«, murmelt Sascha.

»Du kannst ihm vertrauen«, versichert Filou.

Tatsächlich entspannt sich Cassandra und lässt sich von Sascha hochnehmen und tragen.

Endlich erreichen sie die anderen. Versammelt am Ufer eines halb ausgetrockneten Weihers, starren sie auf dessen trübe Oberfläche. Ein modriger Geruch steigt von ihm auf.

Einige niesen und wenden sich ab. Auch Sascha, der Cassandra wieder heruntergelassen hat, verzieht angewidert das Gesicht und hält sich die Nase zu.

»Bleib!«, ruft Blessy ihren Sohn zurück, der eben die schlammige Uferböschung hinabrutschen will.

»Aber da war es!«, protestiert er. »Da im Schlamm hab ich es gefunden.«

Vorsichtig lässt sich Blessy eine halbe Katzenlänge vornüber hinabgleiten, beseitigt einen Teil der angetrockneten obersten Schicht und bleibt mit den Krallen hängen. An einer Sumpfpflanze – glaubt sie zuerst. Filou eilt an ihre Seite und hilft ihr beim Graben. Dann zieht die Rotweiße mit aller Kraft ihre Pfote aus dem Morast, mitsamt einem skelettierten Torso. Obwohl außer dem Schulterblatt Kopf, Schwanz und zwei Beine fehlen, gehörte er einst eindeutig einer Katze. War sie auf der Flucht vor irgendetwas in den Weiher gefallen und aus unerfindlichen Gründen nicht mehr aus eigener Kraft herausgekommen, war sie womöglich verletzt, zu schwach oder … nichts von alledem?

Fragen über Fragen, die ihnen durch den Kopf gehen, während sie in Schweigen verfallen. Sogar der kleine Kater, für den das Ganze bislang ein tolles Abenteuer war, erahnt den Ernst der Lage und drückt sich Schutz suchend an seine Mutter.

»Sie könnte«, beginnt Filou endlich, »auch hineingeworfen worden sein.«

»Von einem Menschen?«, überlegt die Tante laut.

Die Ururugroßmutter murrt. »Wenn, dann nur von einem Menschen. Welches andere Geschöpf wäre zu so etwas fähig?«

»Wahrscheinlich …«, beginnen Filou und Blessy zugleich, worauf Letztere verstummt und es dem Kater überlässt, die Befürchtung auszusprechen. »Wahrscheinlich sind das die Überreste einer der Dreifarbigen, die schon vor längerer Zeit verschwunden sind.«

Blessy wirft einen Blick zum wolkenlosen Himmel. »Mauiriii wollte, dass wir sie finden, und hat deshalb den Regen zurückgehalten. Sie will uns warnen.«

»Liegt Ini auch da unten?«, fragt das Katerchen seine Mutter.

Selbst noch geschockt, leckt sie ihm tröstend übers Fell. »Vielleicht ist Ini ja einfach nur woanders hingegangen und fühlt sich dort katzenwohl. Weißt du, bei uns war sie irgendwie schon immer die Prügelkatze und musste viel ertragen.«

Dann verfolgt auch Blessy angespannt, wie Sascha einen Ast nimmt, sich an die Böschung hockt und ergebnislos in Ufernähe herumstochert. Offenbar liegen dort keine weiteren Leichen.

»Bedeutet nicht, dass da nichts war«, dämpft Cassandra die sich ausbreitende Erleichterung. »Hab schon viel gesehen in meinem langen Leben, viel gesehen – auch wie Füchse, Marder oder Wildschweine sich über Kadaver hermachten und sie fortschleiften.«

Derweil hat Sascha einen zwar längeren, aber auch merklich schwereren Ast gefunden. Filou sieht, wie weit er sich über die Böschung beugen muss, um damit auch nur annähernd die Mitte des Weihers zu erreichen. Als der Ast ihn hineinzuziehen droht, läuft der Kater ihm vor die Beine und drängt ihn zurück. »Das ist viel zu gefährlich, Sascha!«

Augenblicklich fällt der Junge, zum Glück jedoch nach hinten auf den Po. Den Ast hat er dabei losgelassen. Mit dem dickeren Ende noch nah am schlammigen Ufer, treibt er auf dem Wasser. Filou überlegt gerade, ob er darauf balancieren könnte, als auch er von aufgeregtem Geschrei abgelenkt wird.

Blessy erkennt zuerst, dass es von Schneeflocke stammt. Die sollte doch auf die Kleinen achten. Sie rennt der Weißen maunzend entgegen. »Was ist, warum bist du nicht bei unseren Kindern?«

»Kommt schnell, Ini ist wieder da!«, schreit Schneeflocke. Inzwischen sind auch die Übrigen herbeigeeilt und bestürmen die sie mit Fragen. Heillos überfordert rast sie zurück zu dem lang gestreckten Gebäude mit den Landmaschinen, vor dem sämtliche Hofkatzen versammelt zu sein scheinen. Die jüngsten springen aufgeregt umher.

In Blessys Spur rennt Filou dem Erkundungstrupp voraus und will sich gerade zwischen Othello und einige andere drängen, die ihre Köpfe zusammenstecken. Doch dann entdeckt er Ophelia. »Schönste aller Schönen«, umschmeichelt er sie und vergisst dabei fast, dass Sascha neben ihm steht.

»Ein Menschenjunge, was hat er hier zu suchen?«, scheinen ihre grünen Augen zu fragen.

»Ein Freund«, versichert Filou und lässt sich zum Beweis von Sascha streicheln. Dabei ruht dessen Blick allerdings auf der bildschönen Dreifarbigen, wenn auch nur kurz. Wie Filou interessiert es Sascha, warum die meisten Katzen so eng beieinanderstehen.

Der Kater glaubt es zu wissen. »Ich nehme an, Ini ist in deren Mitte?«

Ophelia bejaht. »Die Ärmste wird total bedrängt, wie du siehst. Dabei ist sie noch so verstört und kann kaum fassen, dass es ihr gelungen ist auszubrechen.«

»Auszubrechen?« Filou schaut seine Angebetete entsetzt an. »Sie war also wirklich gefangen?«

»Frag sie doch selbst«, schlägt Ophelia vor.

Das wollte Filou sowieso tun. »Mau!«, ruft er so laut in das Gedränge, dass Othello und die anderen sich überrascht umwenden. Im selben Moment erhascht Filou einen Blick auf Ini. »Sperrt sie nicht zwischen euch ein«, rügt er, als sich der Kreis um sie erneut zu schließen droht. »Eingesperrt war sie doch lange genug. Stimmt's, Ini?«

Die zierliche junge Dreifarbige maunzt zaghaft. »Ja, aber der Bauer hat mir auch geholfen.«

Filou glaubt, nicht richtig zu hören. Diesem bulligen Kerl geht er instinktiv immer aus dem Weg. »Geholfen? Das musst du uns aber genauer erklären, Ini. Erzähl mal der Reihe nach.«

Sichtlich erleichtert, mehr Raum um sich zu haben, setzt sich die Jungkatze in Positur und legt graziös ihren Schwanz mit der schwarzen Spitze um die Vorderpfoten. »Seht nur, wie wunderschön mein Fell jetzt ist, weil ich so viel Gutes zu essen bekommen habe.«

»Ja, ja«, drängt die Rotweiße ungeduldig. »Jetzt erzähl endlich.«

»Ihr wisst ja«, beginnt Ini, »dass ich an jenem Abend Blessys Babys hütete, während ihr alle bei der Ratsversammlung wart.«

»Genau«, bestätigt Othello und bittet sie fortzufahren.

Doch zunächst vergewissert sich Ini, dass sogar die wesentlich ranghöhere Ophelia ihr zuhört. »Plötzlich vernahm ich Geräusche. Ich sorgte mich um die mir anvertrauten Babys und verließ den Kuhstall, um nachzusehen, was draußen los war. Noch während ich überlegte, wie ich Böses von ihnen abwenden und stattdessen auf mich lenken könnte, spürte ich, wie etwas auf mich herabfiel. Ich erschrak und wollte mich davon befreien. Aber je wilder ich zappelte, umso mehr verhedderte ich mich mit meinen Krallen in einem riesigen Spinnennetz.«

An dieser Stelle legt Ini eine Pause ein und kostet die gespannte Aufmerksamkeit ihres Publikums aus. »Ich sah unglaublich dicke, haarige Beine«, erzählt sie endlich weiter.

»Von wegen Spinne«, flüstert Ophelia, sodass nur Filou neben ihr es hört. Kurz davon irritiert, lauscht aber auch er

77

wieder Inis Schilderung. »Dann fühlte ich den festen Griff der Spinne im Nacken und wurde in eine Gitterkiste gesteckt.« Ini schüttelt sich wohlig schaudernd. »Ihr wisst schon, so etwas, worin der Vogel von der Bäuerin hockte, als sie noch hier gewohnt hat.«

»Ein Käfig«, wirft Filou ein.

»Wir haben ihn manchmal hinter dem Fenster gesehen«, ergänzt Othello, um indirekt auf seine Präsenz hinzuweisen.

»Aber dann …« Ini legt eine weitere Sprechpause ein, um die Spannung noch zu steigern. »… dann geschah das wirklich Unfassbare, das Unfassbarste überhaupt.«

»Welch theatralisches Talent«, bemerkt Ophelia. Diesmal lässt sich Filou nicht ablenken, sondern verharrt wie versteinert, beide Ohren auf Ini gerichtet.

»Ich sah das Gesicht des Bauern vor mir. Ja, ehrlich«, beteuert sie, »… ganz nah, riesengroß und rund wie der Mond. Eingehend betrachtete er mich, jeden noch so winzigen Fleck meines Fells. Als er die Milben darin sah, holte er mich aus dem Käfig und träufelte mir etwas in den Nacken. Es roch einfach scheußlich. Doch bald spürte ich, wie mein Juckreiz verebbte. Der Bauer legte sogar eine weiche Decke in meinen Käfig, stellte ihn in einen angenehm kühlen Raum, gab mir zu essen und zu trinken.«

Stolz setzt sich die bislang so untertänige Katze in Pose, als sie merkt, wie sie Wort für Wort in der Achtung der anderen steigt. Nur Ophelia wirft skeptisch ein: »Alles schön und gut, aber warum hat er dich eingesperrt und wie eine Gefangene gehalten?«

»Das ist eine menschliche Schwäche«, meint Othello, ehe Ini antworten kann. »Sie müssen alles einsperren, was sie lieben, weil sie fürchten, es sonst zu verlieren.«

»Genau«, bekräftigt Ini. »Wie zum Beispiel jenen Vogel. Der Bauer erkannte, dass ich etwas Besonderes bin, eine Auserwählte Mauiriiis. Er nannte mich ›seine Glückskatze‹.«

»So nennen die Menschen dreifarbige Katzen«, merkt Ophelia an und fährt fort in Richtung der erstaunt auf sie gerichteten Gesichter. »Das weiß ich von meiner Mutter. Sie lebte vor meiner Geburt bei ihnen. Menschen glauben, Dreifarbige würden ihnen Glück bringen.« Besorgt realisiert sie, wie die Augen einiger anwesender Glückskatzen zu glänzen beginnen, besonders die der direkt neben Ini sitzenden Schwarzpfote, und schränkt ein: »Allerdings muss des einen Glück nicht auch das des anderen sein.«

»Du weißt mal wieder alles besser«, faucht Ini verärgert.

»Tut mir leid, wenn ich deine Gefühle verletzt habe«, maunzt Ophelia mit weicher Stimme. »Ich weiß ja, wie schwer du es immer hattest. Ich möchte nur vermeiden«, wendet sie sich an die anderen, »dass ein falscher Eindruck vom Bauern entsteht, der zu gefährlichem Leichtsinn führt. Vergesst nicht«, mahnt sie eindringlich, »wie viele verschwunden sind. Bis heute haben wir nichts mehr von ihnen gehört. Wie konntest du fliehen, Ini?«

»Ja, wie?«, dringen mehrere zugleich in die Verlorengeglaubte.

»Das war so …«, beginnt Ini, bricht aber sofort ab und faucht Ophelia an. »Ich bin nicht geflohen!« Stolz lässt sie ihren Blick über die Zuhörerschar schweifen. »Nachdem mein Wohltäter und Diener mich am Nachmittag versorgt hatte, lehnte er die Tür des Käfigs nur an.«

»Er vergaß, sie zu schließen«, wirft Ophelia ein.

Ini faucht sie erneut an, spricht dann laut und erregt weiter: »Ich schlüpfte durch eines der kleinen Fenster.« Sie seufzt. »Ein paar Gewissensbisse plagen mich schon. Bestimmt ist er traurig darüber, dass er mich verloren hat. Aber wie hätte ich ihm erklären können, dass ein Leben im Käfig auf Dauer nichts für mich wäre? Er ist schließlich ein Mensch.«

9. Kapitel

Das Geheimnis

Ophelia hat genug gehört. »Kommt«, gurrt sie Filou und Sascha leise zu und entfernt sich ein paar Schritte, während alle anderen nach wie vor nur Augen und Ohren für Ini haben.

»Wohin?«, fragt der Kater und folgt ihr, der Junge ebenfalls.

»Zum Bauernhaus«, erwidert Ophelia. »Nach dieser Vorstellung will ich mir einen eigenen Eindruck verschaffen.«

»Du meinst«, Filou verharrt erstaunt, »Ini hat sich das alles ausgedacht, um sich wichtigzumachen?«

»Nein«, beteuert Ophelia, während sie sich in weitem Bogen dem vernachlässigten Wohnhaus nähert, Filou und Sascha dicht an ihrer Seite. »Ich fürchte nur, sie sieht ihr Erlebnis ziemlich verklärt. Womöglich halten jetzt alle den Bauern für unseren Gönner und werden leichtsinnig.«

»Apropos leichtsinnig«, wendet Filou ein. »Sind wir das nicht auch gerade?«

Ophelia beschwichtigt ihn. »Ich bin oft bei den Menschen, ohne dass sie es merken. Schließlich sind ihre Sinne den unseren weit unterlegen. Außerdem«, fügt sie hinzu, um Filou vollends zu überzeugen, »kenne ich ihre Gewohnheiten. Wenn die Sonne so schräg steht wie jetzt, sind sie meistens drinnen und bereiten ihr Abendessen.«

Meistens, wiederholt der Kater gedanklich. Er möchte in den Augen seiner Lieblingskatze nicht als Feigling dastehen. Zwar erscheint im weiten Umkreis des Wohnhauses tatsächlich alles friedlich und still. Doch dieser vermeintlichen Idylle misstraut Filou und ist froh, als es vorläufig hinter dem Kuhstall verschwindet, den sie gerade passieren. Auch die Wiederkäuer scheinen unter sich zu sein.

Obwohl also menschliche Geräusche nirgends auszumachen sind, fühlt Filou sich mulmig in seinem Fell und stellt endlich eine Frage, die ihm keine Ruhe lässt. »Warum gehst du so oft zu den Menschen? Ich wurde mehrfach aus glaubwürdiger Schnauze davor gewarnt. Es soll dort nämlich Steine regnen.«

Wie er ahnte, überlegt Ophelia lange, was sie antworten soll und ob überhaupt. »Also gut«, entscheidet sie endlich und springt in eine mit Heu gefüllte Schubkarre, die wie vergessen neben der Scheune steht. Filou folgt ihrem Beispiel. Sascha setzt sich zwischen die Katzen, streichelt mit jeder Hand eine und blickt zum Haus. Davor steht ein Traktor, dessen gelbe Lackierung schon stark abgeblättert ist.

»In Anbetracht der brisanten Umstände verrate ich dir ein Geheimnis«, maunzt Ophelia. »Erzähl aber niemandem davon.« Filou verspricht es.

»Gewöhnliche Katzen sind im Umkreis des Bauernhauses

tatsächlich durch Steinregen gefährdet. Nur unter uns Glückskatzen ist seit Generationen überliefert, dass, zumindest hinter dem Haus, statt der Steine manchmal tote Tauben, Spatzen oder sogar Hühner vom Himmel fallen. Anfangs habe ich wie alle geglaubt, sie würden uns von Mauiriii geschickt. Es soll nämlich immer dann geschehen, wenn eine Dreifarbige dort sitzt und sie um etwas anfleht. Was daran wirklich stimmt, erfährt keiner, weil die Bittstellerinnen anschließend wie vom Erdboden verschluckt sind. Manche Glückskatzen glauben, Mauiriii würde sie besonders lieben und hätte sie deshalb zu sich genommen.«

»Oder sie sind ebenfalls in ›Spinnennetze‹ geraten«, überlegt Filou. »Abwandern würde doch keine, bei derartig paradiesischen Zuständen.«

»Zumindest nicht freiwillig«, bemerkt Ophelia sarkastisch und greift ihren vorigen Gedanken auf. »So erhebend die Vorstellung auch war, bei Mauiriii in besonderer Gunst zu stehen … Irgendwann begann ich, an dieser Theorie zu zweifeln. Und zwar«, erinnert sie sich, »seit eine ältere Glückskatze mir erzählte, es wäre erstmals geschehen, nachdem die Bäuerin den Hof verlassen hatte.«

»Das ist wirklich merkwürdig«, meint auch Filou. »Warum sollte Mauiriii euch erst seitdem beschenken? Andererseits kann ich, unter uns gesagt, ihre Beweggründe oft nicht nachvollziehen.«

»Das ist sowieso ein unerschöpfliches Thema«, bemerkt Ophelia. »Jedenfalls bin ich spätestens seit Inis Bericht sicher: Diese Vögel fallen gar nicht vom Himmel, sondern aus einem Fenster, und zwar – wenn du's ganz genau wissen willst – aus der Hand des Bauern.«

»Aber warum sollte er euch speisen?«, stößt Filou hervor.

»Das weiß ich nicht – noch nicht«, entgegnet Ophelia. »Doch eines ist gewiss: Er tut es aus demselben Grund, aus dem er Ini verköstigt hat.«

»Vielleicht«, überlegt Filou, ohne selbst wirklich daran zu glauben, »handelt er ja als Mauiriiis Werkzeug.«

»Mau!«, schreit Ophelia auf, sodass Sascha, der sie immer noch andächtig streichelte, erschrocken seine Hand zurückzieht. »Bist du verrückt? Das glaubst du jetzt nicht wirklich, oder? Wenn, dann agiert er höchstens als Werkzeug von Chraaan.«

Weil der Name der missgünstigen Katzengottheit wie ein Fauchen klingt, wagt Sascha sich nicht mehr an Ophelia heran. Filou bemerkt es und weist sie darauf hin.

»Oh«, schmiegt sie sich entschuldigend an ihn. »Tut mir leid, du warst nicht gemeint, bist wirklich der netteste Mensch, den ich je kennengelernt habe.«

Sascha lächelt. »Hab ich dich an einer falschen Stelle gestreichelt? Entschuldige bitte, das wollte ich nicht.«

Plötzlich verspürt Filou das Bedürfnis, seiner Lieblingskatze zu demonstrieren, dass er durchaus kein gewöhnlicher Kater ist, obwohl er keine drei Farben besitzt. Seit diese Bemerkung fiel, liegt sie ihm schwer im Magen.

Also visiert er den Traktor vor dem Wohnhaus an, ist in wenigen Sätzen dort und thront auf einem der großen Hinterräder.

Angesteckt durch seinen Übermut, springt Sascha hinterher und klettert auf den Fahrersitz.

Die völlig überraschte Ophelia eilt ihnen nach und faucht sie von unten herauf an: »Habt ihr jetzt beide den Verstand verloren und verwechselt Mut mit Leichtsinn?«

Weil der Junge die Katze nicht versteht und es ihm dort oben einfach zu sehr gefällt, bleibt er sitzen. Filou dagegen lässt sich wie ein begossener Kater zu Boden gleiten. »Du hast ja recht, Liebste, aber bitte nenne mich nie wieder mit gewöhnlichen Katern in einem Atemzug.«

Ophelia ohrfeigt ihn spielerisch. »Nach dieser hirnrissigen Darbietung ganz bestimmt nicht.«

Speck- und Biergerüche aus dem Bauernhaus reizen Filous Speicheldrüsen. Ophelia dagegen ist alarmiert. »Los, lass uns das Revier erkunden«, drängt sie. »Nach dem Essen kommt er oft wieder raus.«

Während die beiden Katzen an der Fassade der Frontseite entlangschleichen, steigt ihnen aus den schmalen länglichen Kellerfenstern noch ein Geruch entgegen. Spontan fühlt sich Filou dabei an das Schulterblatt erinnert. Hier riecht es irgendwie ähnlich und doch wieder ganz anders.

»Woran denkst du?«, fragt Ophelia und lässt sich von dem nachmittäglichen Fund erzählen. »Das kann zwar, muss aber nicht unbedingt mit dem hier zusammenhängen«, meint sie.

Um noch deutlicher riechen und vielleicht etwas sehen zu können, wollen die beiden auf eines der Fensterbretter springen, schrecken aber durch plötzlichen Motorenlärm zurück. Ehe ein weißer Lieferwagen mit rotem Schriftzug auf den Hof fährt und vor dem Wohnhaus hält, gehen sie hinter einem der Traktorräder in Deckung.

Sascha dagegen bindet das Geräusch in seinen Tagtraum ein, in dem er gerade auf dem Traktor über ein Feld rattert. Die raue Stimme des Bauern reißt ihn jedoch abrupt in die Wirklichkeit zurück. Angstvoll duckt er sich hinter das Lenkrad und entziffert ein paar Buchstaben vom ersten Wort des Schriftzugs. Obwohl er erst im Herbst zur Schule kommt, kann er das zweite vollständig lesen: Pelze.

»Ich hab Sie erst nächste Woche erwartet«, dröhnt die Stimme des Bauern über den Hof, nachdem er die Fahrerin des Lieferwagens begrüßt hat, eine Frau undefinierbaren Alters, in engen Hosen mit Tigermuster.

»Sie können also jetzt nicht liefern«, folgert sie verärgert. Das ist …«

»Sie wissen doch, wie selten Glückskatzen sind, aber nächste Woche ganz bestimmt«, unterbricht der Bauer sie beschwichtigend. »Wenn's geht, kommen Sie dann etwas später.«

»Warum? Vor wem haben Sie denn Angst?«, fragt sie, blickt sich um und lacht ihn aus. »Vor den Katzen? Hier ist doch niem… Ah!«

Sascha fühlt erst ihren Blick auf sich gerichtet, dann den des Bauern.

»Was hast du hier verloren?«, poltert der los und rennt mit hochrotem Gesicht auf ihn zu.

Hals über Kopf klettert der Junge vom Traktor, fällt hin, rappelt sich wieder auf und saust davon.

Untermalt vom schrillen Gelächter der Frau dröhnt selbst dann noch die Stimme des Bauern durch seinen Kopf, als er längst außer Hörweite ist: »Hau ab, lass dich hier nie mehr blicken! Und wehe, du erzählst ein Sterbenswörtchen! Dann zieh ich dir auch das Fell über die Ohren!«

Sascha rennt, bis er vor Erschöpfung zusammenbricht, achtet nicht auf den Weg. Die Kehle wund vor Heiserkeit, stürzt er schließlich ins Gras.

Ein Kitzeln an der Wange lässt ihn aufschauen, direkt in Filous goldgelbe Augen.

»Mau«, sagt der Kater und schmiegt sich an seine Brust. »Ophelia und ich sind genauso erschrocken.«

Sascha birgt sein Gesicht in Filous Fell. Endlich lösen sich seine aufgestauten Tränen.

Als der Kater schon ganz nass ist, blickt das Kind sich nach Ophelia um, kann sie aber nirgends entdecken. Steckt sie hier irgendwo im Gras? Oder haben der Bauer und die ›Tigerfrau‹ sie erwischt?

Sascha reibt sich die Augen. War er womöglich hier eingeschlafen und hat alles nur geträumt?

Der Kater tröstet ihn, kann ihm jedoch nicht das Gefühl vermitteln, alles sei gut. Doch genau danach lechzt der Sechsjährige, steht auf und sieht sich um.

Hinter der Wiese, halb verdeckt von mittlerweile verblühenden Forsythien, Flieder und anderen Sträuchern, entdeckt er ein altes Fachwerkhäuschen. Wohnt dort nicht die Frau mit der schwarzweißen Katze?

10. Kapitel

Zarte Bande

Mona windet sich zwischen Herrn Ritter und Mia hindurch und rast den Flur entlang, die Tür zum Papageienzimmer vor Augen. Ruhig ist es dahinter, verdächtig ruhig.

Die Hand schon nach der Klinke ausgestreckt, rutscht sie auf ihren hochhackigen Schuhen aus. Mia versucht, sie von hinten aufzufangen, kann aber lediglich ihren Sturz mildern. »Alles okay?«, fragt sie und hilft ihr auf die Beine.

Mona nickt mit schmerzverzerrtem Gesicht, stützt sich auf die Tierpsychologin und weist mit der anderen Hand zur Tür. »Man hört gar nichts mehr! Warum hört man nichts mehr?«

»Die Tür ist nahezu schalldicht«, erklärt Herr Ritter.

Misstrauisch blickt Mona ihn an. »Aber vorhin war sie's nicht.«

»Vorhin waren die Aras lauter«, vermutet Mia. »Sie werden gleich sehen, dass mit Amigo alles okay ist.« In der Hoffnung, dieses Versprechen einhalten zu können, geleitet sie mit Ritter ihre Klientin zurück, dann einen anderen Gang entlang.

Unterwegs wirft der Leiter der Auffangstation der Tierpsychologin genervte Blicke zu. Manch schwierigen Papageienhalter hat sie ihm schon gebracht, aber so etwas ... Das musste er während seiner über 20 Jahre hier noch nicht erleben.

Hinter der Tür, die er jetzt für die Frauen öffnet, entdecken sie über einem Schreibtisch einen Monitor.

»Amigo!«, ruft Mona aus und verfolgt ungläubig, wie der Gelbbrustara auf dem Bildschirm durch ein Trenngitter mit seinen Artgenossen kommuniziert. Zweifel huschen über ihr Gesicht.

Mia bemerkt es und streicht leicht über ihren Arm. »Ja, das ist tatsächlich Ihr Amigo«, bestätigt sie. »Wirklich erstaunlich, wie schnell er nun doch Kontakt zu den anderen aufnimmt. Super!«

»Ja, super«, wiederholt Mona matt und kämpft mit den Tränen. »Offenbar hat er mich schon vergessen, so schnell, nach all den Jahren ...«

Ritter, der hinter ihr steht, verdreht kopfschüttelnd die Augen, während Mia ihrer Klientin ein Taschentuch reicht. »Unsinn, natürlich hat er Sie nicht vergessen.«

Mona schnäuzt sich kräftig, dreht das Taschentuch dann nervös zwischen den Fingern zu einer Wurst und blickt die Tierpsychologin fragend an. »Dann meint er vielleicht, ich hätte ihn vergessen.«

»Auch Quatsch.« Mia lacht aufmunternd. »Gar nichts meint er. Jetzt schauen Sie doch mal, wie schön und spannend das für ihn ist. Zum ersten Mal in seinem Leben sieht er sich seinesgleichen gegenüber.«

Mona richtet ihre verheulten Augen auf den Bildschirm, wo Amigo eben einem Weibchen auf der anderen Seite des Trenngitters zuruft: »Amoremio Monamia amoremiiio!«

Sichtlich irritiert, antwortet es mit schrillen Pfeiftönen.

Unwillkürlich muss Mia lachen. »Wahrscheinlich versteht sie kein Italienisch.«

»Kiara versteht nicht mal Deutsch«, berichtet Ritter, »sie hat bei einem Taubstummen gelebt. Wir haben sie erst vor Kurzem übernommen. Das erweist sich vielleicht als Glücksfall für Amigo.«

»Prima, dass er so aufgeschlossen und neugierig ist«, freut sich Mia, wundert sich jedoch nach einer Weile über sein Verhalten. Immer wieder scheint es, als verrichte Amigo gymnastische Übungen. Mal hebt er ein Bein, breitet erst eine Schwinge aus, dann die andere, öffnet seinen Schnabel und schließt ihn wieder oder verdreht den Kopf. »Haben Sie eine Ahnung, warum er das macht, Mona?«

»Na ja …« Sichtlich kämpft die Gefragte gegen aufsteigende Tränen an, ringt um Fassung und streicht nervös durch ihren gestylten und farblich aufgefrischten Gelbbrustara-Look. »Vor dem Spiegel macht er das gern, er hat Spaß daran, weil sein Spiegelbild ihm gehorcht.« Sie stutzt und bricht in einen neuerlichen Weinkrampf aus. »Aber das ist ja jetzt alles auf immer und ewig vorbei.«

»Was reden Sie denn da, Mona?« Tröstend nimmt Mia sie in den Arm. »Ich hab Ihnen doch gesagt, wenn Amigo eine Freundin findet, mit der er sich gut versteht, dürfen sie beide

Vögel mit nach Hause nehmen. Nicht wahr?«, fragt sie über Monas Schulter hinweg den Stationsleiter.

Der nickt. »Sicher, sofern die Haltungsvoraussetzungen erfüllt werden.«

»Das hab ich ja begriffen«, entgegnet Mona und fügt so leise hinzu, dass nur Mia es versteht: »Aber es wird halt nie mehr so sein, wie es war. Er hat dann eine neue Amiga und will von mir bestimmt nichts mehr wissen.«

Ritter hat endgültig genug. »Bleiben Sie, solange Sie wollen. Wenn was ist, ich bin im Büro«, sagt er und geht hinaus.

Mia nickt ihm zu und widmet sich wieder ihrer Klientin. ›Sie haben doch jetzt Ihren Leon‹, liegt ihr auf der Zunge. Das schluckt sie aber hinunter, sie bezweifelt allmählich, ob der, ja, ob überhaupt irgendein Mann dauerhaft Monas symbiotischen Bedürfnissen gerecht werden kann oder will. Anders verhält es sich mit einem tierischen Partner. Dem fehlt in menschlicher Obhut schlichtweg die Entscheidungsfreiheit. Durch seine ständige Kontrollierbarkeit erübrigen sich auch weitgehend Verlust- und Bindungsängste. Nun gut, irgendwann zieht natürlich der Tod einen Schlussstrich unter die Beziehung.

Plötzlich drängt sich der Tierpsychologin ein neuer Gedanke auf. Ob Mona sich wohl seinerzeit intuitiv gerade deshalb gegen einen Hund entschieden hat? Mia beschließt, auf das Gejammer nicht mehr einzugehen, und bemerkt stattdessen: »Dieses Spiegelbildverhalten ist ja wirklich hochinteressant. Also testet er jetzt vermutlich aus, ob Kiara sich genauso verhält. So ein Macho! Aber schauen Sie nur.

Dieses Mädel denkt gar nicht daran, nach seiner Pfeife zu tanzen.«

Mona sträubt sich zwar noch ein bisschen, wird dann aber doch neugierig und wirft einen Blick zum Bildschirm. Im selben Moment stößt das Gelbbrustaraweibchen einen schrillen Pfiff aus. Mia lacht. Widerwillig stimmt Mona mit ein und äußert unter Tränen: »Im Gegenteil, sie pfeift selber.«

11. Kapitel

Saschas Wunsch

Als Mia endlich nach Hause kommt, sitzt Mausi vor der Tür und streicht ihr um die Beine. »Hallo Mausilein! Du hast schon auf mich gewartet?«

»Auch, aber vor allem auf das, was du mir mitbringst«, schnurrt die Katze, läuft hocherhobenen Schwanzes vor ihr in die Küche und springt auf die Anrichte. »Nun pack schon aus! Was ist denn da Leckeres drin?«, will sie wissen und langt mit einer Vorderpfote in die papierne Einkaufstüte.

»Langsam, langsam«, mahnt Mia, zieht aber schnell ein Döschen aus der Tüte, entleert es in Mausis Napf und stellt ihn auf den Boden.

Die Katze springt herunter, schnuppert vorsichtig daran, rümpft die Nase und blickt empört zu Mia hoch.

»Aber das ist dein Lieblingsfutter, das mochtest du doch gestern noch so gern«, rechtfertigt die sich.

Mausi äußert unmissverständlich ihre Missbilligung. »Gestern war gestern und heute ist heute!« Zack, hockt sie wieder auf der Anrichte und steckt ihren Kopf in die Tüte. »Mal sehen, was du sonst noch mitgebracht hast.«

Enttäuscht packt Mia aus und stapelt Dosen aufeinander, alle mit verschiedenen Fleischsorten, aber vom selben Hersteller. »Pures Fleisch, ohne Getreide, Lock-, Farb-, Konservierungs- oder sonstige Zusatzstoffe. Was glaubst du, was das kostet, selbst noch im Sonderangebot?«, hält sie ihrer Katze vor.

Davon gänzlich unbeeindruckt, eilt Mausi durchs Wohn- zimmer zur Terrasse und will hinausgelassen werden. Seuf- zend öffnet Mia die Tür und schaut zu, wie Mausi zwischen den Blumenrabatten verschwindet.

Als sie in die Küche zurückkehrt und ihre Taschen weiter ausräumt, entgleitet ihr beinahe ein kleines Päckchen, sorg- fältig eingewickelt in weißes Seidenpapier.

Mia packt es aus und kann kaum fassen, was sie da in der Hand hält. Sie betrachtet es ungläubig. Doch jegliche Zweifel sind ausgeschlossen. Obwohl nicht mal feinste Haarrisse da- ran auszumachen sind, handelt es sich eindeutig um den Por- zellanpinguin ihrer Urgroßmutter. Wie hat Mona das bloß hingekriegt? Als Mia sie nach Hause gefahren hatte, war sie immer noch total verstört, kramte beim Verabschieden das Päckchen aus ihrer Tasche und drückte es ihr in die Hand. »Hier – und – tut mir leid, dass ich so ein schwieriger Fall bin.«

Mia konnte nicht anders, schloss sie spontan in die Arme und meinte leise, ohne selbst so recht daran glauben zu können: »Wird schon alles gut, Mona.« Dann wartete sie, bis ihre Klientin in dem Häuschen am Ende einer Sackgasse verschwunden war. Sie hätte doch allzu gern einmal selbst ein Auge auf Leon geworfen.

Irgendwie ist dein Pinguin jetzt noch bedeutender für mich geworden, Omi, denkt Mia und stellt das Figürchen im Wohnzimmer auf seinen angestammten Platz im Bücherregal. Dabei fällt ihr ein, dass Steffi sich heute Nachmittag melden wollte. Ob irgendwas passiert ist?

Wieder mal typisch für dich, schimpft die Psychologin auf sich selbst. *Machst dir ständig um alles und jeden Sorgen. Dabei kennst du doch Steffis sprunghaftes Wesen. Was um Himmels willen soll denn schon passiert sein? Die hat halt gerade nur ihren Ronald im Kopf, wird völlig vergessen haben, dass sie dich eigentlich anrufen wollte.*

Hm – dieser Ronald … Ob das jetzt endlich der Richtige für Steffi ist? Von wie vielen hat sie das schon behauptet? Entflammt in Liebe für eine neue Eroberung, verliert die Freundin stets den Blick für die Realität. Und bald darauf ereilt sie umso heftiger der große Katzenjammer.

Katzenjammer? Mia wendet sich um zur Terrassentür. Klar, sie hat richtig gehört, dahinter steht Mausi und begehrt schon wieder Einlass.

Doch sie ist nicht allein. Bei ihr sind ein rotgetigerter Kater und ein kleiner lichtblonder Junge. Die beiden weichen einen Schritt zurück, als Mia öffnet. Der Junge blickt auf seine Füße, die in staubigen Sandalen stecken. Irgendwann müssen sie mal weiß gewesen sein.

»Hallo«, grüßt Mia überrascht. »Meine Katze Mausi hat Besuch mitgebracht. Wie schön! Komm ruhig herein mit deinem Kater. Es ist doch deiner, oder?«

Zögernd nickt der Junge, macht aber keinerlei Anstalten, der Einladung zu folgen.

Mia überlegt kurz. »Hm«, meint sie. »Du hast vollkommen recht. Bei diesem Wetter ist es auf der Terrasse viel schöner.« Damit zieht sie aus einer alten Holztruhe zwei Liegestuhlauflagen und reicht sie dem Jungen. »Möchtest du mir helfen, es uns ein bisschen gemütlich zu machen?«

Froh, seine unruhigen Hände beschäftigen zu können, nickt er schweigend und streift eine Schlaufe der buntgemusterten Auflage über die Lehne des einen Stuhls.

Indessen holt Mia aus der Küche Apfelsaft und Gläser. »Das magst du hoffentlich«, fragt sie ihren Überraschungsgast und schenkt ihm auf sein Nicken hin ein. Dabei registriert sie aus einem Blickwinkel, dass der Kater am Rand der Terrasse verharrt und somit eine sichere Fluchtdistanz einhält. Allzu vertrauensvoll scheint er nicht zu sein, wundert sie sich und fragt: »Du hast ihn wohl noch nicht lange?«

Leise bejaht der Junge, ein bisschen erschrocken, als hätte sie ihn bei einer Lüge ertappt.

Doch Mia lässt sich nichts anmerken, schenkt sich ebenfalls Saft ein und schaut den immer noch herumstehenden Jungen freundlich an. »Setz dich doch.«

Zögernd folgt er ihrer Einladung. Erfreut, als endlich doch ein Lächeln über sein Gesicht huscht, wenn auch an ihr vorbei, dreht Mia sich um.

Na klar, das hätte sie sich ja denken können. Ihr Platz ist bereits belegt – von Mausi.

Als sei es das Selbstverständlichste auf der Welt, rekelt sich die Katzendame behaglich auf dem Kissen und unternimmt keinerlei Anstalten, wenigstens ein paar Zentimeter beiseitezurücken.

Gespielt empört stemmt Mia ihre Hände in die Hüften: »Mausilein, sofort runter von meinem Platz!« Als die Katze sich davon nicht im Geringsten beeindrucken lässt, wendet Mia sich an den Jungen. »Irgendwas mach ich wohl falsch. Hast du vielleicht eine Idee ...« Sie bricht ab, als fiele ihr urplötzlich etwas ein. »Sag mal, wie heißt du eigentlich?«

»Sascha«, antwortet der Junge kaum hörbar.

»Sascha«, wiederholt Mia laut. »Wie schön, dich kennenzulernen. Ich bin Mia. Also, was ich dich fragen wollte, Sascha: Was glaubst du, sollte ich jetzt am besten tun?«

Der Junge kraust angestrengt überlegend die Stirn und zuckt schließlich mit den Schultern. »Weiß nicht, vielleicht bitte sagen?«

»Aha ...« Erneut wendet sich Mia an ihre Katze. »Prinzessin Mausi, würdest du bitte ein Stückchen beiseiterücken, damit ich mich zu dir setzen kann?«

Was hat sie heute bloß?, denkt Mausi und rührt sich keinen Zentimeter. Bei anderem Besuch führt sie sich doch auch nicht so auf. Mit diesem Menschenjungen muss es wohl tatsächlich irgendeine Bewandtnis haben. Das hat sie doch gleich an jenem Abend gespürt, als sie auf dem Mäuerchen lag und seinen Schopf zwischen den Forsythien auftauchen sah.

Hilfesuchend wandert Mias Blick zurück zu Sascha. »Tja, nützt auch nichts, wie du siehst.«

Unschlüssig druckst er herum. »Vielleicht ... Wenn du sie ...« »Raus mit der Sprache! Wenn ich sie was?«

»Na ja, wenn du sie einfach auf den Arm nimmst und dich dann mit ihr hinsetzt?«

»Juhu!«, ruft Mia. »Das ist es, genau.« Noch bevor sie ausgesprochen hat, pflückt sie Mausi von der Sitzfläche, lässt sich darauf nieder und nimmt die Katze auf ihren Schoß.

Sascha strahlt. »So geht's euch beiden gut.«

Auch Mia freut sich, krault Mausi und erhebt ihr Glas. »Darauf trinken wir.« Nachdem sie ihr Glas wieder abgestellt hat, lässt die Tierpsychologin ihren Blick nachdenklich zu dem Rottiger schweifen, der sich zwar inzwischen sichtlich entspannt hat, aber immer noch am Rand der Terrasse verweilt. »Deinen schönen Kater hast du mir ja noch gar nicht vorgestellt, Sascha.«

»Er heißt Filou.« Lockend streckt der Junge eine Hand nach ihm aus. »Komm her, Filou. Na, komm schon.«

Erfreut stellt Mia fest, dass der Junge durch das lange Zögern des Katers nicht die Geduld verliert, sondern weiterhin ruhig und ermutigend auf ihn einspricht.

Nach einer Weile erhält er Unterstützung von Mausi. »Also, deinen Freund lerne ich ja gerade erst kennen und finde ihn bisher sehr nett«, maunzt sie von Mias Schoß zu Filou hinüber. »Was meine Freundin hier betrifft, der kannst du vertrauen. Sie hat mir sogar das Leben gerettet, als ich klein war.«

»Tatsächlich?«, maunzt der Kater zurück. »Ich hab doch gewusst, dass es gute Menschen gibt, auch wenn mir das die meisten anderen Katzen nicht glauben.«

Mausi wird neugierig. »Welche anderen Katzen?«

Ohne Mia aus den Augen zu lassen, begibt sich Filou an Saschas Seite und schmiegt den Kopf in seine Hand. »Die von dort, wo ich lebe.«

»Siehst du, Sascha«, bemerkt Mia erfreut. »Unsere beiden verstehen sich ja schon prima.« Dankbar streicht sie ihrer Katze über den glänzend schwarzen Rücken. »Mausi hilft mir oft bei meiner Arbeit.«

»Was arbeitest du denn?«, fragt Sascha neugierig.

»Ich helfe Menschen, ihre Tiere besser zu verstehen«, antwortet Mia mit Blick auf Filou. »Bei euch beiden klappt das ja, wie ich sehe, schon ganz gut.«

Maunzend richtet Filou seinen Blick auf Sascha. »Bitte erzähl ihr, was auf dem Bauernhof geschieht.«

Tatsächlich denkt der Junge gerade daran und stellt sich vor, wie Mia den bitterbösen Bauern ausschimpft. Aber dabei sieht er wieder dessen zornentbrannte Augen und den weit aufgerissenen Mund, der ihn anbrüllt: »Und wehe, du erzählst ein Sterbenswörtchen! Dann zieh ich dir auch das Fell über die Ohren!«

Mehrmals hallt die Drohung in Saschas Kopf wider. Beide Knie eng an seinen Körper gezogen, umklammert er sie und vergräbt das Gesicht.

Erschrocken fragt sich Mia, womit sie diese extreme Reaktion ausgelöst hat. Aber was weiß sie denn schon von diesem Kind, das wundersamerweise den Weg zu ihr gefunden hat? »Wissen eigentlich deine Eltern, wo du bist?«

Zweimal muss sie diese Frage wiederholen, ehe der Junge seinen Blick hebt und sie anschaut, als käme er aus einer anderen Welt. Dann nickt er zwar, schüttelt aber gleich darauf den Kopf. »Es soll doch eine Überraschung werden für Papa.«

»Eine Überraschung«, wundert sich Mia. »Womit möchtest du deinen Vater denn überraschen?«

Das weiß der Junge selbst noch nicht so genau. Es ist ihm nur gerade eingefallen. Um wenigstens irgendwas zu tun, sieht er sich um. Dabei bleibt sein Blick auf dem Kater haften. »Mit einem Kunststückchen von Filou.« Sein Gesicht hellt sich auf. Ja, das ist es! Nun plappert er drauflos, als wäre in seiner Seele ein Damm gebrochen. »Mein Papa freut sich bestimmt ganz toll, wenn ich an seinem Geburtstag mit Filou ein Kunststückchen aufführe. Bitte, bitte, hilf mir, es ihm beizubringen. Ich geb dir auch das ganze Geld aus meinem Sparschwein.«

Mia braucht ein bisschen Zeit, um ihre Gedanken zu ordnen, will vermeiden, dass erneut eine Panikattacke in dem Kind ausgelöst wird. »Nun mal langsam, Sascha«, beginnt sie. »Zunächst möchte ich dir sagen, dass ich dir sehr gern helfe.« Beim Blick in seine leuchtenden Augen stockt sie, tief innerlich berührt, reißt sich dann aber zusammen und fährt freundlich fort. »Es ist allerdings so, dass Katzen nicht auf Befehl Kunststückchen aufführen möchten wie zum Beispiel Hunde.«

Das war dem Jungen nicht bewusst. Doch ehe das Leuchten in seinen Augen völlig erlischt, spricht Mia weiter: »Manche lassen sich durchaus etwas beibringen. Ob dein Filou dazugehört, kann ich jetzt noch nicht beurteilen. Das kommt auf einen Versuch an. Versteh mich bitte richtig, Sascha. Ich möchte vermeiden, dass du später enttäuscht bist, falls es doch nicht so klappt, wie du es dir vorgestellt hast. Kann auch sein«, erklärt sie, mit Blick auf den Kater, »er macht hier prima mit, fühlt sich dann aber beim Geburtstag unter den Gästen nicht so wohl. Du weißt ja vielleicht selber, wie es ist, wenn viele Leute gleichzeitig auf dich schauen und etwas von dir erwarten.«

Sascha nickt verstehend. Allerdings, das kann er aus eigener Erfahrung nachvollziehen.

»Am besten wäre es«, schlägt Mia vor, »wenn wir zunächst einfach nur aus Spaß versuchen würden, ihm ein bisschen was beizubringen. Und ganz wichtig, Sascha ...« Sie bricht ab und spricht erst weiter, als seine volle Aufmerksamkeit wieder auf sie gerichtet ist. »Filou muss mindestens genauso viel Spaß daran haben wie wir!«

»Ja klar!«, stimmt Sascha eifrig zu und beugt sich zu dem Kater hinab. »Wirst schon sehen, Filou, das macht dir Spaß! Ganz, ganz viel!«

»Mau«, meint der, »warten wir's ab. Wenn du dann endlich deine Angst überwindest und erzählst, was auf dem Hof los ist, tu ich dir gern den Gefallen.«

Sascha kann nicht mehr still sitzen, springt auf und weist begeistert auf den Rottiger. »Siehst du, Mia. Er will etwas lernen! Können wir gleich anfangen? Oh, bitte, bitte!«

Angesichts von so viel Enthusiasmus kann Mia unmöglich Nein sagen, sie möchte sowieso mehr aus diesem Kind herausbekommen. Das wird jedoch nur spielerisch möglich sein. »Was wir unbedingt brauchen, sind Leckerlis zur Belohnung«, erklärt sie, setzt Mausi auf das Kissen und steht auf, um welche zu holen. »Ohne die geht gar nichts.«

Die verwöhnte Mausi erachtet es nicht für notwendig, wegen ein paar Leckerlis ihren gemütlichen Platz zu verlassen. Filou hingegen macht einen langen Hals und verfolgt neugierig jede von Mias Bewegungen, als die mit einer Schachtel zurückkommt, aus der es verführerisch duftet. Sie schüttet ein paar Leckerlis daraus auf ihre Hand und steckt sie dem Jungen zu. »Hier, wenn ich dir ein Zeichen gebe, reichst du ihm eins, okay?«

Sascha nickt und klopft sich andeutungsweise auf die Schenkel. »Spring hoch, Filou!«

Lachend setzt Mia gerade dazu an, ihn darauf hinzuweisen, dass es so schnell ja nicht gehen könne. Da springt der vorhin noch so scheu wirkende Kater tatsächlich auf den Schoß des Jungen und kassiert von ihm ein Leckerli.

»Schmeckt fein«, maunzt er. »Lohnt sich ja wirklich, dafür was zu tun!«

Erfreut über seinen schnellen ersten Erfolg, hebt Sascha ein Leckerli über Filous Kopf, entzieht es ihm aber, als er danach schnappen will. »Mach bitte erst Männchen.«

Mia kommt aus dem Staunen nicht mehr heraus. Nun setzt sich der Kater tatsächlich auf die Hinterbacken und verdient sich die ersehnte Belohnung. Gespielt mahnend hebt die Psychologin den Zeigefinger. »Sascha, gib's zu, das hattest du ihm schon vorher beigebracht, um ein bisschen Eindruck zu schinden.«

Voller Angst, sie könnte ihm nicht glauben, schaut der Junge sie aus seinen großen blauen Augen an und beteuert: »Nein, ehrlich nicht.«

Mia erkennt, dass sie einen Fehler gemacht hat. So verunsichert wie dieses Kind ist, muss sie sich derartige Scherze verkneifen und sich jede Äußerung genauestens überlegen. »Entschuldige bitte, Sascha, ich wollte dir wirklich nicht unterstellen, dass du unehrlich bist«, beteuert sie. »Ich bin einfach total überrascht und beeindruckt von dir und deinem Filou, ehrlich.«

Helle Begeisterung leuchtet in Saschas Gesicht auf und sogar ein Anflug von Stolz. »Oh, danke, Mia! Danke, Filou, liebster Filou!« Ein paar Tränen quellen aus seinen Augen, als er den Rottiger an sich drückt – jetzt vor überfließender Freude.

Dem Kater wird diese Umklammerung allerdings schnell ein bisschen zu viel. Zum Glück spürt das der Junge mittels seiner feinen Intuition und lässt ihn wieder los.

»Sag endlich, was der Bauer mit uns Katzen anstellt!«, maunzt Filou, aber das hat Sascha nun total verdrängt. »Was ist denn plötzlich mit dir?«, wundert er sich. »Möchtest du noch ein Leckerli?« Fragend blickt er zu Mia auf. »Darf ich ihm noch eins geben?«

»Na klar, warum nicht?«, antwortet sie zerstreut. Seit geraumer Zeit fragt sie sich, welches Geheimnis hinter diesem merkwürdigen Verhalten stecken mag.

Mausi hat es da leichter, sie spricht den Kater einfach an. »Der Bauer ist ein Mensch, nehme ich an?«, fragt sie.

»Ja«, entgegnet Filou, »und zwar ein ganz übler. Kühe und Schweine dürfen nie ans Tageslicht. Uns Katzen stellt er nach und gibt vor, uns zu mögen. Den Dreifarbigen gibt er sogar was zu essen, aber nur, damit sie sich vermehren. Heute mussten wir erfahren, dass er sie anschließend umbringt.«

»Was?«, schreit Mausi entsetzt. Sascha starrt sie erschrocken an. Mia bewahrt Ruhe, nimmt sie auf den Arm und setzt sich wieder mit ihr auf den Stuhl. »Mausilein, was hast du denn?«

Liebkosungen kann die Katze jetzt aber nicht genießen, blickt zu Filou auf Saschas Schoß hinüber.

»Ich hatte gehofft, dass der Junge anderen Mensch davon erzählt, guten Menschen wie deiner Mia«, erklärt er ihr. »Aber er traut sich nicht.«

»Noch nicht«, ergänzt Mausi hoffnungsvoll und fragt, ob der Bauer es ihm verboten habe.

Filou bejaht. »Nicht nur verboten, er drohte sogar, ihm das Fell über die Ohren zu ziehen.«

»Das Fell?«, wundert sich Mausi. »Aber er hat doch gar keins.«

»Stimmt«, bemerkt Filou. »Da siehst du, wie wahnsinnig dieser Kerl ist.«

»Mia würde nie zulassen, dass Sascha etwas geschieht«, versichert Mausi.

Filou staunt. »Ist deine Mia so mächtig, dass sie es verhindern könnte?«

Als menschenerfahrene Katze muss Mausi darauf nicht lange überlegen. »Sie könnte auf jeden Fall andere gute Menschen alarmieren. Doch der Kleine weiß das vielleicht nicht, er ist ja noch ein hilfloses Kind.«

»Die beiden unterhalten sich aber angeregt, nicht wahr?«, meint Mia zu Sascha.

Der nickt. »Ja, ich höre ihnen sehr gern zu.«

»Wann hat dein Papa denn Geburtstag?«, wechselt sie das Thema und registriert, dass der Junge dadurch offenbar nervös wird.

»Äh ... im Juli«, stößt er hervor.

Die Psychologin glaubt ihm zwar nicht, ist jedoch fest davon überzeugt, dass er nicht aus unlauteren Absichten schwindelt. Nach einem Blick auf ihre Armbanduhr meint sie: »Es ist bald sieben, Sascha. Wann esst ihr denn zu Abend? Warten deine Eltern nicht auf dich?«

Offenbar ist der Junge mit ihren Fragen überfordert.

»Wenn du magst, begleite ich dich und deinen Filou gern nach Hause«, bietet sie ihm an und bemerkt, dass er dadurch nur noch nervöser wird. »Vielleicht kommt Mausi auch mit. Sie begleitet mich oft. Manchmal nenne ich sie meinen Katzenhund.«

Der Junge lacht kurz auf, wohingegen Mausi protestiert. Das wird ja immer schöner, erst halber Hund, jetzt Katzenhund!

»Oh nein, Mia«, lehnt Sascha mit entschuldigender Miene ab. »Ich meine, vielen Dank, aber ... Wenn dich meine Eltern sehen ... Es soll doch eine Überraschung werden.«

»Ach so, ja klar«, entgegnet die Psychologin verständnisvoll. »Daran hatte ich gerade gar nicht gedacht.« Sie steht auf und reicht dem Jungen die Hand. »Dann macht's gut, du und Filou – bis zum nächsten Mal.«

Sascha lächelt erleichtert. »Dann dürfen wir also wiederkommen?«

»Natürlich«, versichert ihm Mia und streicht über seinen Blondschopf.

Munter springt der Junge dem Kater nach, über Blumen und Beete hinweg. Bevor er ganz hinter dem Hang verschwindet, wendet er sich nach Mia um und winkt ihr zu. Nachdenklich winkt sie zurück. Dann fällt ihr Blick auf Mausi, die den beiden folgt. »Du begleitest sie also. Okay, schätze, dagegen wird Sascha nichts haben.«

Einen flüchtigen Moment überlegt Mia, ob sie nicht doch besser hinterhergehen sollte, verwirft diesen Gedanken aber. Falls der Junge es bemerkte, könnte die hauchfeine Vertrauensbasis, die sich während ihrer kurzen gemeinsamen Zeit gebildet hat, erschüttert werden.

12. Kapitel

Die Spaltung

»Schrei nicht wieder so, Filou«, bittet Sascha und blickt seufzend zu den Fenstern des großen grauen Hauses. In der beginnenden Abenddämmerung sind sie nur schwach erleuchtet. »Ich geh ja schon zurück.« Doch als er einen Fuß auf die Straße setzt, miaut der Kater lautstark.

Im Begriff, sich schimpfend zu ihm umzudrehen, erkennt der Junge den Grund dafür. Knapp vor ihm rast ein Auto vorbei. »Oh, danke, Filou! Das hab ich gar nicht kommen sehen.« Die hinter den Fenstern hoffentlich auch nicht, fügt er insgeheim hinzu. Denn sonst erklären sie ihn für unvorsichtig und lassen ihn deshalb künftig gar nicht mehr allein raus. Schnell huscht er hinüber und verabschiedet sich winkend von seinen vierbeinigen Freunden.

»Du wohnst also nicht bei ihm«, erkennt Mausi, die neben dem Kater steht.

Filou sieht sie an. »Hab ich das etwa behauptet?«

»Nicht direkt, aber nach dem, was Sascha zu Mia sagte, dachte ich, ihr würdet zusammengehören.«

Gefolgt von Mausi, springt der Kater zurück über die

Wiese und von dort auf den Feldweg, der zum Bauernhof führt. »Na ja«, überlegt er. »Mittlerweile empfinde ich tatsächlich so, als gehörten wir zusammen, obwohl wir getrennt voneinander wohnen.«

»Aha.« In Mausi keimt eine Ahnung, die ihr Unbehagen einflößt. »Du wohnst also bei diesem Bauern, von dem wir vorhin gesprochen haben.«

Der Kater scheint ihr nicht zugehört zu haben, er läuft immer schneller, den Schwanz steil erhoben und die Spitze vor Erregung zitternd.

»Warte doch mal«, verlangt Mausi. »Warum hast du es denn so eilig, dorthin zu kommen?«

»Kannst du dir das nicht denken?«, fragt Filou ungehalten, ohne sein Tempo zu drosseln. »Dort ist nun mal mein Revier. Wenn ich mich zu lange nicht blicken lasse und versäume, die Grenzen zu markieren, werden andere Kater meinen Platz einnehmen. Außerdem sorge ich mich um die Katzen.« Dabei denkt er in erster Linie an Ophelia. Nachdem sie vom Bauern entdeckt wurden, drängte sie ihn, sich um den verstörten Jungen zu kümmern. Sie käme schon allein zurecht.

Sicher – im Gegensatz zu Ini strahlt Ophelia keine Opferhaltung aus, ist selbstbewusst und eigenständig, weiß sich zu behaupten und aus Notlagen hinauszumanövrieren. Nicht zuletzt jene Eigenschaften bewundert der Kater ja an ihr.

Trotz alledem muss man diesem Bauern weitaus mehr entgegensetzen, und zwar so viel, wie es selbst die fitteste Katze allein unmöglich leisten kann.

Das ist ja mal ein gewissenhafter Kater. Mausi staunt und erstarrt fast vor Ehrfurcht. Allerdings nur innerlich, denn sie will schließlich Schritt halten. Neugier und Faszination treiben sie vorwärts, sind stärker als ihre Angst vor dem Bauern.

Aber der wird sie sich vorerst sowieso nicht stellen müssen, denn noch bevor die Hofgebäude hinter den Bäumen in Sicht kommen, dringen Katzenstimmen von der Waldlichtung herüber.

»Othello hat wohl eine außerordentliche Versammlung einberufen«, meint Filou halb zu sich selbst.

Spontan fallen Mausi dabei die Treffen der Dorfkatzen ein, an denen sie gelegentlich teilnimmt.

Doch hier wird gerade hörbar heftiger debattiert, als sie es jemals erlebt hat.

Filou merkt, wie Mausi zögert. »Komm ruhig mit«, meint er ermutigend. »Wahrscheinlich hat Ophelia Othello dazu veranlasst.«

Diese Ophelia muss ja eine sehr einflussreiche Katze sein, vermutet Mausi und folgt dem Kater auf der Pfote. In seinem Schatten wagt sie eher, sich dem Unbekannten zu stellen.

Noch verdeckt hinter einer dicken Eiche, erfasst Filou die augenblickliche Situation. Die Gemeinschaft scheint in zwei Lager gespalten.

In einem thront die bislang so devote Ini trotzig auf einem Fichtenstumpf. Kaum zu glauben, dass das dieselbe Katze ist, die noch vor Kurzem den meisten unterwürfig aus dem Weg ging. Jetzt wird sie angehimmelt von weiteren Dreifarbigen und ein paar Schildpattkatzen ohne Weiß, die sich offenbar ebenfalls für auserwählt halten.

Im weitaus größeren Lager halten sich sämtliche Vertreter und Vertreterinnen der übrigen Fellfarben auf.

Die hochsensible Schneeflocke, bereits durch geringste Unstimmigkeiten irritiert, pendelt nervös hin und her, als wolle sie damit ihre Zugehörigkeit zu beiden Parteien demonstrieren.

»Du lügst, du kennst den Bauern ja gar nicht!«, faucht Ini eben Ophelia an, die Ohren eng an den Kopf gelegt und das Maul weit aufgerissen. »Du bist bloß neidisch, weil ich Mauiriiis Auserwählte bin.«

Zustimmende Laute aus ihrem Lager werden von protestierenden aus dem anderen dominiert.

»Ja, das bin ich!«, will Ini sie niederschreien.

»Wie kannst du dich für auserwählt halten und erwarten, dass alle dir zustimmen«, meldet sich Blessy, »wo doch jeder weiß, dass deine Mutter sich mit einem rangniedrigen Kater eingelassen hat und obendrein mit ihm durchgebrannt ist?«

Augenblicklich richtet sich Inis Zorn auf sie. »Ich bin Othellos Tochter, genau wie deine Kinder!«

Der noch amtierende Ranghöchste schweigt dazu. Schließlich weiß er, dass er einer unter mehreren war, mit welchen Inis Mutter sich seinerzeit gepaart hatte.

Blessy, von deren Nachwuchs ebenfalls nicht jeder Wurf Othellos Gene trägt, ist froh, als Ophelia sich gleich wieder zu Wort meldet. »Lassen wir diese Rangstreitigkeiten heute besser beiseite, denn es geht um Wichtigeres – um unser

Überleben«, bemerkt sie und hält Inis hasserfülltem Blick stand.

Schnurstracks eilt Filou zwischen die beiden Kontrahentinnen, baut sich auf und erhebt seine Stimme. »Ophelia sagt die Wahrheit! Ich war dabei, kann es bezeugen. Der Bauer hat es auf unsere Felle abgesehen, besonders auf die der Glückskatzen!«

Augenblicklich erlangt der rotgetigerte Redner die Aufmerksamkeit aller Anwesenden.

Durch sein Auftreten in ihrer Position gestärkt, begibt sich Ophelia an seine Seite und begrüßt ihn durch Nasenreiben. »Endlich! Ich hab schon gedacht, du würdest gar nicht mehr kommen.«

Mausi, die sich nun doch nicht so weit vorwagt, verharrt am Rand der Lichtung in unsicher geduckter Haltung. Keiner beachtet sie.

Angesichts des so selbstbewusst erscheinenden Rottigers sieht Ini ihr jüngst erworbenes Ansehen gefährdet, weicht jedoch seinem Blick aus und wendet sich stattdessen an Othello: »Ophelia hat ihn bezirzt. Weiß doch jeder, wie er hinter ihr her ist. Filou würde alles aus ihrem Maul bestätigen, nur um in ihrer Gunst zu steigen.«

Das kann der Rottiger unmöglich so stehen lassen. »Ich bestätige nur, was ich mit eigenen Augen gesehen und mit eigenen Ohren gehört hab«, belehrt er die aufmüpfige Dreifarbige. Er sieht ihr an, dass sie leicht verunsichert ist, und nutzt diesen Moment, um an ihren Verstand zu appellieren. »Hör zu, Ini, der Bauer hat dich gespeist und gepflegt, damit dein Fell schöner und glänzender wird, bevor er es dir über die Ohren zieht.«

Er hat recht, droht eine innere Stimme Ini aus ihrem wundervollen Traum zu reißen, zurück in ihre Rolle als Prügelkatze. Dagegen sträubt sie sich und überlegt fieberhaft, was Filous Behauptung widerlegen könnte. Die Körpersprache ihrer Anhänger drückt bereits Zweifel an ihrer Berufung aus.

Endlich fällt Ini ein stichhaltiges Gegenargument ein. »Wenn es stimmt, was du sagst, warum hat er das dann nicht längst getan? Mein Fell ist seit Tagen schöner denn je.«

»Genau«, tönt es zustimmend aus ihrem Lager. Auch die übrigen Katzen können das nicht bestreiten.

Damit ist Inis Absturz in die Realität gestoppt – zunächst. Doch in Ophelia keimt ein weiterer Verdacht. Weil Ini ihr bestimmt wieder Neid unterstellen würde, wäre es allerdings besser, wenn Filou ihn äußerte. Also richtet sie ihren Blick auf ihn.

Der Kater versteht ihn zwar nicht, denkt aber zufällig dasselbe. »Ini, der Bauer könnte auch darauf spekuliert haben, dass du trächtig bist und ihm Glückskatzen gebierst.«

Wie ertappt zuckt sie zusammen. Sieht man ihr womöglich schon etwas an? Ausgerechnet einer, mit dem sie sich gepaart hat, betritt eben die Lichtung, nämlich Schlitzohr.

Hoffentlich hat er Filous Vermutung nicht mitbekommen, bangt Ini und überlegt noch, wie sie unauffällig auf ein anderes Thema überleiten könnte. Da nimmt der Schwarzbraune ihr das überraschend ab.

»Warum hat mich keiner über diese Zusammenkunft informiert?«, beklagt er sich lauthals. »Und wer ist die Schwarzweiße dahinten? Sie stinkt penetrant nach Mensch!«

Im Schwanzumdrehen sieht sich Mausi von allen Seiten beäugt. Filou eilt zu ihr und richtet sich an die Versammelten. »Sie ist mit mir gekommen. Ich habe sie …«

»Ach ja, warum bist du eigentlich zu spät gekommen?«, fällt Ini ihm ins Wort. »Wo der Bauer doch angeblich so gefährlich ist, dass wir uns sofort versammeln mussten. Ophelia hat darum gebeten«, fährt sie fort, ehe Filou antworten kann, »weil sie mir mein Glück missgönnt und mich niedermachen will!«

»Meinst du wirklich, ich hätte das nötig?«, dringt Ophelia in sie und wendet sich an die Versammelten. »Was ist mit euch? Ihr kennt mich gut genug. Meint ihr das auch?«

Othello sieht sich zum Eingreifen genötigt. »Stell uns vor, wen du da mitgebracht hast«, fordert er den Rottiger auf.

Der reibt seine Nase an dem Gast. »Das ist Mausi. Sie lebt mit einer sehr freundlichen Menschenfrau zusammen.«

Noch während Filou spricht, verlassen einige ihre Plätze und vergewissern sich, dass Mausi tatsächlich starker Menschengeruch anhaftet. Das kann nur bedeuten, was Ophelia sogleich ausspricht: »Du bist also eine Menschenkatze.«

Menschenkatze? Mausi versteht nicht, was sie meint.

Ophelia sieht es ihr an und erklärt: »Na ja, eine von den Katzen, die mit Menschen in denselben Räumen leben.«

Zwar begreift Mausi nun, wundert sich aber trotzdem. Gehören Katzen und Menschen nicht grundsätzlich zusammen? Bisher kannte sie keine verwilderten oder gar wild aufgewachsenen Artgenossen. »Meine Mia wohnt bei mir. Sie hat mir das Leben gerettet, als ich noch ganz klein war«, erzählt sie und macht sich damit unbeabsichtigt suspekt. Denn dass ein Mensch eine Katze rettet, kann sich sogar Ophelia, deren überfahrene Mutter als Ausgesetzte zeitlebens die Nähe von Menschen suchte, kaum vorstellen. Wie sollte es da jenen, die von Verwilderten abstammen, auch nur ansatzweise möglich sein? Nein, argwöhnen die, diese Schwarzweiße ist entweder eine Lügnerin oder geistesgestört.

Mausi spürt, wie eine knisternde Spannung entsteht und erschrickt. Damit hat sie nicht gerechnet.

Filou, der mit Unterstützung von Mausi und Sascha Zutrauen zu Mia fasste, will vermittelnd eingreifen.

Doch Schlitzohr kommt ihm zuvor und schreit: »Unmöglich! Menschen ertränken uns, erschlagen uns, erwürgen uns, aber retten? Niemals!«

»Man darf ihnen nicht trauen«, warnt Schneeflocke leise und erntet von ringsumher Zustimmung.

Kleckse, bisher ungewöhnlich zurückhaltend, mustert Mausi misstrauisch und argwöhnt: »Du willst dich wohl interessant machen.« Mit Seitenblick auf Ini fügt sie hinzu: »Davon hatten wir heute schon mehr als genug.«

Dadurch reizt sie die junge Dreifarbige zum Einspruch. »Ich glaube Mausi«, verkündet sie feierlich. Um die Wirkung ihrer Worte zu unterstreichen, verlässt sie ihren Fichtenstumpf und gibt der verdutzten Schwarzweißen Köpfchen.

»Sei willkommen! Du bist offenbar ebenfalls eine Auserwählte Mauiriiis.«

Mausi sieht sich in einer Zwickmühle. Was soll sie tun? Wie kann sie Ini, ohne sie zu kränken, davon überzeugen, dass Mia zu den guten Menschen zählt, dass man sich vor diesem Bauern aber hüten muss?

Filou erkennt Mausis Not und lenkt von ihr ab. »Ich bin Sascha zu Mia gefolgt«, beginnt er. »Deshalb hab ich nichts von dieser Versammlung gewusst und war zu spät dran. Weil der Bauer den Jungen mit dem Tod bedroht hat, wagte er leider nicht, Mia von unserer Not zu berichten. So wie ich sie kennenlernte, glaube ich, dass sie uns helfen würde.«

»Aha, du glaubst«, spottet Schlitzohr. »Ich kann gar nicht aufzählen, wie oft Menschen sich mir in scheinbar guter Absicht genähert haben. Aber dann …« Er bricht ab und verzieht sein Gesicht.

Mausi entdeckt erst jetzt die Narben darin und ist entsetzt. Dass Menschen zu derartigen Grausamkeiten fähig sein können, hätte sie nicht gedacht.

Ini, die immer noch an ihrer Seite verweilt, reibt sich an ihr und versichert: »Bei mir war es genau umgekehrt. Meinesgleichen haben mich drangsaliert. Erst der Bauer hat meinen Wert erkannt und mich gesund gepflegt.«

»Ihren Wert für sich«, versucht Ophelia, Inis verblendete Anhängerinnen aufzuklären. »Filou und ich, wir waren doch bei seinem Haus. Darin riecht es nach Tod.«

Die deutlichen Worte der angesehenen Katze verhallen nicht wirkungslos, zumal Filou ihr eifrig beipflichtet. Etliche

Katzen beginnen, vor Angst zu zittern, und ducken sich ins Gras, allen voran Schneeflocke.

Selbst Ini fühlt sich einen Moment lang davon angesteckt. Indem sie jedoch die fragenden Blicke ihrer Anhängerinnen auf sich gerichtet sieht, kämpft sie aufsteigende Zweifel nieder, bevor die anderen es bemerken können. Nein, Filou und Ophelia dürfen nicht recht haben! Sie dürfen es einfach nicht! Das bedeutete ja den Absturz in Inis alte Rolle. Der erscheint ihr unerträglich – unerträglicher als der Tod. »Lasst euch nicht verunsichern«, wendet sie sich an ihre Anhängerschar.

Dabei fällt ihr noch etwas ein, was ihre These unterstützen könnte. »Übrigens …«, beginnt sie, voller Vorfreude auf die angestrebte Wirkung ihrer Worte. »Habt ihr schon mal darüber nachgedacht, warum der Bauer keinen neuen Hund angeschafft hat, nachdem seine Frau den alten mitgenommen hat?«

Ophelia ahnt, worauf sie hinauswill. »Das ist doch mondklar!«, ruft sie, als habe sie es mit lauter Begriffsstutzigen zu tun. »Ein Hund würde euch von seinem Haus fernhalten. Der Bauer will euch aber in seine Fänge locken.«

Ini knurrt laut vernehmlich. »Du deutest einfach alles so, wie es dir passt, und willst mir um keinen Preis recht geben!« Sich der Aufmerksamkeit der anderen versichernd, blickt sie sich um. »Ich sage euch, er hat keinen neuen Hund geholt, weil er uns davor verschonen wollte!«

»Ich weiß nicht, Ini«, erhebt Schneeflocke zaghaft ihr Stimmchen. »Das kann so oder so sein. Menschen sind schwer zu durchschauen. Am ehesten kann sie wahrscheinlich einschätzen, wer mit ihnen lebt.« Dabei wandert ihr Blick zu Mausi.

Unversehens Mittelpunkt des allgemeinen Interesses, ringt diese um eine unverfängliche Antwort, mit der sie keine Gesetze der Wilden verletzt.

Schlitzohr missdeutet ihr Zögern als Inkompetenz. »Da hört ihr's«, triumphiert er. »Ratloses Schweigen! Ich traue nur noch gefiederten Zweibeinern. Damit bin ich auf der sicheren Seite.«

»Richtig!«, pflichtet Kleckse ihm bei.

So will sich Mausi jetzt doch nicht abstempeln lassen. »Ich bin nicht ratlos«, widerspricht sie. »Es ist nur …« Sie bricht ab. »Mit wenigen Worten kann ich nicht erklären, wie man Menschen richtig einschätzt. Manchmal geht es tatsächlich schief. Aber ist das erstaunlich? Ich meine … Wer kann schon von sich behaupten, dass er seine Mitkatzen immer durchschaut? Und dann eine komplett andere Spezies …« Sie hält kurz inne. Hört noch jemand zu? Und ob! Alle sind ganz Ohr! »Zu uns kommen Menschen, die ihre Mitgeschöpfe wirklich verstehen möchten«, fährt sie ermutigt fort. »Mia und ich, wir helfen ihnen dabei und haben oft Erfolg. Nicht jedes Mal, aber oft.«

Etliche sind sichtlich beeindruckt. Jetzt ist Mausi in ihrem Element als Therapeutenkatze. »In den meisten Fällen beruhen Verständigungsprobleme auf Missverständnissen. Wir müssen Geduld mit den Menschen haben – sehr viel Geduld. Manche sehen ihre Fehler schnell ein, andere brauchen länger. Und wieder andere sind nicht selbstbewusst genug, um einzugestehen, dass sie Fehler machen. Ich glaube, nicht mal vor sich selbst schaffen sie das.«

Mitfühlend wendet sich Mausi an Schlitzohr. »Du bist offenbar immer an die ganz Üblen geraten. Die gibt es halt leider auch. Deshalb rate ich euch allen dringend, auf Filou und Ophelia zu hören.«

Selbst Ini samt ihrer Anhängerschar lauscht fasziniert Mausis Ausführungen – bis zum letzten Satz. Nachdem der gefallen ist, rückt die junge Glückskatze von ihr ab und entfernt sich lautlos mit ihrem Gefolge.

Im Eifer bemerkt Mausi es zu spät und kann sie nicht mehr erspähen. Halten sie sich noch irgendwo auf der Lichtung auf, hinter den anderen Katzen und Katern? Es gelingt nicht einmal Schlitzohr, sich der Menschenkatze zu entziehen, die er zuvor als inkompetent klassifiziert hat.

Doch darüber kann sich Mausi kaum freuen. Sie ist zu besorgt um die Abtrünnigen und fragt sich, ob die ihre Warnung noch mitbekamen.

»Erzähl doch bitte endlich noch weiter«, drängen Blessy und beinahe gleichzeitig auch Schneeflocke mit besorgter Stimme.

Aber Mausis Energie ist nahezu erschöpft. Außerdem schießen zu viele Gedanken quer durch ihren Kopf. »Ja«, hört sie sich endlich sagen, »wäre es nicht für euch alle am besten, von hier wegzuziehen?«

Blessy ist verdutzt. »Ach – und unsere Kinder lassen wir hier?«

»Nein, natürlich nicht«, beschwichtigt Mausi. »Wie kommst du darauf?« Hätte sie bloß diesen Vorschlag unterlassen. Ein Fehlerchen, und alles, was sie zuvor gut machte, scheint zunichte. Auch andere blicken sie vorwurfsvoll an, insbesondere Kleckse.

»Kater wandern ab«, erklärt Blessy, »aus den verschiedensten Gründen – zum Beispiel, weil sie sich hier nicht mehr behaupten können. Aber wir Mütter mit Babys doch nicht! Wie stellst du dir das vor? Schneeflockes zum Beispiel sind noch ziemlich klein. Sie kann nur eins auf einmal tragen, müsste also die Strecke fünfmal laufen. Selbst meine mit ihrem etwas über einem Mondzyklus können unmöglich weitere Strecken zurücklegen. Und überhaupt – wohin ...«

»Warte!«, unterbricht Ophelia sie, bevor sie weitere Beispiele nennen kann. »Es war gut gemeint von Mausi. Als Menschenkatze konnte sie das alles nicht bedenken.«

Dankbar reibt sich die Besucherin an ihr. »Genau, so ist es. Ich hab nämlich noch nie Babys gehabt.«

Weil sich einige um sie herum zerstreuen, bemerkt Mausi, dass Ini und ihre Anhängerinnen doch noch anwesend sind. Neugierig verharren sie am Rand der Lichtung und horchen auf, als Othello fragt: »Ophelia, entzieht deiner Ansicht nach Mauiriii den Katzen die Gabe der Fruchtbarkeit, wenn sie mit Menschen zusammenleben? Und den Katern auch?«

»Nicht unbedingt«, vermutet die Dreifarbige. »Meine Mutter war ja eine Menschenkatze, bevor ich geboren wurde. Ob mein Vater mit Menschen gelebt hat, weiß ich leider nicht.«

»Also – von meinen Nachbarinnen hat auch noch nie eine Babys gehabt, obwohl die viel älter sind als ich«, berichtet Mausi. Als alleinige vermeintlich Unfruchtbare möchte sie nicht betrachtet werden. Anscheinend gilt das hier als Makel.

»Um auf das Abwandern zurückzukommen …«, wirft Ophelia ein. »Das wäre sowieso eine fragwürdige Lösung, weil wir nicht abschätzen können, wie die Menschen woanders sind. Und völlig aus dem Weg gehen könnten wir ihnen höchstens tief im Wald, aber da lauern andere Gefahren.«

»In dieser Hinsicht kann ich leider nicht widersprechen«, murrt Schlitzohr verächtlich. »Die menschliche Spezies hat sich ausgebreitet wie eine gefährliche Seuche.«

»Genau, genau!«, schreit Kleckse.

Ini und ihr Trupp verlassen endgültig die Lichtung. Mit gemischten Gefühlen sehen die anderen ihnen hinterher.

»Wir müssen sie im Auge behalten«, spricht Ophelia aus, was auch Filou denkt.

»Aber wir müssen vor allem auf unseren Nachwuchs achten. Die Geduld unserer Aufpasserinnen haben wir lange genug strapaziert!«, bemerkt Blessy und fordert die übrigen Mütter auf, sich gleichfalls zu verabschieden. Schneeflocke folgt ihr wie ein heller Schatten, die anderen nur zögernd. Manche wollen den Eindruck vermeiden, ihrem Kommando zu unterstehen, und lecken sich zunächst die Pfoten.

»Die Mütter werden natürlich von ihren Kleinen gebraucht,« bemerkt Filou. »Wir Kater sollten abwechselnd Wachposten bilden.«

»Ausgezeichnete Idee!«, lobt Othello. »Am besten fängst du gleich damit an. Ich stehe Ophelia beim Überwachen unserer Abtrünnigen bei.«

Ob die Kapriziöse damit einverstanden ist, lässt sie nicht erkennen, denn sie stolziert mit hocherhobenem Schwanz davon.

»Opheeeliaaa!«, ruft Othello und beknabbert sie zärtlich, wird aber von ihr durch einen Pfotenhieb zurechtgewiesen. Filou betrachtet das mit einer gewissen Genugtuung. Beruhigen kann es ihn nicht. Die Erfahrung hat ihn gelehrt, wie oft Beharrlichkeit zum Erfolg führt.

»Na, dann pass mal schön auf«, grinst ihn zu allem Übel auch noch Schlitzohr hämisch an und folgt den beiden mit durchdringendem Katergesang.

»Was haben die bloß?«, wundert sich Mausi, erinnert sich dann aber daran, derartige Töne vom heimischen Garten aus in der Vergangenheit bereits vernommen zu haben.

Filou ignoriert ihre Frage. »Von dir will Ophelia sowieso nichts!«, ruft er Schlitzohr hinterher. Eine winzige Hoffnung bleibt ihm. Sie hält ihre Bewerber hin, scheint noch nicht wirklich bereit zu sein. Seine Stunde kann also noch kommen.

Während er seiner Lieblingskatze nachschaut und überlegt, ob er ihr nicht doch folgen soll, machen sich ein paar halbwüchsige Kater an Mausi heran. Sie stupst sie mit Kopf und Pfote an. »Na, was ist, wollt ihr spielen?«

»Immer!«, schreien mehrere zugleich und tollen mit ihr über die Lichtung.

Im Nu ist die ausgelassenste Balgerei im Gange. Mausis weiße Abzeichen blitzen im Mondlicht, während fern zwischen nachtschwarz aufragenden Nadelbäumen ein Uhu seine Schwingen ausbreitet und zur Jagd aufbricht.

Filou verspürt keinen Hunger. Er ist zu aufgeregt, durchquert den schmalen Waldgürtel, der die Lichtung vom Hof trennt, und erklimmt am äußersten Rand eine Tanne. Höher und höher steigt er hinauf und robbt auf einem Ast vor, bis der verdächtig unter seinen Pfoten knarrt. Knapp über der Horizontlinie zerfließt ein wässriges Abendrot zwischen Wolken, die sich zusammenballen.

Filou reckt seinen Hals und prüft die Luft. Sie riecht feuchter als am Vorabend. Naht das erste Gewitter dieses Jahres? Allmählich verschmilzt die hereinbrechende Nacht Wirtschaftsgebäude, Stallungen und Scheune mit der Natur. Verwandelt in kantig geformte Hügel, schmiegen sie sich in die Landschaft ein, zwischen sanfthügelige Wiesen, Felder und Baumgrüppchen. Einzig das Bauernhaus hebt sich davon ab – ein anthrazitfarbener Koloss mit gelbglühenden Fensteraugen. Was geht dahinter vor sich?

13. Kapitel

Angst um Mausi

Haare und Kleidung durchnässt und bewaffnet mit Mausis aktuellen Lieblingsleckerlis, geht Mia barfuß durch ihren Garten, ruft nach ihr und versucht, durch den Vorhang aus bindfadenfeinem Regen irgendwo ihr schwarzweißes Fell zu erspähen.

Von der dürstenden Natur seit Wochen heiß ersehnt, schickte der Himmel Mitte April endlich lebenspendendes Wasser, und zwar so überreichlich, dass aus dem Segen allmählich ein Fluch zu werden droht – zumindest für viele Insekten. Mitgerissen von Bächen, in welche sich Mausis Pfade verwandelten, versuchen sie verzweifelt, sich an Blütenstiele oder Grashalme zu klammern. Vom Regen übersättigt, erscheint die Luft schier greifbar und alles darin grau. Längst ertrunken, hängen die vormals leuchtenden Blüten der Blaukissen welk auf dem Mäuerchen.

Von der Katze keine Spur. Seit jenem Abend vor etwa einer Woche, an dem Sascha plötzlich mit Filou auftauchte, macht sie sich rar, liegt womöglich behaglich bei ihm zu Hause auf der Couch, während Mia sich im Regen die Kehle nach ihr heiser schreit? Wie auch immer – ohne triftigen Grund wäre Mausi bei solchem Wetter nie draußen.

Mia überlegt. Wann genau hat sie ihre Katze zum letzten Mal gesehen? Heute Morgen beim Füttern, genau! Anschließend wollte sie hinausgelassen werden, weil der Himmel endlich seine Schleusen geschlossen hatte. Als die Tierpsychologin wenig später zu einem Klienten aufbrach, öffnete er sie allerdings schon wieder. Trotzdem kam die Katze nicht laut schimpfend angelaufen, wie es sonst unter solchen Umständen ihre Art ist. Auch Mias Hoffnung, sie mittags bei der Heimkehr anzutreffen, erfüllte sich nicht.

Um ihrer Klientin am Nachmittag nicht mit knurrendem Magen gegenüberzusitzen und deren Rottweiler dadurch womöglich zu irritieren, würgte sie notgedrungen eine Scheibe Brot und ein Stück Käse hinunter. Überhaupt hätte Mia dieser Klientin am liebsten abgesagt. Die Chance, dass Mausi heimkäme, solange der Rotti da war, tendierte nämlich gegen null. Doch weil Mia wusste, wie hart jene Klientin mit ihrem Arbeitgeber um diesen Termin ringen musste, um ein paar Stunden freizubekommen, unterließ sie das schweren Herzens.

Obwohl sie immer wieder an ihre geliebte Katze dachte, wurde die Sitzung ein voller Erfolg. Unter Mias kompetenter Anleitung schaffte es der Rotti erstmals, sich länger als zwei Stunden einigermaßen ruhig in einer fremden Umgebung zu verhalten, und kann folglich demnächst mit ins Büro genommen werden.

Mias Blick schweift über den Garten hinaus – hinweg über dunstige Wiesen und Felder. Der Wald ist kaum zu sehen.

Als sie nach mehrmaligem Sturmläuten plötzlich erkennt, dass es ihr gilt, stürzt sie den Hang hinauf, über die Terrasse, durch Wohnzimmer und Flur und reißt die Haustür auf.

Nicht minder nassgeregnet als sie, die sonst frech in alle Richtungen abstehenden Haare eng an den Kopf und ins Gesicht geklatscht, die Augen rot, fällt Steffi ihr schluchzend in die Arme und stößt unartikulierte Laute hervor. Nach der ersten Schrecksekunde starrt Mia über ihre Schulter hinweg auf Feldweg und Wiese. Dahinter rasen Autos die Straße entlang. Was befürchtet sie zu sehen? Ein im Schlamm liegendes schwarzweißes Etwas?

Beherrsch dich!, bezwingt sich Mia, zieht die Freundin herein, führt sie wie ein Kind an der Hand ins Wohnzimmer, drückt sie in ihren blauen Therapeutensessel und reicht ihr ein Papiertaschentuch.

Während sie sich aufmacht, um Handtücher zu holen, hört sie hinter sich Steffi zwischen Schluchzern auch schon wieder kichern. Spontan fällt Mias Blick an sich hinab, bis zu ihren Füßen, die aussehen, als würden sie in schwarzbraunen Socken stecken. »Nimmst du gerade ein Moorbad?«, fragt Steffi unter Tränen.

»Na klar!« Mia geht ins Schlafzimmer hinauf, kehrt mit Handtüchern und Bademänteln zurück, wirft der Freundin von beidem die Hälfte zu und schält sich aus ihren nassen Klamotten. »Immer, wenn ich bei Sauwetter meine Katze suche.«

Auch Steffi zieht sich um, muss jedoch dauernd innehalten und sich die Nase putzen. Zwischendurch hebt sie ihr verquollenes Gesicht auf zu Mia und winkt ab. »Ach, die … Die kommt zurück, todsicher. Aber Ronald kann auf mich warten, bis ihm Bäume aus den Ohren wachsen! Es ist aus – aus und vorbei!«

Mia, die sich eben ihr Haar trocken rubbelt, hält in der Bewegung inne. »Tatsächlich?« Dabei ist sie im Grunde nicht sonderlich überrascht. Seitdem sie Steffi kennt, überlebte selbst deren »größte Liebe« gerade mal die sechste Woche. Aber die Erfahrung lehrte die Psychologin, wie zwecklos es ist, sie mit der Tatsache zu konfrontieren, dass sie stets wahre Liebe mit kurzlebiger Leidenschaft verwechselt.

Also tröstet Mia ihre Freundin stattdessen mit einer Tasse heißer Schokolade und lässt sich in ihren Bademantel gehüllt ihr gegenüber auf der Couch nieder. Durch den tagelangen Regen hat sich die Luft merklich abgekühlt.

Mit Eselsgeduld hört sich die Psychologin an, was ungefragt aus Steffis Mund heraussprudelt, immer wieder unterbrochen von Sturzbächen aus ihren Augen. Fast scheint es, als wolle die junge Frau mit dem Himmel konkurrieren.

»Weißt du Mia, eigentlich ist es mir ja schon in München aufgefallen, dass er die Augen nicht von anderen Weibern lassen kann«, klagt sie und rührt mit dem Löffel in ihrer Schokolade. »Egal ob im Restaurant, in der Bar oder im Café – ständig hat er zu anderen Frauen rübergeschielt.«

Und ewig grüßt das Murmeltier, muss Mia unweigerlich denken. Wie oft hat sie das nicht schon mitgemacht?

»Damals hab ich das wohl verdrängt«, fährt Steffi fort. »Aber hier ging's dann grad so weiter. Na ja, hab ich mir zuerst gesagt, ›Appetit darf man sich holen‹ und so weiter, du verstehst?«

Mia nickt und kämpft gegen aufkommende Schläfrigkeit an.

»Aber dabei ist es halt dann doch nicht geblieben«, fährt Steffi fort, »beim Appetitholen, meine ich.« Sie bricht kurz ab und schaut ihr Gegenüber kritisch an. »Sag mal, hörst du mir eigentlich noch zu?«

»Was?« Mia hebt ihren Blick. »Ja klar. Das ist der sogenannte Therapeutenblick«, erklärt sie. »Soll für eine entspannte Atmosphäre sorgen und stellt sich ganz automatisch ein während des Gesprächs.«

»Ach ja«, meint Steffi, kurz irritiert, verzichtet dann aber darauf, diese Anmerkung zu hinterfragen. Viel zu sehr brennt sie darauf, der Freundin ihr Herz auszuschütten. »Also, wo war ich? Genau, beim Appetitholen! Ob du's glaubst oder nicht, ich bin inzwischen ganz sicher – der hat was mit seiner Sekretärin!«

Mia trinkt einen Schluck Schokolade und will eben fragen, wie sie darauf komme, als Steffi bereits weitererzählt. »Du fragst dich jetzt sicher, wie ich darauf komme. Ganz einfach, ich hab sie gesehen.«

»Zusammen, mit ihm? Wo?«

»Nicht direkt zusammen«, korrigiert Steffi. »In der Kanzlei. Ich war mal morgens beim Shoppen und hab ihn spontan besucht. Sie ähnelt mir vom Typ.«

Mia stellt ihre Tasse geräuschvoll auf den Tisch. »Aber deswegen muss er doch noch lange nichts mit ihr haben.«

Steffi verdreht die Augen. »Himmel, Mia, wie naiv du doch bist! Also, sei mir nicht böse, aber dir könnte ›Mann‹ was vormachen, echt!« Sie deutet auf ihre wasserblauen Augen. »Es sind die Blicke, verstehst du? Die Blicke, die sie austauschen, hinter Aktendeckeln und so. Vordergründig tun sie freilich geschäftsmäßig distanziert, ›Herr Dr. Hochleitner hier, Herr Dr. Hochleitner da‹ und: ›Ach, Frau Sommer, erledigen Sie das doch bitte möglichst heute noch für mich. Vielen Dank und schönen Feierabend, bla, bla, bla …‹ Ha!«, lacht sie spöttisch auf. »Die denken, ich merk nicht, was hinter den Kulissen abgeht! Aber ich bin doch nicht blöd!« Heftig schüttelt sie den Kopf. »Ich hab's nicht mehr ausgehalten und ihn vor ein paar Tagen damit konfrontiert. Ganz schön verdutzt war er, als ich's ihm auf den Kopf zugesagt habe. Das kannst du mir glauben.«

Mia glaubt es sofort. »Und – was hat er gesagt?«

»Er hat's natürlich abgestritten und denkt vermutlich nicht im Traum dran, mit ihr Schluss zu machen. Im Gegenteil – seitdem ich's ihm auf den Kopf zugesagt hab, haut er abends dauernd ab, sogar mitten in der Nacht. Sagt, er müsste noch mal in die Kanzlei wegen dem und dem Mandanten.« Die Augen glühend vom Erzählfieber, beugt sich Steffi zu ihrer Freundin hinüber. »Ich bin ihm nachgefahren, Mia, bis zur Kanzlei – hab gewartet, bis oben das Licht anging.«

»Und?«

Anstatt zu antworten, erleidet Steffi einen Weinkrampf, stützt ihren Kopf in beide Hände und rauft sich das Haar.

»Ja, hast du seine Sekretärin auch reingehen sehen?«, erkundigt sich Mia.

Steffi schaut auf. »Nein, die war doch schon längst da.«

»Aber woher weißt du das? Hat sie hinter dem Fenster gestanden?« Steffi lässt einen Schrei los. »Nein!« Etwas ruhiger fährt sie fort: »Ihr Auto stand vor der Kanzlei.«

»Ihr Auto?«, wundert sich Mia. »Und das kennst du?«

»Mia …« Steffi schaut ihre Freundin an, als habe sie eine begriffsstutzige Schülerin vor sich. »Ein knallroter Mini, das kann nur ihr Auto gewesen sein, passend zu ihr wie der Deckel zum Topf. Also, ich bin zwar keine Psychologin, aber so viel Menschenkenntnis hab ich.«

»Oh, Steffi«, kann Mia dazu nur sagen. »Du hast dich wirklich überhaupt nicht verändert.« Dabei schweift ihr Blick über Stuhllehnen und Heizkörper, auf denen die Jeans und T-Shirts zum Trocknen hängen.

»Kann ich heute bei dir übernachten?«, hört sie die Freundin fragen. »Ich geh nicht zurück, will ihn gar nicht mehr sehen. Ein klarer Schnitt ist das Allerbeste.«

»Selbstverständlich«, antwortet Mia geistesabwesend, denn sie weilt gedanklich bei Mausi.

»Du findest das also auch?«

»Was?« Mia braucht einen Moment, um sich wieder auf Steffi einzulassen.

»Na, dass ein klarer Schnitt das Allerbeste ist«, erklärt die.

Mia schüttelt den Kopf. »Nein, ich hab gemeint, dass du

selbstverständlich heute hier übernachten kannst, wenn du das wirklich möchtest.«

»Oh«, horcht Steffi auf. »Wenn ich das wirklich möchte … Ist das jetzt etwa eine deiner berühmten Suggestivfragen?«

Die Psychologin steht auf, befühlt die Klamotten und stellt fest, dass sie noch ziemlich feucht sind. »Quatsch! Jetzt interpretier doch nicht in jedes Wörtchen und jede noch so winzige Geste wer weiß was hinein.«

»Aber …«

»Nichts aber!« Mia hat genug. Ein Blick durchs Fenster zeigt ihr, dass der Himmel endlich seine Schleusen geschlossen hat.

Steffi lamentiert weiter herum, wird jedoch vom Läuten des Telefons unterbrochen. »Das ist er!«, ruft sie hysterisch. »Er wird sich gedacht haben, dass ich bei dir bin! Aber so leicht mach ich es ihm nicht. Ich werd ihn gehörig zappeln lassen! Jetzt geh doch endlich ran, Mia!«

»Gern, sobald ich es gefunden hab«, entgegnet die Psychologin. »Anstatt da herumzusitzen und zu schreien, könntest du mir suchen helfen.«

Noch während sie spricht, springt Steffi auf und wühlt hektisch unter sämtlichen Kissen, Decken, aufgeschlagenen Zeitschriften und sonstigem Kram herum. Mia dagegen hält einen Augenblick inne, lauscht und überlegt. Woher kommt das Läuten? Wann hatte sie ihr Telefon zum letzten Mal in der Hand? Überhaupt – müsste nicht längst der Anrufbeantworter anspringen? Vielleicht hat Mausi damit gespielt und es verschleppt, in den Garten? Nein, dann hätte der Regen es längst ertränkt. Einer Erleuchtung folgend, rast Mia in die Küche. Tatsächlich, im Brotkasten liegt es. Mit Überlegungen, wie es dort hineinkam, hält sie sich jetzt nicht auf, hegt ohnehin den Verdacht, dass derartige Geräte ein Eigenleben führen.

Steffi merkt, dass sie fündig wurde, und rückt ihr sogleich auf die Pelle, flüstert heiser vor Erregung: »Wehe, du verrätst mich! Sag, ich bin verreist, meinetwegen zum Mond! Nein«, entscheidet sie sich um, mit süffisantem Lächeln, »zur Venus!«

»Er ist es nicht«, raunt Mia ihr zu, denn sie hat inzwischen die Nummer erkannt und meldet sich: »Hallo Mona, gibt's Probleme? Kann ich was für Sie tun?«

Während sie zuhört, starrt Steffi sie ungläubig an und verweigert sich zunächst der Tatsache, dass nicht Ronald am anderen Ende der Leitung ist. Als das nicht mehr funktioniert, weil unüberhörbar eine höchst erregte Frauenstimme durch den Lautsprecher dringt, wird sie aschfahl.

Mit der freien Hand geleitet Mia ihre Freundin zurück ins Wohnzimmer, wo die sich wie ein Häufchen Elend in den Therapeutensessel kauert, und geht telefonierend durchs Haus. »Beruhigen Sie sich, Mona. Das kriegen wir in den Griff. Wenn Amigo nur in Ihrer Gegenwart frisst, dann bleiben Sie eben so lange da. Aber füttern Sie ihn nicht selbst.«

Mitten auf der Treppe zum ersten Stock verharrt sie abrupt. »Wie bitte – Sie haben ihn bisher immer noch selbst gefüttert?«

Mia hört eine geraume Weile zu, seufzt und verdreht die Augen. Aus lauter Panik, für ihren Ara nicht mehr die absolute Nummer eins zu sein, macht Mona offenbar unbewusst falsch, was man nur falsch machen kann.

Doch das Schlimmste kommt erst noch. Mia glaubt, nicht richtig zu hören. »Sie haben was …?« Im Schlafzimmer angelangt, setzt sie sich auf die Bettkante, fährt sich durch ihre vom Regen aufgeplusterten Locken und mag kaum glauben, was Mona ihr erzählt. Hatte die den Gelbbrustara doch tatsächlich zwischenzeitlich wieder mit nach Hause genommen. Er habe ihr ja sooo leidgetan.

Von wegen, Schätzchen, denkt Mia unweigerlich. *Dein Mitleid galt dir selbst! Bloß jetzt nicht verärgert reagieren,* beschwört sie sich. Dabei wird ihr klar, dass ihre hauptsächliche Wut Ritter gilt, dem Leiter der Papageienauffangstation. Warum informierte der sie nicht darüber, er kooperiert doch sonst gut mit ihr? Jetzt sind möglicherweise jene zarten Bande, die Amigo zu dem Weibchen geknüpft hatte, wieder zerrissen.

»Mona«, beginnt die Tierpsychologin mühsam beherrscht. »Es war ein Fehler, das wissen Sie selbst.«

Ja, das habe sie eigentlich schon auf der Heimfahrt gewusst und überlegt, ob sie auf der Straße umdrehen und ihn sofort wieder zurückbringen sollte. Das habe sie dann aber doch nicht übers Herz gebracht, sondern stattdessen unterwegs nach Hause einen Abstecher zum Aussichtsturm auf dem Milanberg gemacht. Dort hätte sie sich am liebsten in einen Vogel verwandelt und wäre mit Amigo davongeflogen, schluchzt die Verzweifelte.

»Oh Mona, letztendlich haben Sie ihn ja zurückgebracht, das war richtig.«

»Ja«, gesteht sie reumütig ein. »aber zu spät. Leon fehlt jetzt eine halbe Augenbraue.«

Eine Welle tiefen Mitgefühls durchströmt Mia. Bei alldem, was dieser Mann zum Erhalt der Beziehung auf sich nimmt, muss er seine Freundin entweder abgöttisch lieben oder selbst psychisch angeknackst sein – oder womöglich beides.

»Also, wie gesagt«, bläut sie ihrer Klientin ein, »sie besuchen ihn und warten, bis er gefressen hat. Nein, ich habe eine bessere Idee«, unterbricht sie sich selbst. »Wir versuchen es ein bisschen anders. Sie ziehen sich zurück, so lange er noch frisst. Ritter soll bleiben und beobachten, was er dann macht.«

»Der mag mich nicht leiden«, tönt Monas Stimme durch die Leitung.

»Nehmen Sie ihn einfach nicht so ernst«, rät Mia und verspricht, mit dem Leiter der Auffangstation zu reden, falls es irgendwelche Probleme geben sollte. »Aber ganz wichtig, Mona ...« Sie legt eine Denkpause ein, derweil ihr Blick durchs Fenster in den Garten schweift. Von hier aus hätte sie eine weite Sicht, wenn die Umgebung nicht in mittlerweile anthrazitfarbenen Nebel getaucht wäre. Ist es tatsächlich schon so spät?

»Begrüßen Sie Amigo nicht«, ordnet Mia an. »Halten Sie sich generell im Hintergrund, auch wenn's noch so schwerfällt.«

Obwohl Mona bereitwillig alles verspricht, bezweifelt die Tierpsychologin, dass sie tatsächlich in der Lage sein wird, ihre Anweisungen genauestens zu befolgen. »Wenn Sie möchten, begleite ich Sie die nächsten Male«, bietet sie an.

Dafür bedankt sich Mona zwar, druckst jedoch herum. Mia ahnt, dass finanzielle Gründe dahinterstecken könnten, möchte ihre Klientin jedoch nicht brüskieren.

»Wie auch immer, Mona«, hört sie sich sagen. »Bitte kontaktieren Sie mich, bevor Sie irgendetwas Unüberlegtes tun, ja? Im Zweifelsfall besser einmal zu viel als zu wenig.«

Während sie den Beteuerungen ihrer Gesprächspartnerin lauscht, genau das zu machen und sich überhaupt von jetzt an wirklich absolut richtig zu verhalten, hört Mia hinter sich die alte Holztreppe knarren. »Okay, Mona, wenn Sie sonst keine Fragen mehr haben ...« Abwartend hält Mia inne.

Die Klientin verneint.

»Dann wünsche ich Ihnen und Amigo gutes Gelingen. Bis bald, Mona«, beendet Mia das Gespräch und dreht sich zu Steffi um.

Die steht abwartend hinter ihr und versichert: »Oh, ich wollte nicht stören.«

Warum sie dann hochgekommen sei, liegt Mia auf der Zunge, doch sie schluckt es hinunter, steht auf und weist auf den Garten. »Wie du siehst, hat es aufgehört zu regnen. Joggen wir eine Runde?«

Steffi verzieht das Gesicht. »Weiß nicht, ist doch schon so düster. Außerdem bin ich dafür nicht in der Stimmung.«

»Vom hier Rumsitzen wird sie auch nicht besser«, meint Mia und geht ihr voraus die Treppe hinab. »Bei körperlicher

Betätigung schüttet das Gehirn Endorphine aus. Die können wir gerade beide sehr gut gebrauchen.«

»Du?«, wundert sich Steffi. »Wozu brauchst du eine Extraportion Glückshormone?«

Unten auf dem Flur angelangt, wendet Mia sich zu ihr um. »Ich sorge mich um meine Katze, schon vergessen? Wer weiß, vielleicht treffen wir sie unterwegs.«

Im Wohnzimmer reicht sie der Freundin die inzwischen getrocknete Kleidung, lässt den Bademantel fallen und schlüpft in ihre hinein.

Zögernd zieht auch Steffi sich an. »Ist es nicht normal, wenn Katzen längere Zeit wegbleiben?«

»Für Mausi eher untypisch«, antwortet Mia, bereits in Laufschuhen an der Haustür. »Vor allem bei solchem Wetter.« Kritisch beäugt sie Steffis helle Hose. »Willst du nicht besser eine alte Jeans von mir anziehen?«

Die Freundin schüttelt den Kopf. »Keine Lust.«

Nachdem sie zwei Runden um Haus und Garten gedreht haben, ohne auch nur den geringsten Hinweis auf Mausis Verbleib, biegt Mia in einen zum Waldrand führenden Feldweg ein.

»Meinst du wirklich, sie hat sich so weit entfernt?«, fragt Steffi, bereits hörbar außer Atem.

»Weit? Was verstehst du denn unter weit?«, fragt Mia zurück und muss plötzlich an Sascha und den rotgetigerten Kater denken, schweigt jedoch darüber. »Ich weiß nicht«, gesteht sie ein, verlangsamt ihr Lauftempo und blickt sich suchend um. »Aber im Umkreis vom Haus ist sie ja offensichtlich nicht.«

Steffi trottet missmutig hinterher und weicht den Pfützen aus. »Igitt, hier versinkt man ja fast.«

»Nur fast?« Mia dreht sich zu ihr um und zwingt sich zu einem aufmunternden Grinsen, das jedoch gründlich misslingt. Um sich aus ihrer sorgenvollen Stimmung herauszukatapultieren, beschleunigt sie ihre Schritte und ruft: »Musst halt die Füße ein bisschen schneller heben!«

»Ha ha«, beschwert sich Steffi. »Mir geht's scheiße, und meine liebe Freundin macht sich über mich lustig. Wie lange brauchen diese doofen Endorphine denn noch?«

»Wenn du so von ihnen redest, vergraulst du sie«, prophezeit die Tierpsychologin augenzwinkernd und atmet tief die feuchte, leicht modrig riechende Luft ein.

Dunst hängt über Wiesen und Feldern, versperrt die Sicht zum Waldrand und lässt das ohnehin rasant schwindende Tageslicht kaum durch. Es mutet an, als wäre die Sonne heute früher untergegangen.

»Also, wer an so einem Tag keine Depressionen kriegt, mit dem stimmt was nicht«, meckert Steffi hinter Mia. »Der kann einem ja direkt unheimlich werden.«

Ungerührt setzt die Tierpsychologin ihren Weg fort.

»Ich wäre kaum erstaunt«, meint Steffi schwer atmend, »wenn aus dieser Nebelsuppe plötzlich ein Monster herauskommen und uns mit Haut und Haar verschlingen würde. Langsam erscheint mir das auch merkwürdig mit deiner Katze.«

»Ein Monster wird sie nicht verschlungen haben«, meint Mia, »aber vielleicht ist sie vor dem Regen in eine Garage oder einen Keller geflohen und versehentlich darin eingeschlossen worden.« Weil sie ihre Blicke unablässig suchend umherschweifen lässt, achtet sie zu wenig auf den Weg und tappt in eine Pfütze.

»He!«, schreit Steffi erbost und klagt über Schlammspritzer auf ihrer Hose.

Mia stoppt kurz und wirft einen Blick darauf, joggt aber sofort weiter. »Ich hab dich gewarnt. Wer nicht hören will …«

»Schnauze!«, brüllt Steffi und saust an ihr vorbei.

Mia lacht. »Na endlich!« Unmittelbar darauf vergeht es ihr jedoch. Sie starrt auf die Nebelwand.

»Was ist das?«, fragt Steffi mit deutlichem Zittern in der Stimme.

Auch Mia horcht angestrengt, sie hat sich das vom Waldrand herüberdringende Geräusch offenbar nicht eingebildet.

14. Kapitel

Jenseits der Nebelwand

Der Kater hebt den Kopf. Endlich – der Regen ist versiegt.
Seit Tagen prasselte er unablässig auf das Dach des Heubodens. Nur für die nötigsten Verrichtungen haben Filou
und Ophelia dieses trockene Domizil verlassen, das sie vor
anderen Wesen verbirgt und zugleich durch ein zwar blindes, jedoch am Rand zersplittertes Dachfenster einen Blick
auf den Eingangsbereich des Bauernhauses gewährt. Einmal, als der Knecht Nachschub für die Kühe holte und mit
der Heugabel herumfuhrwerkte, verkrochen sich die Katzen
hinter einem Dachbalken. Ansonsten hatten sie hier weitgehend ihre Ruhe, zumal weder Blessy noch Schneeflocke oder
eine der übrigen Katzenmütter sich mit ihren Kindern so
nah beim Wohnhaus aufhalten wollten.

Aber wo ist Ophelia jetzt? Hat sich wohl heimlich, still und
leise davongemacht. Ob sie in jener Nacht, die auf die außerordentliche Ratsversammlung folgte, Othello ihre Gunst gewährt hatte, ist ihr Geheimnis. Und wie Filou sie kennt, wird
es das auch bleiben – zumindest für die nächsten zwei
Mondzyklen.

Nach einem prüfenden Blick auf die schwach erleuchteten Fenster des Bauernhauses und die geschlossene Tür döst der Kater wieder ein.

Als er das nächste Mal erwacht, scheint sich etwas verändert zu haben. Er hat ein unheilvolles Gefühl und auch nicht die leiseste Ahnung, wodurch er geweckt wurde. Dass Ophelia noch immer nicht zurück ist, obwohl mittlerweile die Nacht hereingebrochen ist, steigert Filous Unruhe zusätzlich. Sogar seine dämmerungstüchtigen Katzenaugen erkennen nur noch schemenhaft Heuballen, die wie Gebirge um ihn herum aufragen. Dichter Nebel verwehrt dem Mondlicht Zugang zum Dachboden durch die ohnehin blinden Fenster. Das zersprungene lässt wenigstens einen schwachen Lichtstreifen herein, durch den splittrigen Rand gezahnt wie die Schneide eines Messers.

Filou folgt ihm und blickt zum Wohnhaus hinüber. Dabei wird ihm klar, wodurch das Geräusch, das ihn geweckt hat, verursacht wurde. Die vorhin noch geschlossene Tür steht halb offen.

Was treibt den Bauern um diese Zeit nach draußen? Filou befürchtet niedrigste Beweggründe, eilt zur Luke inmitten des Heubodens und die nach unten führende Holzleiter hinab.

Auf dem gestampften Lehmboden angelangt, bemerkt er neben dem offenen Scheunentor die Gestalt eines Katers – Othello. Auch er hatte vor dem Regen Zuflucht in der Scheune gesucht, sich jedoch hier unten in einer Ecke verkrochen, angeblich seinen arthritischen Gelenken zuliebe und um schneller auf Gefahren reagieren zu können.

Filou gesellt sich an seine Seite, begrüßt ihn und fragt: »Wo ist er hin, der Bauer? Hast du was gesehen?«

»Ich habe auf dich gewartet«, weicht der Grautiger seiner Frage aus. »Schlitzohr streicht da draußen herum und passt auf.«

Filou verzieht das Gesicht. »Na, auf den verlasse ich mich besser nicht.« Vorsichtig späht er ins Freie. Alles erscheint unauffällig. Von den Stallungen dringen vertraute Ausdünstungen herüber, dazu leises Grunzen einer Muttersau, nichts Ungewöhnliches. »Weißt du, wo Ophelia, Blessy und die anderen sind? Wir müssen sie warnen.«

»Hm …«, überlegt Othello. »Wie ich Blessy kenne, ist sie wieder umgezogen mit ihren Kindern, und Schneeflocke bestimmt auch. Die macht ihr ja immer alles nach.«

»Das dachte ich mir schon«, murrt Filou. »Ich hab gehofft, du würdest wissen, wohin.«

»Wie sollte ich das wissen? Ich bin doch auch hier, seitdem es angefangen hat zu regnen«, rechtfertigt sich Othello.

»Ist ja schon gut«, beschwichtigt ihn Filou, »war ja nur eine Frage.« Witternd tritt er hinaus in die feuchte Luft und dreht sich nach dem Grautiger um, als der ihm nicht gleich folgt. »Worauf wartest du noch?«

»He, ich lass mich von dir nicht rumkommandieren!«, faucht der noch amtierende Ranghöchste. So sehr es Filou widerstrebt, sich vor ihm unterwürfig zu gebärden – den womöglich bedrohten Katzen kann er sicher nicht allein beistehen. Also überwindet er sich ihnen zuliebe und duckt sich vor Othello. »Darf ich freundlichst um deine Mithilfe bitten? Wir müssen unsere Gefährtinnen vor dem Bauern finden.«

Angewidert betritt der Grautiger den aufgeweichten Boden und schüttelt bei jedem Schritt die Pfoten aus. »Vielleicht ist ja nur der Knecht rausgegangen, um nach einer Kuh zu schauen, die demnächst kalbt.«

»Dein Wort in Mauiriiis Ohren«, erwidert Filou, als sie hintereinander über den Hof schleichen. »Es kann aber auch alles ganz anders sein.« Wie, das mag er sich gar nicht vorstellen. Allein dass Ophelia noch nicht zurück ist, alarmiert seine sämtlichen Sinne. In den letzten Tagen ist sie niemals so lange ausgeblieben. Hat sie etwa gesehen, wer das Wohnhaus verlassen hat, und ist ihm gefolgt? Wäre es nur der Knecht gewesen, hätte sie sich bestimmt keine solche Mühe gemacht bei diesem ungemütlichen Wetter. Oder ist sie am Ende auf Ini und ihre Anhängerinnen gestoßen und von ihnen aufgehalten worden? Die sind seit der letzten Versammlung wie vom Erdboden verschluckt.

Wie auch immer – wo ist Ophelia jetzt? Filou überlegt so fieberhaft, dass ihm trotz der feuchten Kälte ganz heiß wird unter dem Fell. Und die Katzenmütter – wo könnten sie ihren Nachwuchs hingebracht haben?

Als sich die beiden Kater der Breitseite des Kuhstalls nähern und Filou den Hals reckt, glaubt er hinter einem der schmalen, beschlagenen Fensterscheiben ein diffuses Licht flackern zu sehen. »Da, schau mal!«, pufft er Othello in die Seite. Der blickt zwar exakt dorthin, meint jedoch: »Was denn? Das kommt doch bloß vom Mond.«

»Wo ist denn der Mond? Hinter dicken Wolken!«

Nach einem Blick zum Himmel gibt Othello ihm widerwillig recht. Filou sieht jetzt durch das benachbarte Fenster Licht nach draußen fallen und bemerkt außerdem, dass die Tür zum Kuhstall offen steht. Ohne sich mit Erklärungen aufzuhalten, eilt er darauf zu.

»Von der Seite«, mahnt der Grautiger leise fauchend und weicht zurück. »Wir müssen uns von der Seite nähern.« Schon duckt er sich so flach wie möglich auf den mit spärlichem Gras bewachsenen Boden. Nur seinen Schwanz kann er nicht stillhalten. Aufgeregt peitscht er damit die regennassen Halme.

In der Tür zum Kuhstall steht die grobschlächtige Gestalt des Bauern, eine Hand hinter dem Rücken verborgen, in der anderen eine Taschenlampe.

Ehe er sich's versieht, gerät Filou in ihren Lichtkegel. Davon geblendet, erstarrt er und vernimmt unter seinen Pfoten die Vibrationen schwerer Schritte. Warum hat der Bauer es auf ihn abgesehen? Er ist doch nicht dreifarbig.

Als das breite Gesicht sich über ihn beugt, merkt der Kater ihm an, dass er das erst jetzt erkennt. Sein lautstarkes Fluchen vermischt sich mit Katzengeschrei.

Ophelia erscheint hinter dem Bauern, der erstaunlich flink herumfährt. Im selben Augenblick sieht Filou, wie er die Taschenlampe fallen lässt und etwas nach der Katze wirft. Unweigerlich denkt Filou an Inis Schilderung: »Ein Spinnennetz – ein riesiges Spinnennetz!«

Aus dem Lichtkegel befreit, springt er den Mann von hinten an und krallt sich mit allen vieren in dessen Hose.

Ophelia entkommt. Allerdings zieht sie etwas hinter sich her. Das Netz?

Es gelingt dem Bauern, den Kater etliche Meter weit von sich zu schleudern und Ophelia zu folgen. Das Netz, worin sich ihre Hinterpfoten verheddert haben, behindert sie und verhakt sich zu allem Übel in einem Strauch. Schon greifen die riesigen Hände des Bauern nach ihr.

Filou, unsanft auf dem Rücken gelandet, ist wieder auf den Beinen, kann den Angreifer aber nicht schnell genug erneut attackieren. Wo bleibt denn nur Othello?

Plötzlich blitzt etwas Helles im Nebel auf und springt direkt zwischen Ophelia und die Hände des Bauern. Überrascht weicht dieser zurück, packt jedoch im nächsten Moment zu.

Filou ahnt, wer das vermeintliche Spukgespenst war, während der Bauer noch verdutzt dasteht und auf das leere Netz in seinen Händen glotzt.

»Mutiger, als ich dachte, die kleine Menschenkatze«, bemerkt Othello.

Filou dreht sich zu ihm um. »Vor allem mutiger als du. Wo warst du vorhin?«

»Meine alten Gelenke wollten nicht mehr mitmachen«, verteidigt sich der Grautiger. »Was hätte es gebracht, wenn ihr mich auch noch hättet retten müssen?« Er stockt. »Oder hättet ihr mich ihm überlassen?«

Filou kann natürlich nur für sich reden und zaust ihn kameradschaftlich. Sekundenlang vergessen sie den Bauern.

15. Kapitel

Kommunikationsprobleme

»Mia, was war das?«, fragt Steffi angsterfüllt. Die Psychologin will ihre Freundin beruhigen, aber wie? Schließlich kann sie das Geräusch selbst nicht einordnen.

»Eine Katze?«, flüstert Steffi hoffnungsvoll.

Wenn sie das beruhigt ..., denkt Mia. »Ja – wahrscheinlich.«

»Wirklich?«, fragt Steffi. »Können Katzen so abartig schreien?«

Mia zögert mit einer Antwort, was nicht eben zur nachhaltigen Beruhigung ihrer Freundin beiträgt. Tatsächlich verfügen Katzen über ein erstaunliches Stimmrepertoire. »So hab ich es noch nie gehört«, gesteht Mia wahrheitshalber ein und merkt, wie auch in ihrer Stimme Angst mitschwingt.

»Ist dahinten eine Straße?«, fragt Steffi.

Mia nickt. »Sie führt durch den Wald. Du meinst ...« Sie bricht ab. Sie wagt es nicht auszusprechen.

Steffi ergreift ihre Hand. »Das war ein blöder Gedanke von mir. Und wenn, dann muss es ja nicht ausgerechnet deine Mausi erwischt haben.«

»Eigentlich«, überlegt Mia laut, »ist diese Straße viel zu weit weg, als dass man den Schrei eines Tieres bis hierher hören könnte.« Eigentlich …

Steffi schaudert. Also etwas Paranormales? Oder ein Tier, das es hier normalerweise nicht gibt, vielleicht ein zugewanderter Bär?

Ihr Blick stößt gegen eine Nebelwand. Wohin sie auch schaut – überall nur Nebel. Hat sie völlig die Orientierung verloren?

Von Panik ergriffen und mehr vor Angst als vor Kälte fröstelnd, klammert sie sich an Mia. Die lauscht noch immer Richtung Waldrand, von woher das Geräusch herüberdrang. Obwohl verklungen, ist es nach wie vor in beider Ohren.

»Mia, wir sind vom Nebel eingeschlossen«, flüstert Steffi – falls doch etwas Böses darin lauert.

Umso entsetzter ist sie, als Mia nach ihrer Katze ruft, ja, den Feldweg verlässt und nach wenigen Schritten im Nebel zu verschwinden scheint. »Mia …«, haucht sie. »Mia, bleib da. Du kannst mich doch nicht hier …«

Sie verstummt, als erneut Schreie ertönen. Sie nahen schnell, klingen anders als vorhin und trotzdem irgendwie ähnlich.

»Mausi, Mausi, komm, hier bin ich!«, ruft Mia, um einen beruhigenden Tonfall bemüht. Doch es misslingt ihr, sich in dieser Situation zu kontrollieren. Ihre Stimme zittert.

Als sie wenig später freudestrahlend mit ihrer Katze auf dem Arm zurück auf den Feldweg tritt, lächelt Steffi, wenn auch immer noch angespannt. »Na, jetzt ist wenigstens eine von uns glücklich.«

Über Mias Schulter hinweg maunzt Mausi aufgeregt zum Waldrand hinüber. »Die anderen Katzen, sie brauchen Hilfe!«

Mia hält sie an den Hinterläufen fest, weil sie befürchtet, sie könnte ihr über die Schulter springen. »Nein Mausilein, jetzt reicht's, wir gehen nach Hause.«

Wie können Menschen nur so begriffsstutzig sein?, denkt die Katze und schreit ihr ins Ohr: »Sie brauchen Hilfe, Hilfe!«

Es nützt nichts. Je lauter sie schreit, desto schneller eilen die beiden Frauen mit ihr heimwärts.

»Was hat sie denn?«, wundert sich Steffi. »Du bist doch Tierpsychologin.«

»Au!«, schreit Mia anstelle einer Antwort. Immer noch im Begriff, über ihre Schulter zu entkommen, hat Mausi sich mit einer Kralle in ihrer Lockenmähne verfangen.

Ein Warnschrei gellt durch Filous und Othellos Ohren. Die beiden stieben auseinander. Filou fühlt, wie etwas seinen Rücken streift, und rast pfeilschnell zum nächststehenden Baum. Zu seinem Erstaunen trifft er in dessen Krone Ophelia, auf einem Ast kauernd. Erleichtert leckt sie ihm übers Fell. »Mauiriii sei Dank!«

Jetzt erst dämmert dem Kater, wie leicht er sich ebenfalls im Netz des Bauern hätte verheddern können.

»Ich danke dir für die Warnung«, erwidert er ihre Schmeichelei. Vorsichtig spähen sie hinab und sehen den Mann zornentbrannt auf den Boden stampfen, dass der Matsch nur so spritzt, und mit den Fäusten zum Himmel drohen. »Mistviecher! Ich krieg euch noch, ich mach aus euch allen ›Glückskatzen‹!«

Filou und Ophelia sehen sich an. Was meint er damit?

»Ich fürchte«, seufzt die Katze, »ab jetzt sind alle gefährdet, egal, was für eine Farbe sie haben.«

Leider muss der Kater ihr zustimmen. »Othello ist entkommen, oder?«, fragt er. »Hast du was gesehen?«

»Er ist zur Scheune gerannt. Ich glaube nicht, dass der Bauer das mitgekriegt hat.«, meint Ophelia.

Filou murrt. »Ich hoffe es für Othello, obwohl ich ein bisschen wütend auf ihn bin.«

Ophelia ahnt, was er meint. »Sei nachsichtig mit ihm«, bittet sie. »Das Leben hier fordert hohe Tribute von uns. Es lässt uns schneller altern als die Menschenkatzen. Aber da, schau!«, lenkt sie sein Augenmerk zurück zum Bauern. »Er hat was aus seiner Hose gezogen.«

»Hören Sie«, spricht er mit rauer Stimme ins Handy und kann seine schlechte Laune kaum verhehlen. »Dauert etwas länger, aber einige sind trächtig.« Schließlich gelingt es ihm doch noch, zuversichtlich zu klingen. »Bald gibt's jede Menge Felle.«

Eng aneinandergeschmiegt, verharren die Katzen auf dem Baum und beobachten, wie der Bauer auf sein Haus zutrottet.

»Hast du eine Ahnung, wo Ini mit ihrer Gefolgschaft ist?«, bricht Filou endlich das Schweigen.

Ophelia verneint. »Vorhin beim Kuhstall hab ich bemerkt, wie eine Katze herankam, und einen flüchtigen Moment lang gedacht, es wäre eine von ihnen. Sie roch nach Mensch, aber nicht nach dem Bauern. Es war Mausi. Als der Bauer auftauchte, schickte ich sie weg. Den Rest kennst du.«

Voller Dankbarkeit denkt Filou an die Menschenkatze und beknabbert Ophelia zärtlich. Weil Mauiriii ihnen offenbar wohlgesonnen ist und in dieser Nacht keinen Regen mehr schickt, bleiben sie auf dem Baum, bis die aufgehende Sonne erste Strahlen durch das Blätterdach schickt.

16. Kapitel

Einblicke

Ausgelaugt von der Trockenheit, saugen Bäume und Sträucher in Mausis Garten das Regenwasser gierig bis in jede Zelle ihrer schlaff herabhängenden Blätter, erlangen neue Spannkraft und richten sich auf. Zwischen vergilbtem Gras sprießt junges Grün.

Gleichermaßen versickern die Bäche zwischen den Rabatten und ermöglichen der Katze, wieder ihren gewohnten Pfaden zu folgen, alles zu inspizieren und die fortgespülten Duftmarken an den Grenzen ihres Reviers zu erneuern.

Mit dem Wasser ziehen sich auch die Heerscharen an roten Nacktschnecken vor der neu aufflammenden Sonne in schattige Gefilde zurück und hinterlassen nur ihre Fraßspuren.

Wie gewaschen leuchten Tage nach dem Regen alle Pflanzen in frischen Farben, wachsen und blühen um die Wette.

Mausi ist es recht, denn dadurch erhält sie mehr Sichtschutz – nicht zuletzt vor Mia, die sie offenbar gar nicht mehr aus den Augen lassen will.

Der April hat seine Mitte deutlich überschritten, als sich

die Katze an einem sonnigen Nachmittag hinter der verwitterten Gartenmauer ins angenehm kühlende Gras schmiegt. Beschatten lässt sie sich nur vom hellgrünen Laub einer Magnolie, nicht von Mia – zumindest jetzt nicht. Soll sie auf der Terrasse stehen und nach ihr rufen, so lange sie will! Mausi ignoriert das. Sie ist noch nicht bereit, ihr zu verzeihen, dass sie letzte Nacht drinnen bleiben musste – so wie all die Nächte zuvor, seit sie sich im Nebel trafen.

Sie würde es nur gut mit ihr meinen, hat Mia ihr versichert, und wie gefährlich es nachts draußen sei, insbesondere für überwiegend schwarze Katzen. Dann lachte sie über ihre eigenen Worte. Die könnte Mausi ja gar nicht verstehen.

Pah! Und ob sie versteht! Ihrer Ansicht nach ist es genau umgekehrt. Mia will nicht begreifen, dass eine Katze sich nun mal nicht vorschreiben lässt, wann sie wohin zu gehen hat – selbst von einem noch so sehr geliebten Wesen nicht! Dabei hat es Mausi ja bislang nie weit weggezogen. Vor allem nachts möchte sie auch jetzt noch am liebsten die meiste Zeit bei Mia im Bett verbringen.

Doch ihre verwilderten Artgenossen auf dem Bauernhof gehen ihr einfach nicht mehr aus dem Sinn und regen sie zu ganz neuen Überlegungen an. Wie wäre es, keinen Menschen zu haben, keine »Menschenkatze« zu sein? Ohne jegliche Verpflichtungen gegenüber einem dieser Zweibeiner zu leben und ohne sich von ihm bedienen zu lassen?

Mausi kann es sich nicht vorstellen. Nur eines ist ihr klar. Auf ihre Mia wollte sie trotz gelegentlicher Kommunikationsprobleme nicht verzichten! Apropos Kommunikationsprobleme – wie kann sie ihr bloß erklären, dass die Wilden Hilfe brauchen? Immer wenn sie es in den vergangenen Nächten versuchte, maunzend durchs Haus lief, zu ihr aufs Bett sprang, sie beim Lesen störte und anstupste, wurde sie missverstanden. Zwar stand Mia auf, aber nicht, um ihr nach draußen zu folgen. Nein, lauter Unsinn hat sie gemacht, hat etwa mit einer Feder vor ihrer Nase herumgewedelt, die an einem Holzstab befestigt war, oder Leuchtpunkte über den Boden huschen lassen.

Auch jetzt noch verzweifelt die Katze schier, wenn sie nur daran denkt! Gibt es Dinge, die einem Menschen nur ein anderer Mensch erklären kann? Filou ist davon überzeugt. Deshalb wartet er täglich stundenlang vor diesem Haus, in dem Sascha wohnt, und hofft nach wie vor auf seine Mithilfe.

Behaglich will sich Mausi im Gras rekeln, zuckt jedoch plötzlich zusammen. Ihre immer noch schmerzende rechte Flanke erinnert sie an ihr gestriges Erlebnis.

Mit Filou war sie am Nachmittag unterhalb der tiefstgelegenen Fenster an der Fassade jenes Gebäudes entlanggeschlichen. Doch sobald irgendwo auch nur ein Kopf, eine Hand oder ein Fuß erschien, der definitiv nicht zu Sascha gehörte, flitzte der Kater über die Straße und duckte sich ins hohe Gras.

Das hätte Mia sehen sollen, die ja immer befürchtet, sie könnte überfahren werden!

Als erfahrene Menschenkatze hat Mausi den Rottiger natürlich auf die Gefahren des Straßenverkehrs hingewiesen. Mia wäre stolz auf sie gewesen. Schade, dass sie es nicht mitbekommen hat. Doch wahrscheinlich – so tröstet sich die Katze –, hätte sie es ohnehin nicht verstanden.

Filou glaubt, die erwachsenen Menschen behielten Sascha drinnen, weil sie Angst hätten, er käme nicht mehr zurück.

Kann ja sein, dachte Mausi. *Aber wenn er nicht zu uns raus darf, dann müssen wir eben zu ihm rein.*

Also sprang sie vor den überraschten Augen des Katers über den Zaun hinweg in den Garten, mitten unter die Kinder. Ein paar Jüngere hatten sich erschrocken, dann aber neugierig zugesehen, wie die Älteren Mausi streichelten.

Bald wollten alle daran teilhaben, doch ein großer Junge, den die anderen Holger nannten, gab mit zwei weiteren und einem Mädchen den Ton an und verlangte dafür Dienstleistungen. Als ein etwa Vierjähriger es ablehnte, für einminütiges Streicheln Holgers lehmverkrustete Schuhe abzulecken, packte der ihn vor den Augen der ängstlich umherstehenden übrigen Kinder am Schopf, drückte ihn nieder und zwang ihn dazu.

Mausi war entsetzt und wollte den Kleinen trösten, doch der würgte, spuckte und rannte ins Haus. Geschwind folgte sie ihm, an seinem Peiniger vorbei. Sie lief fast schneller als ihr eigener Schatten und wurde von einer Frau übersehen, die eben hinausging und fragte, was los sei.

Mausi verharrte und vernahm, wie Holger entgegnete, alles sei okay. Keiner wagte es, ihm zu widersprechen.

Durch ihr Zögern hat sie den gedemütigten Kleinen aus den Augen verloren, sprang ein paar Stufen hinauf und folgte einem Flur. Hier irgendwo musste doch auch Sascha sein. Vielleicht hinter einer jener beidseitigen geschlossenen Türen? Durch manche vernahm sie Geräusche, die sie an Mias Laptop erinnerten, und stupste mit der Pfote dagegen – vergebens.

Plötzlich gab doch eine nach, und Mausi schlüpfte in den Raum hinein. Zwischen Reihen von Stockbetten, auf denen Dinge lagen, die sie nicht einordnen konnte, tapste sie über den Laminatboden eines menschenleeren Zimmers.

Besonders behagte es ihr dort nicht, denn jeden Moment konnte jemand eintreten – schlimmstenfalls so ein Typ wie Holger. Dann hätte sie in der Falle gesessen und wäre ihm ausgeliefert gewesen. Oder?

Die Katze blickte sich um, entdeckte einen Schreibtisch unter einem gekippten Fenster und sprang hinauf.

Verlockt von der Freiheit dahinter, zwängte sie Kopf, Schultern und Bauch hindurch. Das äußere Fensterbrett konnte sie noch nicht mit den Vorderpfoten erreichen und ruderte mit ihnen durch die Luft. Dabei rutschte sie und blieb stecken.

Vor Schreck darüber, dass dieses Fenster sie offenbar festhalten wollte, stieß Mausi einen Schrei aus, ruderte panisch mit beiden Vorderläufen und wand sich im Spalt.

Zum Glück war sie schon so weit draußen, dass ihre Vorderpfoten nach einiger Anstrengung die Kante des Fensterbretts erreichen und umklammern konnten. Nacheinander befreite Mausi endlich ihre Hinterläufe aus dem Spalt und plumpste auf das Fensterbrett. Dort hielt sie erschöpft einen Moment inne und sammelte neue Kräfte.

Leises Maunzen lenkte ihren Blick nach unten. Da saß doch tatsächlich Filou auf dem Rasen und schaute bangend zu ihr herauf. Ihr Schrei musste ihn über ihre missliche Lage informiert haben.

Jetzt, wo sie daran zurückdenkt, glaubt sie ihn immer noch zu hören, außerdem Saschas Stimme – allerdings nicht unter, sondern hinter sich.

Mausi dreht sich um. Tatsächlich, sie träumt nicht. Mit Filou läuft er zwischen bunten Tulpen und spitz aufragenden Schwertlilienblättern auf sie zu. Durch seine Haare streicht der Wind, und auf seinem Gesicht lacht der Sonnenschein. »Mausi, Mausi!«, ruft er atemlos, lässt sich vor ihr im Gras auf die Knie fallen und streicht über ihren Rücken.

Von der anderen Seite reibt Filou seinen Kopf an der Freundin. »Siehst du, ich hab doch gewusst, dass er da irgendwann wieder rauskommt!«, triumphiert er. »Mit Menschen braucht man einfach sehr viel Geduld.«

»Damit sagst du mir nichts Neues«, erwidert Mausi, fügt jedoch anerkennend hinzu: »Für einen wilden Kater ist deine Menschenkenntnis einfach super!«

Ganz Gentlekater bedankt sich der Rottiger für das Kompliment.

Lachend sieht Sascha ihnen zu und bekennt: »Mausi, als ich dich gestern vom Dachfenster aus gesehen hab, da hab ich mich so riesig gefreut!« Mit beiden Armen beschreibt er einen Kreis, um das Ausmaß seiner Freude zu veranschaulichen. Dann huscht ein Hauch von Traurigkeit über sein Gesicht. »Leider konnte ich nicht runterkommen, ich hatte mich nämlich dort vor Holger versteckt. Das ist der böse Junge, der im Garten war. Mich ärgert der auch immer.«

Gleich verscheucht er aber seine trüben Gedanken. »Nach dem Mittagessen bin ich abgehauen. Das hat wahrscheinlich noch gar keiner bemerkt.« Mit diesen Worten zieht er ein sorgfältig in Toilettenpapier eingewickeltes Stück Rindfleisch aus seiner Hosentasche, zerteilt es in exakt gleichgroße Hälften und reicht jedem seiner Freunde eine. »Da, das hab ich aufgehoben, extra für euch.«

Gierig verschlingt Filou seine Hälfte, während Mausi an ihrer noch herumschnuppert. »Vielen Dank, Sascha«, maunzt sie höflich. »Aber sei mir bitte nicht böse, mir ist heute nicht nach Rind.«

Ein bisschen enttäuscht ist der Junge schon. »Magst du's nicht wegen dem Klopapier? Tut mir leid, ich hatte grad nichts anderes. Das ist von einer ganz frischen Rolle.«

»Das Papier hätte ich sowieso nicht verzehrt, habe heute meinen Thunfischtag«, erklärt ihm Mausi und registriert, wie er nachdenklich seine Stirn kraust. Tröstend reibt sie sich an ihm. Natürlich, das menschliche Begriffsvermögen ist nun mal begrenzt.

Doch warum schaut Filou so irritiert?

»Na ja«, schränkt Mausi ein, »meinen Thunfischnachmittag. Heute Abend darf's auch was anderes sein, vielleicht.«

Mit dieser Äußerung steigert sie seine Irritation allerdings nur noch. Schon will sie ihn fragen, ob er etwa keinen Thunfisch kenne, da begreift sie. Klar, wie soll er als wild lebender Kater an diese Döschen herankommen, worin solche Köstlichkeiten stecken? Schließlich bringt Mia sie ihr immer mit. Mia …

Seltsam – wie oft hat Mausi das nicht schon erlebt! Obwohl Menschen begriffsstutzig sind, scheinen sie in besonders klaren Momenten sogar Gedanken lesen zu können, wie jetzt Sascha. Kaum denkt sie an Mia, so fragt er schon nach ihr.

»Mal sehen, ob sie überhaupt da ist.« Laut nach ihr rufend, läuft Mausi den beiden voraus zur Terrasse.

17. Kapitel

Der Zauberer

Spontan verabschiedete sich Steffi an jenem nebligen Abend nach ihrer Rückkehr zu dritt. Angeblich musste auch sie sich um ein Lebewesen kümmern, welches ihr anvertraut war. In ihrem Kummer wegen Ronald hätte sie vergessen, ihren Ficus zu gießen, und fürchtete, er würde die Nacht ohne Wasser nicht überstehen.

Mausi noch auf dem Arm, nickte Mia verständnisvoll, konnte allerdings den Verdacht nicht unterdrücken, ein innerer Zwang triebe die Freundin erneut zu detektivischen Aktionen.

Wie auch immer – grundlegende Neuigkeiten über Ronald scheint sie nicht herausgefunden zu haben, sie hätte sich sonst ganz bestimmt gemeldet.

Ist inzwischen wirklich eine Woche vergangen? Mia kann es kaum glauben, will Steffi seit Tagen anrufen und nach ihrem Befinden fragen. Doch immer ist irgendwas dazwischengekommen. Mias Geschäft floriert fast besser, als es ihr lieb ist. Mehr und mehr Leute scheinen Probleme mit ihren Tieren zu haben. Oder ist es vielmehr so, dass

Mias Erfolge sich herumsprechen? Auch Katze Lissy und ihren Leuten, bei denen sie gerade war, konnte sie helfen. Die fielen ihr direkt um den Hals vor Dankbarkeit, hatten eine regelrechte Odyssee hinter sich, übernachteten schließlich sogar im Hotel. Erst Mia erkannte, dass Lissy nicht ins Bett kotete, weil sie mit ihrer Toilette unzufrieden war. Nein, sie hasste ganz einfach den Duft des neuen Waschmittels.

So könnte die Tierpsychologin also höchst zufrieden mit sich sein und gut gelaunt, als sie jetzt, am fortgeschrittenen Nachmittag, über die Landstraße zurückfährt – wären da nicht die wahrscheinlich immer noch liebeskummerkranke Steffi und Mausis nach wie vor verändertes Verhalten.

Wo war sie wohl, als Mia vor ihrer Abfahrt von der Terrasse aus nach ihr Ausschau gehalten hat? Natürlich – bei diesem Wetter hält es keine Freigängerin im Haus. Das wäre ja wiederum direkt besorgniserregend. Doch früher ist Mausi im Garten geblieben oder zumindest in dessen Umkreis, in Rufweite. Ja, so muss es gewesen sein, denn stets ist sie von irgendwoher auf Zuruf erschienen, in Erwartung einer Streicheleinheit oder eines Leckerlis.

Während die Landschaft – Wiesen vor fernen Hügelketten, dann der Milanberg mit seinem Aussichtsturm, dessen Spitze zwischen Tannen hervorragt – an ihr vorbeisaust, fühlt Mia Wehmut in sich aufsteigen. Oh, wie sie diese Mausi von früher vermisst, ihren »halben Hund«! Mausert sich ihr Kätzchen ganz einfach zur erwachsenen Katze? Ist sie womöglich dabei, sich von ihr zu emanzipieren, alles »Hündische« von sich abzustreifen? Mia fragt sich, was sie einer Klientin mit einem solchen Problem raten würde.

Tja, Mia, du tolle Tierpsychologin. Nun hast du dich selbst ertappt. Vermutlich – nein, hundertpro – würdest du dir schonend beibringen, dass du das akzeptieren, der Katze ihr Eigenleben lassen musst, anstatt menschliche Bedürfnisse an ihr auszuleben, wer weiß was in sie hineinzuprojizieren ... Mia fühlt, wie sie resigniert. Nein, sie kann nicht ihre eigene Therapeutin sein!

Schluss damit! *Sei jetzt nicht strenger zu dir als zu deinen Ratsuchenden!* Eine Hauskatze, selbst eine verwilderte, ist und bleibt eine Hauskatze, kein Wildtier! Somit bedarf sie menschlicher Fürsorge und Zuwendung! Einen möglichen Grund für Mausis Verhaltensänderung hat sie bisher völlig verdrängt. Ist die Katze krank? Dagegen sprechen ihre Fitness, ihr glänzendes Fell, ihre klaren Augen und nicht zuletzt ihr Appetit. Hirntumoren machen sich aber häufig erst sehr spät bemerkbar ...

»Mia, lass diese destruktiven Gedanken!«, schimpft sie laut auf sich selbst. Den Glattkleebacher Ortskern mit Kirche, historischem Marktplatz, Rathaus sowie dicht an dicht stehenden alten und neuen Gebäuden lässt sie links liegen und steuert auf ihr abgelegenes Anwesen zu.

Wann genau fing Mausi denn damit an, nachts wegzubleiben und herumzustreunen?, überlegt Mia, während sie ihren Wagen in der Hofeinfahrt abstellt und anschließend die Einkaufstaschen aus dem Kofferraum holt. Deren Inhalt besteht überwiegend aus den Leibgerichten der Katze – den bisherigen wohlgemerkt! Es ist ja immer ungewiss, wann ihre Vorlieben wechseln. Mit Speck fängt man Mäuse, sagt ein altes Sprichwort – und mit Thunfisch eine Mausi. So hofft Mia jedenfalls. Immerhin hat die Katze ihre morgendliche Ration im Handumdrehen verputzt. Minuten später betritt Mia die Terrasse mit einem der nach Thunfisch riechenden Leckerlis, um ihren Liebling zu überraschen.

Die Überraschte ist dann allerdings sie. »Ja, wen bringst du mir denn da mit!«, ruft Mia freudig aus und vergegenwärtigt sich, wie erleichtert sie darüber ist, Sascha zu sehen. Mehr als einmal hat sie sich bereits vorgeworfen, ihn nicht nach seinem Nachnamen gefragt zu haben, um sich im Zweifelsfall nach ihm erkundigen zu können. Auch sein Kater ist offensichtlich wohlauf. »Hallo Sascha, wie schön, dich zu sehen! Und Filou natürlich ebenfalls!«

Längst hat der Rottiger den Thunfischgeruch in der Nase und ist sehr davon angetan, wenn er ihn auch nicht einordnen kann. Auf seinem mageren Speiseplan steht das nicht. *Folglich handelt es sich vermutlich um jenen Thunfisch, von dem Mausi sprach,* denkt er.

Das bestätigt sie ihm auch gleich, lässt ihm sogar den Vortritt. Mia registriert es mit zwiespältigen Gefühlen. Sollte die Thunfischeuphorie ihrer Katze sich etwa schon wieder gelegt haben? Ihre Fresslaunen wechseln ja immer rasanter.

Obwohl der Kater schon zwei der drei Minikroketten verspeist hat, zeigt sie nicht mal einen Anflug von Futterneid, sondern maunzt ihn auffordernd an: »Nimm dir die dritte ruhig auch noch. Ich kann das jederzeit haben.«

Das lässt sich Filou nicht zweimal sagen, zerkaut geräuschvoll die knusprige Köstlichkeit und schnuppert anschließend noch lange an Mias Hand.

»Na«, wendet sich die Tierpsychologin an Sascha. »Habt ihr fleißig geübt? Konntest du Filou schon ein Kunststückchen beibringen?«

Der Junge senkt verlegen den Blick. Weil er nicht lügen will, schweigt er lieber.

Mia bemerkt, wie unwohl er sich fühlt, und befreit ihn aus seiner Zwangslage. »Gut, wir werden ja sehen. Ich hol uns eine Erfrischung.«

Filou folgt ihr zur Terrassentür, macht einen langen Hals und sieht ihr nach, bis sie Richtung Küche entschwindet.

»Geh ruhig rein«, ermutigt ihn Mausi.

Unschlüssig blickt Filou sich zu ihr um. In einen ihm gänzlich fremden Raum, ohne freien Himmel darüber … Nein, das geht ihm nun doch zu weit. Weil er nicht als Angstkater dastehen möchte, knüpft er schnell an das vorige Thema an. »Warum kannst du so herrliche Speisen immer haben?«

Mausi stolziert mit erhobenem Schwanz über die Terrasse und reibt ihren Kopf an einem der Liegestühle. »Mia merkt, dass ich etwas verärgert über sie bin, und versucht seit Tagen dauernd, mich zu bestechen.«

Der Kater wundert sich. »Was hat sie denn getan?«

»Mich nachts im Haus eingesperrt«, antwortet Mausi. »Aber nur aus Sorge um mich«, fügt sie sofort hinzu, als sie merkt, wie Filou darüber erschrickt. In seiner Entscheidung, draußen zu bleiben, sieht er sich nun bestätigt.

»Weißt du«, erklärt Mausi, »es kommt leider immer wieder vor, dass Katzen überfahren werden. Viele Autos fahren zu schnell. Besonders Katzen, die ganz oder überwiegend schwarz sind, wie zum Beispiel ich, werden schlecht gesehen, und wenn, dann oft zu spät. Denn wie du weißt, können Menschen bei Dunkelheit so gut wir gar nichts sehen. Und wenn die Katze von dem Scheinwerfer angeleuchtet wird, kann das Auto nicht mehr früh genug abbremsen.«

Dumpf meint sich der Kater daran zu erinnern, an der Straße, die durch den Wald führt, einmal eine tödlich verletzte Katze gesehen zu haben. Jetzt dämmert ihm, was ihr zugestoßen sein musste.

»Komm, Filou, spring da durch!«, fordert Sascha ihn plötzlich auf. Der Kater schaut sich um, sieht, dass er gebeugt dasteht und beide Arme zu einem Ring geformt hält.

»Mau, wirst du dann deine Angst vor dem Bauern überwinden und Mia erzählen, was er macht?«

»Na, komm schon«, bittet Sascha treuherzig. »Ich kraul dich dann auch ganz lange hinter den Öhrchen, wo du's am liebsten magst.«

Mausi gibt den Ausschlag. »Nun tu ihm halt den Gefallen«, meint sie und fügt neckisch hinzu. »Oder traust du dich nicht? So ein kleiner Hüpfer!«

Er – sich nicht trauen? Das wäre ja noch schöner! Hopp, schon springt er hindurch, dann gleich wieder zurück, verharrt und blickt zu Mia hoch, die staunend in der Terrassentür steht, zwei Gläser mit Apfelsaft in den Händen.

»Ihr beide seid ja wirklich einzigartig. Applaudieren kann

ich leider nicht, wie du siehst, aber vielleicht hätte Filou das gar nicht gemocht und wäre erschrocken. Moment …« Sie stellt die Gläser auf den Tisch, eilt ins Haus und holt die Schachtel mit den Leckerlis.

Filou erkennt sie sofort. Daraus riecht es zwar nicht nach Thunfisch, aber seinem ans Darben gewöhnten Gaumen ist alles Essbare willkommen. Gierig schnappt er ein Bröckchen aus Mias Hand.

»Ja, das ist die richtige Belohnung für dich«, lacht sie. »Noch eins?«

Filou muss sich wirklich wundern. Stellen alle Menschen so dumme Fragen? Als kein drittes Leckerli nachfolgt, schaut er Mia abwartend an. Was möchte sie? Soll er noch was vorführen?

Dass Sascha über den Bauern reden soll, scheint der Kater vergessen zu haben. Er will nur noch seinem hungrigen Magen gerecht werden. Weil Sascha seine Arme nicht mehr zum Kreis geformt hält, springt er ihm kurz entschlossen über die Schulter, dann über die andere zurück und baut sich erwartungsvoll vor Mia auf.

Beide Augen ungläubig aufgerissen, steht sie da. Heute ist es doch gar nicht so heiß. Hat sie trotzdem einen Sonnenstich? Filou ist ja wahrhaftig ein Hund im Katzenfell!

Maunzend fordert er seinen Lohn ein. Da bietet ihm Mia gleich drei Bröckchen auf der flachen Hand an, die dann auch sofort weg sind. Erstens hat er sich die mehr als verdient und außerdem … Kritisch tastet die Tierpsychologin ihn ab, fühlt seine Rippen mehr als deutlich und blickt ernst zu Sascha.

»Dein Kater ist viel zu mager.«

Betroffen, als erwarte er unverzüglich einen Schlag, erwidert der Junge ihren Blick.

Nein, ermahnt sich Mia. *Das darf ich nicht tun, nicht so streng mit ihm reden.* Zu spät. Schon strömen ihm die Tränen sturzbachartig aus den Augen. Eben noch fröhlich und stolz auf Filous Kunststückchen, droht er nun wie ein Häufchen Elend regelrecht zu zerfließen.

Mia geht auf gleiche Höhe zu ihm in die Knie, fasst ihn an den Schultern und streicht ihm sanft die Tränen von den Wangen. »Sascha, beruhige dich. Du bist doch nicht schuld.«

Ein Verdacht schießt ihr durch den Kopf. Womöglich hat der Kater Würmer und nimmt deshalb ständig ab, obwohl er frisst wie ein Scheunendrescher. Aber wenn, dann müsste das doch Saschas Eltern längst aufgefallen sein. Sollte man zumindest annehmen.

Hm …, überlegt Mia. Was weiß sie schon von seinen Eltern? Tröstend drückt sie ihn an sich und streichelt seinen Blondschopf. »Ist ja gut, ist alles gut.«

Mausi und Filou stehen ratlos dabei, sehen sich an und fragen einander stumm dasselbe: Warum sagt Sascha nicht endlich, dass Filou gar nicht bei ihm wohnt, sondern auf einem Bauernhof, wo ihn niemand füttert?

Als der Junge sich ein bisschen beruhigt und nur noch leise schluchzt, hört Mia sich fragen: »Sag mal, Sascha, wie heißt du eigentlich mit Nachnamen?«

Erst nach geraumer Weile murmelt er etwas Unverständliches, seine Stirn an ihrem T-Shirt reibend.

Mia mag nicht nachfragen, fürchtet neue Sturzbäche. Bei diesem hochsensiblen Kind muss sie sich über Umwege an die Wahrheit herantasten. Was es zunächst dringender braucht, ist Aufmunterung.

»Weißt du was«, beginnt sie verheißungsvoll und schaut ihm lächelnd in die verweinten Augen. »Du hast so ein super Gespür für Tiere, wie ich es noch nie erlebt habe, wirklich noch gar nie.«

Sascha fühlt, dass dieses Lob aus vollem Herzen kommt, und erwidert Mias Lächeln. Wie der Himmel nach einem Regenguss leuchten seine blauen Augen.

»Besonders Katzen etwas beizubringen ist außerordentlich schwierig«, bemerkt Mia.

»Von wegen!«, protestiert Mausi lautstark. »Wir begreifen superschnell. Ihr Menschen seid längst nicht so lernfähig!«

Sascha und Mia lachen gleichzeitig. Doch diesmal hat die Tierpsychologin verstanden, schaut die zu ihr aufblickende Katze an und krault sie am Brustlatz. »Ihr seid natürlich sehr klug, daran besteht kein Zweifel. Aber ...«, sie hebt den Zeigefinger, »... mindestens ebenso eigensinnig.«

»Miau. Eigensinn ist ein Merkmal von Klugheit!«, kann Mausi da nur sagen.

Filou fühlt sich in seiner Katerehre getroffen. »Denkt bloß nicht, ich würde für jeden den Hampelkater machen!«, betont er. »Unterscheiden zu können, wann man eigensinnig sein sollte und wann nicht – darin liegt die eigentliche Weisheit.«

Mausi reibt sich an ihm. »Damit hast du natürlich vollkommen recht!«

»Die sind sooo süß!«, meint Sascha, setzt sich auf die Terrasse und knuddelt beide Katzen zugleich.

Mia lässt sich in einen Liegestuhl sinken und schaut dem Trio genüsslich zu, kann kaum ihren Blick davon lösen. »Ja. Und so wie es sich hier anlässt mit dir und Filou, bin ich ziemlich zuversichtlich, dass er auch beim Geburtstag deines Vaters mitspielt. Das wird eine tolle Überraschung!«

Die Worte kaum über den Lippen, kommen der Tierpsychologin Bedenken. Wenn sie sich in ihrem Gefühlsüberschwang mit dieser Äußerung nur nicht zu weit aus dem Fenster gelehnt hat! Enttäuschte Hoffnungen sind wirklich das Allerletzte, was der Junge gebrauchen kann.

Wie auch immer – zurücknehmen kann sie das nicht, bringt nicht mal übers Herz, es einzuschränken, so glücklich, wie sie ihn damit macht.

»Sag mal, Sascha«, schwenkt sie auf ein anderes Thema um, »hast du Geschwister?«

Der Junge senkt den Kopf und gibt keine Antwort. Er denkt an die Katzenkinder, die er lieb gewonnen und denen er beim Spielen zugesehen hat, und auch an die Katzen, die der böse Bauer erschlagen hat.

»Sind sie jünger als du, Brüderchen oder Schwesterchen?«

Saschas Blick schweift an Mia vorbei hinauf zum Himmel, über den der Wind weiße Wolken treibt, einer Schafherde ähnlich.

»Beides«, sagt der Junge, »und viel kleiner als ich.«

Also Babys? Zwillinge? Mia will gerade fragen, doch Sascha achtet nicht mehr auf sie, sondern spricht verzückt weiter, mit einem Lächeln im Gesicht und Stolz in der Stimme: »Ich pass auf sie auf, wenn sie draußen herumspringen. Sie sind sehr flink und balgen sich auf der Erde.«

»Ah ja«, meint Mia, als er eine Pause einlegt. »Warum balgen sie sich denn?«

»Einfach nur so«, antwortet er, sieht sie kurz an, dann wieder an ihr vorbei. »weil es ihnen Spaß macht. Aber manchmal streiten sie auch um was …« Er stockt und überlegt.

Mausi und Filou, denen nicht minder merkwürdig erscheint als Mia, was der Junge da erzählt, horchen auf. In Filou keimt eine Ahnung, doch weil er Sascha nicht unterbrechen will, schweigt er und lauscht angespannt, was er weiter erzählt. Der Junge regt sich zusehends auf, blinzelt nervös und zittert. »… um so was wie einen Stein haben sie sich gestritten.« Seine Mundwinkel zucken. »Er war ganz flach, leicht und hell. Und eigentlich …« Während er spricht, wird seine Stimme immer leiser, schließlich zu einem Flüstern. »… war es gar kein richtiger Stein.«

Mia lässt sich auf seine Geschichte ein, gleitet von ihrem Stuhl und rückt nah an ihn heran. Mausi und Filou stützen sich mit den Vorderpfoten auf seine Schultern, berühren mit den Schnurrhaaren seine Wangen.

»Was war es dann?«, flüstert Mia.

Ängstlich schaut Sascha sich um, als dürfe niemand ihn hier sehen. Sein Flüstern verhallt zu einem Hauchen, als dürfe erst recht niemand ihn hören. »Etwas Verzaubertes.«

»Oh«, haucht Mia. »Und einen Zauberer – hast du so einen auch gesehen?«

Die beiden Katzen spüren, dass Sascha erzählen möchte, was er auf dem Hof gesehen hat, sich aber vor der Drohung des Bauern fürchtet. Auffordernd treteln sie mit den Vorderpfoten auf seine Schultern, doch der Junge scheint es nicht wahrzunehmen, starrt vor sich hin, als sähe er ein Gespenst.

»Sag ja«, bittet Filou zaghaft. »Sag, wer dieser ›Zauberer‹ ist. Sag, dass er lebendige Katzen in tote ›verwandelt‹.«

Erneut schaut Sascha sich um, sein Gesicht ist starr vor Angst.

»Du hast ihn gesehen, nicht wahr?«, fragt Mia leise und erschaudert. Wer verbirgt sich hinter jenem »Zauberer«? Hat er sich womöglich an dem Kind vergriffen oder ihm massiv gedroht?

Sascha nickt kaum merklich und kämpft mit aufsteigenden Tränen. »Ich darf nichts sagen, weil er mich dann auch verzaubert.«

Mia hält ein Ohr an seinen Mund. »Mir darfst du es jetzt sagen. Er hört es ganz bestimmt nicht.«

»Miau«, flehen die Katzen eindringlich. »Sag es, sag es.«

Sanft streicht Mia dem Jungen über beide Wangen, nimmt behutsam seinen Kopf zwischen ihre Hände. »Vertraust du mir, Sascha?«

Aufrichtig erwidert er ihren Blick und nickt, öffnet schon den Mund zum Reden, möchte nichts lieber als diesen Brocken loswerden, der auf seiner Seele lastet.

Doch stattdessen flößt ihm der Gedanke an die Stimme des Zauberers weitere Furcht ein. Ist er mächtiger als Mia? Wahrscheinlich, denn sie kann ja nicht zaubern. Oder?

»Mia, kannst du zaubern?«

Auf diese Frage nicht gefasst, zögert die Psychologin ein bisschen zu lange. »Ich kann auf jeden Fall verhindern, dass dich jemand verzaubert. Ich kann dich beschützen, Sascha. Dazu muss ich allerdings wissen, wovor.«

Der Junge bringt kein Wort über die Lippen. Wenn Mia erfährt, wer der Zauberer ist, sich mit ihm anlegt und unterliegt, weil sie doch zu schwach für ihn ist … Diffus erinnert er sich daran, schon mal geliebte Menschen verloren zu haben. Nein, er darf Mia nicht in Gefahr bringen!

Als die Psychologin nach geraumer Weile erkennt, dass nichts aus ihm herauszubringen ist, reift in ihr ein Entschluss. Allein bei dem Gedanken daran fühlt sie sich schäbig, doch es muss sein. »Sascha, du solltest jetzt gehen. Es ist halb sieben. Deine Eltern warten sicher mit dem Abendbrot.«

Als er sich nicht rührt, streicht sie ihm über den Kopf. »Ich begleite dich gern nach Hause.«

Wie sie erwartete, lehnt er ab. »Nein, bitte nicht – die Überraschung …«

Mia nickt verständnisvoll. »Alles okay.«

18. Kapitel

Unter Beobachtung

Filou verharrt, schaut sich um und späht durch das vom vielen Regen hochgeschossene Gras, entdeckt aber hinter den Halmen nur weitere. Sie wachsen einfach zu dicht.

Er reckt den Hals, kann aber auch nicht über ihre Spitzen hinwegsehen. Selbst wenn der Wind wie eine unsichtbare Hand über sie streicht, sie beugt und im Licht der schräg einfallenden Sonne silbrig aufblitzen lässt – selbst dann versperren sie Filou noch die Sicht.

Er, Mausi und Sascha gehen über die Wiese wie durch das dichte Fell eines riesigen grünen Wesens.

Doch wenn er auch nichts sieht – unter seinen Pfoten vernimmt Filou Vibrationen, während sein empfindsames Gehör ihm Rascheln von Halmen ziemlich weit hinter ihnen meldet, das nicht vom Wind herrührt.

»Sie folgt uns«, wendet er sich an Mausi.

Die Katze, ihm ein paar Schritte voraus, sieht ihn fragend an. Bevor sich das noch geteilte Gras wieder vollends aufrichten kann, holt er sie ein.

»Warum folgt uns deine Mia?«

Mausi lauscht und bemerkt es jetzt ebenfalls. Sie hatte weniger darauf geachtet als der wild aufgewachsene und stets auf Gefahren gefasste Kater.

»Ich glaube«, überlegt sie, »eigentlich folgt sie Sascha, weil sie herausfinden will, wohin er geht.«

»Genau!« Aufgeregt drischt Filou mit dem Schwanz durchs Gras. »Da hätte ich auch selber draufkommen können. Weißt du was? Wir führen sie zum Bauernhof!«

Ja, das wäre die Gelegenheit, denkt Mausi, *aber ist das wirklich eine gute Idee?*

»Du hast doch selbst schon gesagt, Sascha müsste abends nach Hause, weil sie sonst merken, dass er wieder abgehauen ist. Was, wenn sie ihn suchen und künftig so auf ihn achten, dass er gar nicht mehr da raus kann?«

»Das wäre verhängnisvoll«, gesteht Filou ein. »Trotzdem – wir müssen es riskieren.«

Der Junge, dem das Gras immerhin bis knapp an den Po reicht, bleibt wie verloren stehen und schaut sich um. »Filou, Mausi – wo seid ihr?«

Die Katzen eilen zu ihm. Erleichtert streichelt er sie und hüpft glucksend ein paar Meter weiter über die leicht ansteigende Wiese. Plötzlich versiegt sein Glucksen. Mit ratloser Miene bleibt er abrupt stehen. Beim letzten Hüpfer hat er hinter einer Kuppe die Straße gesehen, auf deren anderer Seite ihn das große graue Haus erwartet. Überraschend nah erscheint es ihm, fast, als rücke es ihnen entgegen und rufe nach ihm.

Aber Sascha weigert sich, darauf zu hören. »Ich will bei

euch bleiben«, sagt er zu Filou und Mausi, lässt sich ins Gras fallen und blickt in den Himmel.

Immer noch treibt der Wind Wolkenschafe darüber hinweg, wenn auch aus den weißen Schäfchen allmählich rosarote werden.

»Bei euch will ich bleiben!«, ruft Sascha ihnen zu, »bei euch, Mia, Mausi, Filou und den anderen Kätzchen.«

Doch Mia ist ja nicht hier, gesteht er sich betrübt ein. Sie hat ihn nach Hause geschickt, will ihn also gar nicht haben. Aber warum nicht?

Weil er ihr nicht alles erzählt hat? Doch die Stimme des Zauberers in ihm war einfach zu stark. Er musste ihm gehorchen und schweigen.

Ach, hätte er bloß nichts von ihm gesagt! Wie konnte das überhaupt passieren, obwohl er es doch gar nicht wollte …?

Denn der böse Zauberer hatte ihm ja eingeschärft, dass er niemandem von ihm erzählen dürfe. Aber das hat er eigentlich auch gar nicht getan, sondern ihn nur erwähnt. Oder war das womöglich schon zu viel gewesen?

Sascha ist verwirrt und verängstigt. Er hat das Gefühl, als wäre der Zauberer direkt in seiner Nähe. Lauert er womöglich sogar hier irgendwo im Gras?

Die Katzen lauschen immer wieder, als ob da tatsächlich was wäre. Sehen kann Sascha nichts, nur das satte Grün der Halme ringsumher. Er wagt nicht, sich zu rühren, denn jede noch so geringe Bewegung verursacht ein Rascheln.

Beim mucksmäuschenstillen Verharren kommt dem Jungen eine Idee. Er versucht, den Zauberer zu vertreiben, indem er einfach nicht mehr an ihn denkt. Sekundenlang meint er, es sei ihm gelungen, doch schon ist der böse Zauberer wieder da. Fieberhaft grübelt Sascha weiter herum, doch die Katzen stören ihn dabei, stupsen ihn dauernd an und maunzen. »Pssst«, zischt er. »Sonst findet uns der Zauberer.«

Tatsächlich verstummen die Katzen, stupsen ihn aber weiter an.

»Was habt ihr denn?«, flüstert Sascha stirnrunzelnd. »Warum soll ich aufstehen?«

Plötzlich fällt ihm ein, dass Filou ihn vor ein paar Wochen durch lautes Geschrei an eine Erzieherin und einen Erzieher, die nach ihm suchten, verraten hat. Fest legt er den Zeigefinger auf seine Lippen, schüttelt den Kopf und schaut den Rottiger aus flehenden Augen an. »Bitte lass sie mich diesmal nicht finden, Filou. Ich gehe nicht dahin zurück – nie, nie, nie mehr!« Der Junge ist so aufgebracht, dass er den bösen Zauberer völlig vergisst.

»Das sollst du ja auch nicht«, gurrt Filou und streicht an Saschas linker Seite entlang, von den Füßen bis zum Kopf.

»Zumindest jetzt nicht«, fügt Mausi einschränkend hinzu und schmiegt sich an die rechte.

Filou maunzt zu ihr herüber: »Horch, ob Mia noch da ist. Nicht, dass sie sich zurückzieht.« Er lauscht angestrengt und konzentriert. »Sie ist noch da«, meint er schließlich.

»Natürlich«, entgegnet Mausi. »Sie hat Angst um uns. Allmählich müsstest du das doch kapieren.«

»Wenn du aufgewachsen wärst wie ich, würdest du mich besser verstehen«, behauptet der Kater. »Menschen zu vertrauen, kann sehr gefährlich sein. Da hat Schlitzohr nicht unrecht. Denk nur mal an den Bauern.«

»Du wirst doch meine Mia nicht mit dem vergleichen!«, empört sich Mausi.

»Nie und nimmer!«, versichert Filou unverzüglich. »Aber ich hab nur einfach mein Leben lang gelernt, erst mal jedem Menschen zu misstrauen. Das ist mir in Fleisch und Blut übergegangen.«

»He, warum streitet ihr denn?«, mischt sich Sascha ein. Die Katzen horchen auf, hatten gerade gar nicht mehr an ihn gedacht.

»Wir streiten doch nicht«, widerspricht Mausi und beginnt erneut damit, ihn anzustupsen, um ihn endlich zum Aufstehen zu bewegen. »Nun hilf mir doch mal, Filou!«, faucht sie den Kater an. Der weilt gedanklich noch bei Mia, kann einfach immer noch nicht wirklich fassen, dass es Menschen wie sie gibt.

Endlich wird dem Jungen das Geschubse doch zu viel. Er steht auf, braucht aber geraume Zeit, um sich zu orientieren. Die Katzen merken es und laufen hintereinander ein Stück weit Richtung Feldweg, der zum Hof führt, Mausi in Filous Spur. Immer wieder bleiben sie stehen und drehen sich erwartungsvoll maunzend um. Prima, Sascha folgt ihnen!

Und Mia? Beide Katzen stellen lauschend ihre Ohren auf. Ja, Mia ebenfalls.

Sie laufen weiter, und die Wiese scheint sich endlos auszudehnen. »Bist du sicher, dass wir richtig sind?«, fragt Mausi den Kater nach einer Weile.

Der blickt sie pikiert an. »Wenn einer sich hier auskennt, dann ich, bin schließlich in der Gegend aufgewachsen. Einer unserer ersten Jagdausflüge hat meine Mutter und mich zu dieser Wiese geführt.«

»Ach«, seufzt Mausi. »Ein bisschen jagen, das wäre jetzt schön.«

Als ob der Kater daran nicht auch schon gedacht hätte! »Jetzt ist nicht die Zeit dazu«, ermahnt er sie und sich selbst zugleich. »Erst müssen wir zusehen, dass wir nicht mehr die Gejagten sind.«

»Pssst, sei mal still!« Mausi stößt einen leisen Warnruf aus – Menschenstimmen. Filou hört sie Sekunden später ebenfalls und erkennt sie auch sofort. Schließlich hatte er Wochen zuvor dafür gesorgt, dass ihre Eigentümer Sascha fanden. Nun jedoch verhält sich die Sachlage anders, denn sie brauchen ihn ja noch, um Mia zum Hof zu führen. Sich mit Mausi abzusprechen würde zu viel Zeit kosten. In zwei Sätzen ist Filou bei Sascha, springt ihn an und faucht leise: »Los, duck dich!«

Mehr verdutzt als erschrocken über dieses ungewöhnliche Verhalten des Katers fällt der Junge rücklings ins Gras, richtet sich aber gleich wieder auf und sieht seinen vierbeinigen Freund mit verstörter Miene an, denn er hat die Stimmen noch nicht vernommen. »He, was soll das, Filou!«, tönt es lauthals aus seinem Mund, ehe die Katzen auch nur versuchen können, es zu verhindern.

Keine Minute später erzittern um die drei herum die Grasspitzen, vibriert der Boden, nahen schnelle Schritte.

Filou läuft los, als ginge es um sein Leben, Mausi nichts wie hinterher.

Endlich begreift Sascha, schielt nach hinten und rennt ebenfalls los.

Kurz bevor er den Feldweg erreicht, hört er die Erzieherin und den Erzieher rufen. Ihre Stimmen klingen zwar genervt, aber nicht erzürnt. Eigentlich fände Sascha sie gar nicht übel, wenn sie nur die Macht besäßen, ihn und andere Kinder vor Holger zu schützen.

Weil das aber nicht so ist, wie Sascha schon des Öfteren erleben musste, kann er jetzt in ihnen nur Handlanger sehen, die ihn in den Machtbereich seines Peinigers zurückzwingen.

Also rennt der Junge aus Leibeskräften, getrieben von einem urwüchsigen Fluchtinstinkt. Und wie ein Wildtier schreit er ihre beschwichtigenden Stimmen nieder, als er sich von ihnen ergriffen fühlt.

Mia unterdrückt ihren Impuls einzugreifen und verlangsamt ihr Lauftempo, behält die Leute jedoch im Blick und folgt ihnen unauffällig durch das kniehohe Gras. Dabei wird ihr klar, was sie unterschwellig längst ahnte.

Kurz darauf wird es ihr zur traurigen Gewissheit. Sascha ist ein Heimkind. Mit hängendem Kopf trottet er zwischen den beiden Erwachsenen über die Straße und dann in das graue Haus.

Als er sich an der Tür umsieht, duckt sich Mia geschwind. Nein, er soll sie nicht bemerken und womöglich denken, sie hielte ihn für einen Lügner.

Betroffen verharrt die junge Frau und verspürt einen unerwartet heftigen Schmerz, weil das letzte Quäntchen Hoffnung, es könnte vielleicht doch alles ganz anders sein, in ihr erloschen ist.

Was nun? Kann sie nach dieser Erkenntnis einfach nach Hause gehen und sich einen gemütlichen Abend machen?

Plötzlich fallen ihr die Katzen ein. Sie haben den Jungen doch bestimmt begleitet. Mia geht zurück durchs hohe Gras – wohlwissend, dass sie keine Chance hat, darin auch nur eine Schwanzspitze zu erspähen. Doch wenn ihre Katze noch in der Nähe ist, kommt sie vielleicht auf ihren Ruf. »Mausi – Mausilein!«

Nichts rührt sich. Nur der Warnschrei eines Eichelhähers dringt vom Wald herüber. Sie wird Filou gefolgt sein, vermutet Mia nach etlichen weiteren vergeblichen Versuchen, sie zu sich zu rufen. Der hat in dem Tumult ganz sicher die Flucht ergriffen.

Mia fasst sich an die Stirn. Ja, nun erklärt sich auch Filous verwahrloster Zustand. Entweder war er mal ein Hauskater und ist verwildert, aus welchen Gründen auch immer. Oder er wuchs wild auf. Sollte Letzteres zutreffen, so wäre es noch weitaus beeindruckender, dass Sascha ihn dermaßen an sich binden konnte.

Und erst recht die Kunststückchen … In Anbetracht ihrer neuen Erkenntnisse erscheinen die ja geradezu unglaublich. Kaum löst sich ein Rätsel – wenn auch alles andere als wunschgemäß –, so tut sich ein neues auf.

Mittlerweile haben sich die Schäfchenwolken zu schwarzgrauen Formationen gewandelt. Der Wind weht noch in selber Stärke und treibt sie beharrlich über den eingetrübten Himmel. Mias Blick berührt die unscharfen Konturen des Waldrands und senkt sich auf das Fell der Wiese. Im milchigen Mondlicht erscheint es nun grau.

Nochmals ruft sie nach ihrer Katze und vernimmt einen Hauch von Wehmut in ihrer Stimme. Ohne Resonanz wird ihr Ruf vom Wind davongetragen und verhallt.

Umso überraschter ist Mia, als sich plötzlich – erschreckend laut in dieser Stille –, doch etwas meldet. Auf dem Display ihres Smartphones erscheint Steffis Nummer.

Unschlüssig starrt Mia darauf und kann sich nicht überwinden, ranzugehen. Nach Liebeskummertiraden steht ihr gerade wirklich nicht der Sinn. Schon das vierte Mal … Gleich springt die Mailbox an.

»Mia! Mia, bitte geh ran!«, fleht Steffis Stimme nach der Ansage, als ginge es um Leben oder Tod.

Hat Mia etwa ein Helfersyndrom? »Hallo Steffi«, meldet sie sich, auf das Schlimmste gefasst.

»Mia, endlich!« Noch ist der hysterischen Stimme der Freundin nicht anzumerken, was von beidem droht – himmelhochjauchzend oder zu Tode betrübt. »Was hast du denn, klingst ja so müde.«

Mia ist dermaßen erstaunt, dass sie nicht sofort antworten kann. Hat sie richtig gehört? Steffi fragt nach ihrem Befinden, anstatt sie Hals über Kopf mit ihrem eigenen Anliegen zu überfallen? Dann muss sie sich ja wirklich übel anhören! Aber ihr jetzt von Sascha erzählen … Nein, damit will sie sich zuerst selbst auseinandersetzen. »War ein anstrengender Tag«, sagt sie also nur. »Aber bei dir gibt's was Neues, nicht wahr?«

Nun kann Steffi nicht mehr an sich halten. »Du musst unbedingt kommen und ihn kennenlernen!«, sprudelt sie hervor. »Er ist ja so süß!«

Mia könnte sich ohrfeigen. Hätte sie sich das nicht denken können? Kennt sie nicht zur Genüge das extreme Auf und Ab in Steffis Liebesleben? Allerdings scheinen sich die Intervalle rapide zu verkürzen. Vor nicht mal einer Woche glaubte sie, am vermeintlichen Verlust von Ronalds Liebe sterben zu müssen, und jetzt …

»Du musst unbedingt kommen, Mia!«, fällt Steffi ihr ungeduldig in die Gedanken.

»Jetzt sofort? Ich weiß nicht …«

Steffi lässt nicht locker. »Aber ich! Ach, er ist ja sooo süß, einfach zum Anbeißen!«

»Das sagtest du bereits«, bemerkt Mia seufzend, nun doch ein bisschen neugierig geworden auf Steffis neueste Eroberung. Wer weiß, ob sie eine zweite Chance erhalten würde, um dieses vermeintliche Ausnahmeexemplar von Mann zu begutachten?

19. Kapitel

Seeli

Mausi hat gehofft, Filou auf dem Feldweg zu treffen, findet dort aber keine Spur von ihm. Nicht mal seine Witterung kann sie aufnehmen, denn der Wind steht ungünstig.

Ohne die leiseste Lautäußerung ist er durchs Gras davongestoben, als die schnellen Schritte der Leute nahten. Deutlicher hätte er Mausi wirklich nicht demonstrieren können, wie tief die Scheu vor Menschen in ihm verankert ist und sein Verhalten steuert. Dabei wollten die ja gar nichts von ihm.

Und Sascha – der arme Sascha! Wie schlecht muss es ihm gehen in diesem großen grauen Haus. Doch ihm kann sie gerade nicht helfen. Wieder denkt sie an Filou, während sie dem Feldweg folgt Richtung Bauernhof. Bei allem Verständnis – ein bisschen enttäuscht ist Mausi schon. Zumindest hier irgendwo hätte er doch auf sie warten können. Oder hat er gedacht, sie würde nach Hause gehen?

Als mögliche Erklärung für Filous Rückzug weht ihr der sich drehende Wind Hundegeruch zu. Vorsorglich taucht Mausi am Wegrand im Gras unter, lauscht und wartet. Doch sie vernimmt weder nahendes Gebell noch Vibrationen unter Bauch und Pfoten, die einen Hund ankündigen könnten. Er wird wohl schon weitergelaufen sein.

Trotzdem bleibt die Katze achtsam, als sie sich wieder hervorwagt, folgt der immer noch vernehmbaren Duftfahne und stößt etwa einen Meter entfernt vom Weg auf einen Apfelbaum, der von einem Hund markiert wurde. Besonders lange kann das noch nicht her sein.

Kreuzte sich Filous Weg etwa während seiner Flucht mit dem dieses Hundes? Der hat ihm hoffentlich nichts angetan?

Mausi beruhigt sich. Ebenso gut kann der Kater anderswo langgelaufen sein, hat vielleicht den Feldweg gemieden und das vor Blicken schützende Gras vorgezogen.

Ihre Überlegungen werden von kläglichem Maunzen unterbrochen. Mausi versucht, es durch Ohrenspiel zu orten, und schaut sich um. Hinter dem markierten Apfelbaum steht ein weiterer, der in die Breite wächst. Dessen Stamm schweift ihr Blick nun hoch, bis zur überschäumenden Blütenpracht. Darin sitzt ein Kätzchen, durch seine Zeichnung nahezu perfekt getarnt. Die weiße Grundfarbe schimmert im Mondlicht wie die Blüten, und der sternförmige rote Fleck auf dem Kopf fällt kaum auf. Die Kleine fühlt sich höchst unbehaglich und lugt ängstlich aus ihren grünen Augen hinab. »Ich will zu meiner Mama. Bringst du mich zu meiner Mama?«

Sie schreit es mehrmals, denn Mausi ist zu verblüfft, um sofort antworten zu können. »Ist ja schon gut«, meint sie endlich. »Erst mal musst du da runterkommen.« Während sie das sagt, erkennt Mausi, dass die knapp zwei Mondzyklen zählende Kleine sich das nicht zutraut, und fragt: »Wie heißt du? Warum bist du überhaupt da hochgeklettert?«

»Seeli – ich hab mich mit meinen Schwestern gestritten.«

Na, das muss ja eine heftige Auseinandersetzung gewesen sein, denkt Mausi, wenn sie deshalb auf einen Baum geflohen ist. Erleichtert, dass sie sich endlich jemandem anvertrauen kann, beginnt Seeli zu erzählen: »Seitdem Ini sich so blöd benommen hat und meine beiden Schwestern die einzigen Dreifarbigen sind, meinen manche Katzen, sie würden sich für was Besonderes halten und die Andersfarbigen gefährden. Sogar meine übrigen Geschwister denken so – leider«, fügt sie betrübt hinzu.

Eine beklemmende Ahnung steigt in Mausi hoch. »Wo sind deine dreifarbigen Schwestern jetzt?«

»Seit unserem Umzug wollten sie Ini und die anderen Glückskatzen suchen. Ich hab gesagt, das dürfen sie nicht. Ich würde es unserer Mama verraten, weil es viel zu gefährlich ist. Darauf sind sie furchtbar wütend geworden und wollten mich verprügeln. Bis hierher bin ich gerannt und auf diesen Baum geklettert. Das haben sie, glaub ich, nicht mitgekriegt, sind unten rumgestanden und haben eine Weile nach mir gesucht.« Seeli bricht ab, um Luft zu holen. »Als sie endlich fort waren«, berichtet sie weiter, »hab ich wieder runtergewollt, mich aber nicht getraut.«

Erneut verfällt sie ins Wimmern. »Jetzt hock ich schon seit heute Nachmittag hier oben, bin fast taub vom Summen der Bienen, müde, hungrig und allein.«

»Jetzt ja nicht mehr«, meint Mausi tröstend. »Sag mal, du gehörst doch Blessy, oder? Wohin seid ihr denn umgezogen, du mit deiner Mutter und den Geschwistern?«

»Ich weiß nicht genau, hab gedöst, als Mama mich fortgetragen hat, in irgendeinen Schuppen. Darum herum wachsen hohes Gras und viele duftende Blumen. Hilfst du mir jetzt endlich runter?«

»Hör mal, Seeli …« Mausi stockt. »Du musst jetzt tapfer sein und noch ein Weilchen da oben ausharren. Nur solange, bis ich deine Schwestern gefunden habe«, schränkt sie sofort ein, als sie in das entsetzte Gesicht sieht.

»Lass mich mitsuchen«, fleht Seeli. »Dabei bin ich noch viel tapferer, ehr…!«

Mausi unterbricht sie leise fauchend. »Unmöglich, das ist schon für mich allein gefährlich genug.« Ups – die letzte Bemerkung würde sie am liebsten wieder hinunterschlucken. Was ist sie bloß für eine Pädagogin! Und das als Psychotherapeutenkatze!

Schon bricht die Kleine in herzzerreißendes Gejammer aus. »Wenn dir was passiert, weiß niemand, dass ich hier bin. Dann muss ich verhungern und verdursten!«

»Unsinn! Ich treffe unterwegs bestimmt andere Katzen, vielleicht sogar deine Mutter. Die werden dich aus dem Baum befreien, wenn ich es tatsächlich nicht mehr kann.«

Begeisterung drückt Seelis Miene zwar immer noch nicht aus, aber wenigstens jammert sie nur noch leise.

»So ist es schon besser«, lobt Mausi und versucht, zuversichtlich zu klingen. »Sei einfach ganz still und warte. Ich wüsste wirklich nicht, wo du sicherer aufgehoben wärst als zwischen diesen Apfelblüten.«

Seeli gibt sich große Mühe, kann jedoch ein latentes Wehklagen nicht unterdrücken.

20. Kapitel

Auf der Suche

Nur ungern lässt Mausi das kleine Kätzchen allein. Aber es muss sein, denn die beiden Schwestern benötigen ihre Hilfe – wenn sie nicht schon zu spät kommt.

Im Wald, hinter den ersten Bäumen, widersteht sie dem Impuls, zurückzugehen und Seeli noch eindringlicher zu ermahnen, sich nicht durch Lautäußerungen an potenzielle Feinde zu verraten. Oder stammen jene Töne, die ihr in den Ohren klingen, gar nicht von der Kleinen?

Mausi erspäht zwar nichts Verdächtiges, wählt nun aber doch einen Weg durchs dichtere Unterholz. Im Dornengestrüpp bleibt sie zwar mal hängen und kann auch nicht so ungehindert zwischen herabgefallenen Ästen und Zweigen hindurchschlüpfen. Dafür wird sie hier nicht so schnell bemerkt. Besonders Menschen – das weiß Mausi aus Erfahrung – können Rascheln im Unterholz nur schwer zuordnen. Sie muss damit rechnen, dass der Bauer irgendwo herumschleicht. Dann ist es natürlich gut, wenn er sie nicht gleich als Katze identifizieren kann.

Eine Zeit lang vernimmt sie nur Geräusche, die durch

Insekten und andere harmlose Waldbewohner verursacht werden. Doch plötzlich huscht in unmittelbarer Nähe eine Maus unterm Laub entlang. Soll sie sich die wirklich entgehen lassen? Es würde ja nur ein paar Augenblicke kosten, sie zu erhaschen. Aber wenn es eben jene Augenblicke sind, die ihr nachher fehlen …?

Die Katze verdrängt ihren Instinkt, ignoriert die Maus und eilt weiter. Nur an Seelis Schwestern darf sie jetzt denken. Wenn die wirklich zum Bauernhaus gelaufen sind, schweben sie höchstwahrscheinlich in Lebensgefahr.

Nach einer Weile erkennt Mausi vor sich jene Lichtung, zu der Filou sie unlängst geführt hat. Jetzt erscheint sie katzenleer. Wo sind die bloß alle? Sie müssen doch mal auf die Jagd gehen. Oder unterdrücken sie jetzt aus lauter Angst vor dem Bauern ihren Hunger und verkriechen sich Tag und Nacht? Aber wie sollten die Mütter ohne jegliche Nahrung genügend Milch produzieren für ihre Jungen?

Mausi erinnert sich daran, dass bei dieser Versammlung beschlossen wurde, Wachposten aufzustellen. Doch vielleicht macht es hier aus ihr unerfindlichen Gründen keinen Sinn. Was weiß sie schon vom Leben der Wilden?

Ohne auch nur einer Katzenseele zu begegnen, hat Mausi die Lichtung längst hinter sich gelassen, als ein Knarren ihren Blick wie magisch zu einem linkerpfote befindlichen Waldabschnitt zieht. Zwischen teils von Blitzen gespaltenen, teils auf halber Höhe wie Streichhölzer abgebrochenen oder gefällten Tannen ragen sehr hohe auf. Die wenigen noch verbliebenen Äste und Zweige verdorrt, halb oder ganz abgestorben, trotzen sie ihrem Schicksal – hartnäckige Zeugen einer stattgefundenen Verwüstung.

Milchiges Mondlicht auf dahinterliegendem Brachland durchflutet sie, begleitet von einem modrig feuchten Geruch, der das Gefühl von Vergänglichkeit und Tod noch unterstreicht.

Es ist nicht Mausis Richtung, weshalb sie sich gleich davon losreißt. Aber dann zwingt ein dumpfer Aufprall ihre Aufmerksamkeit doch wieder dorthin. Der zuvor knarrende Ast ist herabgefallen. Er verdeckte die Silhouette des Katers auf dem hohen Stumpf dahinter, die nun sichtbar wird.

Überlegend verharrt Mausi und blickt zu ihm hinüber. Also doch ein Wachposten – hier? Aber was weiß der schon von den aufmüpfigen Katzenkindern? redet sich Mausi ein. Sie verspürt nicht die geringste Neigung zu einem Gespräch mit ihm.

Da begegnet ihr sein Blick aus Augen wie glühenden Kohlen. Mausi wendet sich ab und tut, als habe sie ihn nicht bemerkt.

»Aha, eingebildet seid ihr Menschenkatzen also auch«, hört sie ihn lästern und erkennt jetzt seine Stimme. Es ist Schlitzohr, der Schwarzbraune.

»Entschuldige«, maunzt sie unbeabsichtigt devot. »Ich habe es sehr eilig.«

Ihre Hoffnung, er würde sich damit zufriedengeben und sie weitergehen lassen, erfüllt sich nicht. Schwungvoll stößt er sich von seinem Sitzplatz ab und kommt auf sie zu, den Schwanz steil aufgerichtet.

Unhöflich möchte Mausi nicht sein. Sie erwidert seine Begrüßung durch Nasenreiben, wendet sich dann jedoch von ihm ab. »Wie ich schon sagte ... Ich habe es sehr eilig.«

»Das habe ich verstanden, bin ja nicht blöd, nur weil ich mich nicht mit Menschen verbünde.«

Was unterstellt der mir da?, fragt sich Mausi. Das kann sie nicht so stehenlassen. »Mit üblen Menschen habe ich nichts zu tun – genauso wenig wie mit üblen Katzen.«

Hämisch verzieht Schlitzohr das Gesicht. »Zu Letzteren zählst du wahrscheinlich mich, verstehe.«

»Gar nichts verstehst du!« Selbst überrascht von ihrem mutigen Auftreten, hält Mausi inne. »Warum beziehst du eigentlich immer gleich alles auf dich? Das nervt! Und wenn du andere immer blöd anmachst, brauchst du dich nicht wundern, wenn dich niemand besonders mag.«

Beeindruckt von ihrer Courage, hört er tatsächlich zu, ohne sofort zu widersprechen.

Einmal in Fahrt, würde Mausi gern weiter auf ihn einreden und etwas in ihm bewirken. Doch dafür ergibt sich vielleicht später noch eine Gelegenheit. Seelis Schwestern dagegen benötigen sicher sofortige Hilfe. Kurz erwägt Mausi, ihn zu bitten, ein Auge auf Seeli zu haben. Dann unterlässt sie es jedoch, weil sie ihm nicht über den Weg traut, und verabschiedet sich ohne weitere Erklärungen.

Als würde das sein Vorurteil bestätigen, schimpft er ihr hinterher, aber sie hat sich schon zu weit entfernt und versteht nichts von seinem Gerede. *Wahrscheinlich besser so,* denkt sie und durchquert den Waldgürtel, der den Hof auf dieser Seite umschließt.

Etwa noch 30 Meter davon entfernt, erkennt sie wenig später zwischen dunklen Stämmen das lang gestreckte graubraune Gebäude mit den Landmaschinen. In jener Nacht, als der Regen endlich aufhörte, kam sie dort vorbei – kurz bevor sie Ophelia vor dem Zugriff des Bauern rettete. Damals witterte sie durch das Loch in der Seitenwand noch deutlich den Geruch von Schneeflockes und Blessys verlassener Kinderstube.

Als sie jetzt daran vorbeikommt und prüfend ihre Nase hindurchstreckt, ist er kaum noch spürbar. Wohin sind sie bloß umgezogen?

Seeli hat von hohem Gras und duftenden Blumen gesprochen, erinnert sich Mausi, während sie an der Gebäudewand entlangeilt. Wie weit mag sie sich auf ihrer Flucht vor den Schwestern von dort entfernt haben?

Eine Lautäußerung, die Mausi nicht definieren kann, unterbricht ihre Gedanken. Trotzdem tritt sie mutig aus dem Schutz des Gebäudes hervor und huscht über krümeligen Erdboden. Etliche Katzenlängen entfernt zeichnen sich die Umrisse von Kuh- und Schweinestall vor ihren Augen ab. Dazwischen fällt vom Wohnhaus dahinter Licht zu ihr hindurch. Nie zuvor war Mausi so froh über ihren schwarzen Rücken.

Auf diesem Terrain vegetiert nur stellenweise spärliches Gras, wie sie sogar unter zunehmend wolkenverhangenerem Abendhimmel erkennt. Das könnte ihr kaum Sichtschutz bieten, falls plötzlich Gefahr nahte.

Hinter der Stalltür, deren obere Hälfte geöffnet ist, vernimmt Mausi das Stöhnen einer Kuh und erkennt darin den Laut von vorhin wieder. Mit dermaßen imposanten Tieren hatte sie noch nie zu tun. Wie spricht man die an? Vielleicht wissen sie was über den Verbleib der Katzen.

Mausi springt, verkrallt sich in die Holztür, erklimmt den oberen Rand und verzieht angewidert das Gesicht. Der Gestank des von Fäkalien durchsetzten Strohs steigt ihr in die Nase.

Erstaunt schauen einige der Kühe zu der Katze herüber.

»Hallo, ihr Großen«, grüßt sie, weil ihr nichts Besseres einfällt. »Welche von euch hat denn solche Schmerzen, dass sie stöhnen muss?«

»Grund zum Stöhnen haben wir eigentlich alle«, dröhnt es vielstimmig durch den Stall. »Sollen Milch geben im Überfluss, aber unsere Kinder kriegen davon keinen Tropfen. Und gleich nach der Geburt nimmt man sie uns weg.«

Mausi ist betroffen.

Die Kuh mit der Nummer sieben meldet sich zu Wort. »Der Knecht wartet immerhin, bis wir unsere Neugeborenen trockengeleckt haben.«

»Ja«, bestätigt Elf von weiter hinten, »aber nur, wenn der Bauer nicht in der Nähe ist.«

»Meins strampelt wie verrückt in mir herum«, klagt die immer noch stöhnende Sechzehn. »Wenn das wüsste, was ihm bevorsteht, würde es nicht rauswollen.«

»Es landet ja auch nur im Mist, worin wir bis über die Fesseln stehen«, fügt Elf resignierend hinzu.

»Genau«, muhen mehrere zugleich. »Der Bauer ist zu faul zum Ausmisten, und der Knecht schafft's nicht allein, stöhnt mit uns um die Wette.«

Da hat sie ja was ausgelöst, stöhnt nun auch Mausi und erschrickt, als Dreizehn plötzlich alle anderen übertönt: »Mein Euter tut mir ja so weh!«

Wenn das bloß nicht den Bauern alarmiert, bangt Mausi. Andererseits käme er ihr dann nicht beim Haus in die Quere, wo sie Blessys Töchter vermutet.

»Leider weiß ich nicht, wie ich euch helfen könnte«, maunzt sie bedauernd. »Aber vielleicht ergibt sich später mal eine Gelegenheit dazu. Jetzt könnt ihr vielleicht mir helfen. Ich suche zwei dreifarbige Katzenwelpen.«

»Katzen schleichen oft um uns rum, wobei … In letzter Zeit nicht mehr so viele«, erinnert sich Elf. »Heute bist du die erste, die ich sehe, aber …«

Von hinten, aus dem kaum mehr einsehbaren Dunkel, fällt ihr Neunundzwanzig ins Wort: »Um euch Katzen können wir uns nicht auch noch kümmern. Wir haben genug mit unserem eigenen Elend zu tun!«

»Ja, mehr als genug«, stimmt ihre Nachbarin ihr zu.

»Du gefällst mir, siehst ja fast aus wie ich!«

Plötzlich fühlt sich Mausi von der ihr nächststehenden Eins neugierig beäugt. »Was?«, fragt sie irritiert. »Meinst du mich?« Sie soll einer Kuh ähneln?

»Na klar, du hast doch genau die gleiche Blesse wie ich!«, muht Eins und blickt sich, so weit es ihr möglich ist, zu ihren Artgenossinnen um. »Seht doch mal genau hin! Hat sie denn nicht wirklich die gleiche feingezeichnete Blesse wie ich?«

»Phuuu!«, stößt Neunundzwanzig hervor. »Ich seh zwar ihre von hier hinten nicht so genau, aber eine feingezeichnete Blesse haben ja viele von uns.«

»Und schwarzweiß seid ihr auch alle«, bemerkt Mausi, froh darüber, noch eine Gemeinsamkeit zwischen sich und den Wiederkäuern erwähnen zu können.

Gemeinsamkeiten würden einander verbinden, hörte sie Mia mal sagen. Irgendwie wird Mausi das Gefühl nicht los, dass zumindest eine Kuh etwas über die Kätzchen weiß. Vielleicht wird die jetzt kooperativer.

»Ja«, bemerkt Elf. »Schwarzweiß sind wir, allerdings nicht so blitzblank geputzt wie du. Wenn wir uns hinlegen, bleibt der ganze Dreck an uns kleben. Ich hab noch den vom letzten Vollmond an den Flanken.«

»Mir geht's nicht besser«, stimmt Neunundzwanzig ihr zu. »Ein Wunder, dass wir nicht alle eine Euterentzündung haben.«

»Das wäre was!«, muht Eins. »Damit könnten wir Dreizehn wahrscheinlich das Leben retten.«

Mausi versteht nicht, was sie meint. Sechzehn merkt es ihr an. »Ich glaube, Eins will damit sagen, der Bauer würde dann vielleicht in uns alle Arztkosten investieren, auch in Dreizehn. Schließlich kann er uns nicht allesamt zum Schlachter schicken.«

»Genau, genau«, bestätigt Eins.

»Phuuu!«, meldet sich abermals Neunundzwanzig. »Ihr

habt vielleicht Illusionen! Selbst wenn er das wollte … Dazu fehlt ihm doch das Geld.«

Soweit die Haltestricke es erlauben, wenden alle anderen sich zu ihr um und fragen wie aus einem Maul: »Wie kommst du denn darauf?«

»Ihr könntet es auch wissen«, erklärt Neunundzwanzig, »wenn ihr besser zuhören würdet. Der Knecht hat es mir beim Melken erzählt. Er redet doch unablässig, wenn er hier ist.«

»Dir erzählt? Das glaubst auch nur du«, spottet Elf. »Der brummelt zwar dauernd irgendwas, aber nur zu sich selbst. Ich höre da gar nicht mehr hin.«

Weil keine widerspricht, wird das Zirpen der Grillen hörbar, untermalt von Motorengeräuschen, die von der Landstraße herüberdringen.

Mausi will die Schweigepause eben dazu nutzen, um erneut ihr Anliegen zu erwähnen, als der Blick aus Siebens großen, glänzenden Augen an ihr vorbei durch die offene obere Hälfte der Tür schweift. Mausis folgt ihm, kann jedoch nichts Bemerkenswertes entdecken, unmittelbar hinter dem Hofgelände nur eine Wiese und daran anschließend den Waldrand.

»Dahinten, im hochgewachsenen Gras …«, muht Sieben.

Mausi fällt ihr aufgeregt ins Wort. »Was war da und wann?«

»… da wäre ich gern, ach, so gern. Damals, als man mich hierher gebracht hat, sah ich unterwegs Kühe auf saftigen Wiesen. Irgendwann kommen auch wir hier raus.«

»Ja, zum Schlachter«, meint Neunundzwanzig lakonisch

und wendet sich an die überraschte Mausi. »Hör zu, Kleine! Unser Schicksal ist besiegelt. Aber für deinesgleichen gibt's vielleicht noch Hoffnung. Die Katzen, die du suchst, hab ich heute Nachmittag an der Stalltür vorbeilaufen sehen – nicht da vorn, wo du hockst, sondern hier hinten.«

»Zwei junge Dreifarbige?«, fiebert Mausi aufgeregt. Neunundzwanzig will eben antworten, als Sieben ihr ins Wort fällt: »Nein, sie sind auf der hochgewachsenen Wiese herumgesprungen.«

Mausi ist ratlos. Was soll sie glauben? »Heute Nachmittag?«, wendet sie sich fragend an beide Kühe.

Sieben bejaht sofort, wirkt dabei aber so geistesabwesend, dass Mausi an der Glaubwürdigkeit ihrer Aussage zweifelt. Neunundzwanzig hingegen räumt ein: »Jetzt, wo ich eingehender darüber nachdenke … Es könnte auch gestern gewesen sein. Ach«, seufzt sie. »Hier vergeht ja ein Tag wie der andere, wie soll man sie da auseinanderhalten?«

Zustimmendes Muhen von allen Seiten dünkt Mausi dermaßen laut, dass sie erneut vermutet, es könnte den Bauern oder seinen Knecht herbeirufen.

Hier wird sie jedenfalls keine zuverlässigen Auskünfte bekommen. Außerdem hat sie sich schon viel länger aufgehalten als ursprünglich beabsichtigt.

»Macht's gut!«, ruft Mausi, springt zu Boden und flitzt an der Stallwand entlang. Vor der Scheune, in deren offenem Tor jetzt der Traktor steht, sieht sie die Umrisse der Schubkarre, sucht dahinter Deckung und späht zum Wohnhaus hinüber. Hinter einem der unteren Fenster, direkt neben der

Tür, brennt immer noch Licht. Bedeutet das, der Bauer ist da?

Angestrengt lauscht Mausi, vernimmt zwar keine der üblichen Geräusche, die von Menschen verursacht werden, ist aber vielleicht noch zu weit entfernt. Lautlos huscht sie zunächst zum Traktor, und als auch von dort nichts zu vernehmen ist, zur Fassade. Daran schleicht sie so dicht entlang, dass niemand sie von den Fenstern aus sehen kann, und verharrt unter dem erleuchteten. Obwohl es geschlossen ist, müssten ihre hervorragenden Sinne Atemgeräusche, Schritte, Musik oder andere Lautäußerungen aus dem Raum dahinter wahrnehmen können, falls vorhanden. So glaubt Mausi. Einzig ein sich verflüchtigender Geruch nach ranzigem Fett dringt seitlich durch den Rahmen.

Mausi verdrängt die Befürchtung, dass Blessys Töchter gar nichts mehr äußern können. Man dürfe die Hoffnung nie aufgeben, hörte sie Mia schon des Öfteren sagen. Als stimmten sie dem zu, beginnen die Kühe wieder zu muhen. Würden Bauer oder Knecht nicht endlich darauf reagieren, wenn sie hier wären?

Und warum brennt Licht, obwohl niemand im Zimmer ist? Aber hat Mia nicht auch schon mal vergessen, es zu löschen, bevor sie fortging?

Falls der Bauer unterwegs ist, könnte er natürlich jeden Moment zurückkehren.

Während ihr das bewusst wird, achtet Mausi verstärkt auf Motorengeräusche, die von der Landstraße herüberdringen, und bangt bei jedem sich nähernden Fahrzeug. Erst wenn das Brummen seines Motors in der Ferne verhallt, atmet sie wieder auf.

Was soll sie jetzt tun? Die weiter hinten gelegenen Räume des Hauses kann sie nicht inspizieren, ohne es zu betreten.

Als die Kühe verstummen und Mausi weder etwas Verdächtiges erspäht noch erlauscht, schleicht sie weiter an der Fassade entlang, vorbei unter stockfinsteren Fenstern. Hinter dem dritten und letzten, woran sich ein Garagentor anschließt, erhascht sie eine Bewegung und erstarrt – so fest gegen die Fassade gepresst, als versuche sie, mit ihr zu verschmelzen. Allein ihre Schwanzspitze zuckt nervös. Bewegt nur der Wind die vergilbten Gardinen? Das könnte freilich der Fall sein, denn das Fenster ist gekippt.

Je länger sie ausharrt, desto nervöser wird die Katze. Schließlich kann jeden Moment Motorengeräusch die Rückkehr des Bauern ankündigen. Ob die Zeit dann noch reichen wird für einen Versuch, durch das Fenster einzusteigen? Mausi erschaudert beim Gedanken, sie könnte ausgerechnet vor seinen Augen darin steckenbleiben.

Endlich fasst sie sich ein Herz, springt aufs Fensterbrett und duckt sich darauf so flach wie nur möglich. Vergebens – etwas streicht über ihr gesträubtes Rückenfell. Sie unterdrückt einen Aufschrei und lauscht angespannt.

Gaukeln ihre überreizten Sinne ihr etwas vor, oder maunzen auf einmal tatsächlich Katzenkinder? Mausi hebt den Kopf. Dabei gleitet die Gardine von ihrem Rücken, die der Wind nach draußen geweht hat. An der gegenüberliegenden

Wand des Zimmers zeichnet sich vor den Katzenaugen eine offene Tür ab. Daher rührt also der Durchzug.

Doch das Maunzen kommt von woanders. Erregt versucht Mausi, es zu orten, läuft über das Fensterbrett und erwidert es leise. Sofort steigert es sich zu lautem Jammern. »Seid leise, ich hab euch ja gefunden«, gurrt Mausi und ist sich nun ganz sicher. Sie müssen direkt hinter dem Garagentor sein.

So schnell lassen sich die Kleinen nicht beruhigen. »Leise, ihr verratet uns«, mahnt Mausi erneut. »Hat der Bauer euch schon gesehen? Weiß er, dass ihr da drin seid?«

Beide verneinen und erzählen gleichzeitig weiter. Mausi versteht kaum etwas. »Langsam, eine nach der anderen«, versucht sie, den Redefluss zu stoppen – vergeblich. Weiterhin überschlagen sich ihre Stimmen vor Angst, Aufregung und Erleichterung.

Minuten vergehen, bis Mausi herauszuhören glaubt, dass sie zuerst die offen stehende Garage erkunden wollten und sich schnell hinter ein paar Reifen versteckt haben, als der Bauer plötzlich erschien.

»Ist er weggefahren?«, fragt Mausi, erhält aber keine Antwort.

»Hol uns hier raus!«, flehen die beiden stattdessen lauthals.

»Pssst!«, gurrt Mausi. »Ihr müsst jetzt ganz tapfer sein und euch wieder hinter den Reifen verstecken. Ich …«

»Nein, warum? Hol uns raus, hol uns raus, bitte, bitte!«

»Ruhe!«, schreit Mausi, trotz der Gefahr, dass der Knecht aufwacht, der ja vielleicht da ist und irgendwo schläft.

Von der Landstraße her naht ein Auto. Eindringlich beschwört Mausi die Kätzchen, sich zu verbergen und auf ein Zeichen von ihr zu warten. Dann flitzt sie um die Ecke der Garage. Dort gammelt ein ausgeweideter VW Käfer vor sich hin, dessen ehemals schwarzer Lack von einer dicken Staubschicht überzogen ist – das ideale Versteck.

Schier endlose Minuten später leuchten Mausis grüne Augen noch immer durch das Loch, worin früher mal der rechte Scheinwerfer gesteckt hat, ohne dass besagtes Auto auf den Hof gefahren ist.

Mausi befürchtet, die Kätzchen könnten die Geduld verlieren und ihr Versteck hinter den Reifen verlassen. Gerade springt sie durch das zerbrochene Fenster des Käfers, als wieder ein Auto naht, rasant heranbraust und mit quietschenden Reifen vor der Garage stoppt.

Erschrocken und geblendet durch grelle Halogenscheinwerfer, kann sich Mausi kaum rühren und vernimmt bangend, wie der Fahrer bei laufendem Motor erst die Autotür öffnet, dann das Garagentor. Wenn Blessys Töchter jetzt dahinter sind …

21. Kapitel

Alfonso

»Nimm dir doch von der Pizza«, sagt Steffi, ohne Mia dabei anzuschauen, denn sie kann ihre Augen einfach nicht von Alfonso lösen.

»Danke, kein Appetit.« Kopfschüttelnd blickt die Tierpsychologin über den Tisch zu ihrer Freundin auf dem roten Sofa, die hingebungsvoll Alfonsos schwarzen Wuschelkopf streichelt. Schwanzwedelnd erwidert er ihre Liebkosung, leckt ihr Gesicht und Hände.

»Na, hab ich dir zu viel versprochen?«, strahlt Steffi und schmiegt ihre Wange an Alfonsos Kopf. »Sind wir nicht ein Dream-Team?«

Und was für eins, denkt Mia seufzend. »Sag mal, merkst du denn gar nicht, wie sehr er sich von dir bedrängt fühlt?«

»Bedrängt?« Steffi schaut in Alfonsos Augen, als erwarte sie Widerspruch. Stattdessen weicht er ihrem Blick aus.

»Nun fixierst du ihn auch noch«, kritisiert Mia. »Das macht ihm Angst.«

»Fixieren?«, wehrt sich Steffi mit unbeabsichtigt schriller Stimme. »Ich schaue ihn liebevoll an.«

»So kommt das aber nicht zu ihm rüber«, versucht die Tierpsychologin, ihr zu erklären. »Allein sein Hecheln ist ein deutliches Stresssymptom. Besänftigend fügt sie hinzu: »Steffi, ich will dich doch nicht angreifen und dir schon gar nicht die Freude an Alfonso vermiesen. Vertrau mir, lass ihn los. Er sucht von selbst deine Nähe.«

Nur zögernd lösen sich Steffis Finger aus dem wuscheligen Welpenfell. Während Alfonso zaghaft beginnt, seine Umgebung zu erkunden, folgt ihm ihr Blick, als könne er sonst davonlaufen.

»Was ist jetzt eigentlich mit dir und Ronald?«, versucht Mia sie abzulenken und bereut sogleich, die Sprache darauf gebracht zu haben.

Einen Augenblick lang wirkt es, als bräche Steffi in Tränen aus. Dann besinnt sie sich jedoch und antwortet verkrampft: »Der ist weg, bei seiner Sekretärin, was weiß ich. Ist mir auch egal, schnurzpiepegal!« Im nächsten Moment springt sie auf, greift nach Alfonso, der auf seiner Erkundungstour durchs Wohnzimmer an der Tür angelangt ist, und setzt sich wieder mit ihm aufs Sofa.

»Keine Angst, der zieht nicht aus«, frotzelt Mia freundschaftlich, »er wird dich lieben.« *Als Rudeltier bleibt ihm gar nichts anderes übrig,* fügt sie im Stillen hinzu und fährt in Steffis zweifelndes Gesicht fort: »Du musst es ihm bloß ermöglichen. Aber sei unbesorgt – ich zeig dir, wie das geht.«

Im Begriff, ihren Welpen daran zu hindern, erneut vom Sofa zu springen, lässt Steffi ihn auf Mias mahnenden Blick hin gewähren und meint: »Genau! Wozu hab ich schließlich eine Tierpsychologin zur Freundin?«

Nachdenklich betrachtet Mia den in sämtlichen Ecken herumschnüffelnden Alfonso. »Was steckt da eigentlich drin? Nein, lass mich raten – Labrador …«

»Exakt!«, ruft Steffi, »und Picard. Das ist ein französischer Hütehund.«

Mia nickt. »Ich weiß.« Mühsam unterdrückt sie einen Tadel, der ohnehin zu spät käme, denn ein Lebewesen tauscht man schließlich nicht um wie ein Möbelstück.

Dass Steffi aber auch immer so überstürzt handeln muss! Hatte sie nicht beim ersten Besuch Mias fachlichen Rat erbeten? Nie im Leben hätte die Tierpsychologin ihrer hundeunerfahrenen Freundin zu einem Picardmix geraten. Nun bleibt nur zu hoffen, dass der grundsätzlich umgänglichere Charakter des Labradors in ihm überwiegt.

Als Alfonso wie suchend umhertappt und sich im Kreis dreht, springt Mia zu Steffis Erstaunen auf, schnappt ihn sich, trägt ihn nach draußen und setzt ihn auf dem nächstgelegenen Grünstreifen ab. Es war keine Sekunde zu früh, denn der Welpe produziert sofort ein Pfützchen.

»Feiiin!«, lobt Mia überschwänglich. »Feiiin!!!«

Verdutzt steht Steffi mit der Leine daneben und bricht in schallendes Gelächter aus. »Als hätte er soeben den Nobelpreis gewonnen!«

»Genau«, bestätigt Mia, nimmt Steffi die Leine aus der Hand und hakt sie an Alfonsos Geschirr. »Das hat er auch, den ›Welpen-Nobelpreis‹. Wenn du ihn aufmerksam beobachtest, die

Vorzeichen erkennst, sofort mit ihm rausgehst und ihn so lobst, dann wird er im Handumdrehen stubenrein.«

»Das muss er auch«, meint Steffi, weicht Mias fragendem Blick aus und geht ein Stück vor ihr die Lindenallee entlang, vorbei an teils neuen, teils stilvollen alten Häusern. »Ich fang nämlich nächste Woche als Friseurin an bei ›Trendy Hair‹.«

»Und da schaffst du dir kurz zuvor einen acht Wochen alten Welpen an!« Mia fasst es nicht, langt sich an die Stirn.

»Ja, ich weiß«, gesteht Steffi zerknirscht.

»Sag mal«, überlegt Mia, » woher hast du ihn überhaupt?« Sie hockt sich zu dem Welpen nieder und begutachtet ihn prüfend. »Acht Wochen alt scheint er ja wenigstens zu sein.«

»Für wie verantwortungslos hältst du mich eigentlich?«, empört sich Steffi. »Er ist von einem Schäfer, dessen Picard-Hündin fremdging.«

Im nächsten Atemzug die Liebe in Person, nimmt sie ihre Freundin in den Arm. Wie die eines um Verständnis heischenden Kindes, glänzen ihre Augen im Laternenlicht. »Versteh doch, ich hab ihn gebraucht.« Dabei bückt sie sich zu ihrem Hundebaby herab, herzt es und blickt bittend zu Mia auf. »Ich dachte, du könntest vielleicht …«

Die Tierpsychologin ahnt, was jetzt kommt. »Du dachtest«, entfährt es ihr heftiger als gewollt, »einfach so über meinen Kopf hinweg. Typisch!«

»Tut mir leid. Aber du bist doch flexibel und kannst dir die Arbeit einteilen.« Steffis Gesicht leuchtet auf, fast wie die Straßenlaternen. »Ja, ich überlass ihn dir tagsüber als Therapiehund!«

Super!, denkt Mia und drückt ihr demonstrativ die Leine in die Hand. Jetzt dreht sie es auch noch so, als tue sie ihr damit einen Gefallen. »Und was glaubst du, wird meine Therapiekatze dazu sagen? Sie kommt jetzt schon kaum noch nach Hause.«

»Na, dann passt's ja!«, rutscht es Steffi unüberlegt heraus. Händeringend sucht sie nach Worten, um ihren Fauxpas wiedergutzumachen, als vor ihnen aus einer Seitenstraße ein hochgewachsener junger Mann mit einer abenteuerlich bunt gemusterten Australian-Shepherd-Hündin um die Ecke biegt. Spontan will Steffi ihren Alfonso hochnehmen.

»Nein«, bestimmt Mia ruhig, aber entschieden. »Damit würdest du ihm signalisieren, dass Hunde potenziell gefährlich sind.«

»Bella liebt Welpen«, verkündet der Mann und lacht den jungen Frauen ins Gesicht, wobei sich seine samtbraunen Augen länger auf Mia richten.

Sichtlich besorgt verfolgt Steffi, wie Alfonso um die freundlich wedelnde Hündin herumspringt und sie mit seiner Welpenstimme zum Spielen auffordert. Bella würde auch sehr gern darauf eingehen.

»Schade, dass wir sie hier an der Straße nicht loslassen können«, bedauert Mia. Ein Blick ins Gesicht ihrer Freundin sagt ihr, dass die darüber eher erleichtert ist.

»Zum Glück mag sie Welpen, kriegt nämlich bald selbst welche«, erzählt Bellas Herrchen und fügt grinsend hinzu: »Ein ›Unfall‹.«

Mia schmunzelt. »Tja, bei echter Liebe ist halt kein Zaun zu hoch.«

Verblüfft schaut er sie an. »Woher wissen Sie?«

»Reine Intuition«, lacht Mia herzhaft und schüttelt ihre Lockenmähne. Steffi – inzwischen davon überzeugt, dass Bella ihren Alfonso nicht ermorden wird – stimmt mit ein und bemerkt: »Sie ist Tierpsychologin.«

»Ah, interessant …«, beginnt Bellas Herrchen, als wolle er noch etwas sagen, bricht jedoch beim plötzlichen Schlagen der Kirchturmuhr ab. »Oh sorry, für uns wird's Zeit. Auf, Bella, wir müssen weiter.«

Die Hündin blickt zu ihm hoch, als bedaure sie das zutiefst, folgt ihm aber ergeben. »Tschüss«, verabschiedet er sich.

»Tschüss«, erwidern Mia und Steffi. Alfonso will sich nicht von Bella trennen, winselt und zerrt an der Leine.

Als der Mann sich nach wenigen Metern umschaut und winkt, winken die Frauen zurück.

Mia bemerkt, dass Steffis Augen gar nicht von ihm ablassen können, und wedelt ihr vor der Nase herum. Vergebens – noch Minuten später schaut die Freundin ganz verklärt und ruft begeistert aus: »Wow, was für ein Typ! Hast du gesehen, wie er mich angeguckt hat?«

Als Mia darauf schweigt, beugt sie sich zu dem immer noch jammernden Alfonso hinab, streichelt ihn und lobt: »Dass es mit euch Wuffis so rasant geht … Schneller als mit tausend Megabits im Netz!«

22. Kapitel

Mut der Verzweiflung

Noch ehe der Bauer das Garagentor geöffnet hat, entflieht Mausi dem Scheinwerferlicht des alten Passats und huscht hinters Heck. Abgase reizen sie mehrmals zum Niesen.

Hat der Bauer das gehört? Der laufende Motor müsste es eigentlich übertönt haben. Am linken Hinterreifen vorbeilugend, sieht Mausi die im Lichtkegel dunkel erscheinende Gestalt des Mannes. Abwartend starrt er in die große, erhellte Garage, an deren Wänden entlang Autoreifen und Gerümpel stehen, und kratzt sich am Kopf. *Was ist los?*, fragt sich Mausi. Von den Kleinen ist nichts zu sehen. Folglich sind sie in ihrem Versteck.

Dann jedoch hört sie, was offenbar auch dem Bauern, trotz des Motorenlärms, nicht völlig entgeht – leises Maunzen. Spontan lenkt Mausi durch lautes Geschrei seine Aufmerksamkeit auf sich, gerät jedoch in Panik, als er sich tatsächlich umdreht. Doch er sieht sie nicht.

Mausi schreit erneut. Irritiert schießen die Blicke des Bauern hin und her. »Mistvieh, verdammtes! Wo steckst du?«, schreit er und rauft sich die Haare.

Erschrocken verstummt Mausi. Dann beginnt sie zwar wieder zu schreien, aber Sekundenbruchteile zu spät.

Der Bauer muss das Maunzen eines der Katzenkinder geortet haben, und es bleibt ihr nichts anderes übrig, als mitanzusehen, wie er zielstrebig zu den Reifen tritt und Blessys Töchter triumphierend am Genick hochhebt. Dann kommt er direkt auf Mausi zu. Geschwind kriecht sie unter das Heck und folgt mit ihrem Blick seinen Füßen, die in angeschmutzten grauen Schuhen stecken und umhertappen. »Da war doch noch eine, hab's genau gehört«, murmelt er vor sich hin. »Eure Mama?«

Die Kätzchen geben keinen Laut mehr von sich. *Sie sind starr vor Schreck,* vermutet Mausi.

Erst als seine Schritte sich entfernen, wagt sie es, ihren Kopf unter dem Auto hervorzustrecken, und sieht, wie er sein Haus betritt und sich dabei immer noch umschaut.

Als menschenerfahrene Katze weiß Mausi, dass er gleich zurückkommen und sein Auto in die Garage fahren wird, zumindest den Motor ausschalten. Währenddessen will sie hinüberhuschen und vielleicht sogar durch die Haustür hineinschlüpfen – wenn er sie offen lässt.

Mit dieser Hoffnung im Herzen verbirgt sich die Katze wieder im Käfer. Wie erwartet, tritt der Bauer heraus, setzt sich in seinen Passat und fährt in die Garage.

Solange er da drin ist, sieht er mich auf keinen Fall, denkt Mausi. Bei der Haustür angelangt, flaut jedoch ihre Hoffnung ab, denn die ist geschlossen. Schon vernimmt die Katze, wie der Bauer die Garage verlässt. Trotzdem verharrt sie angestrengt lauschend an der Tür.

Von den Kätzchen dringt kein Lebenszeichen nach außen. Mausi will unbedingt in das Haus. Sie hat den Kleinen versprochen, ihnen zu helfen. Soll der Kerl sie doch sehen! Solange noch mindestens eine Armlänge Distanz zwischen ihnen besteht, kriegt er sie unmöglich zu fassen.

Als sie ihn dann auf sich zukommen sieht, wird ihr doch etwas mulmig zumute. Aber ein ungeahnt heftiger Zorn wallt in Mausi auf und hindert sie an der Flucht. Wenigstens foppen will sie ihn!

Als sich sein rundes, fleischiges Gesicht auf sie herabsenkt und die Augen zwischen den Speckfalten funkeln, faucht sie ihn an, ritzt mit ausgefahrenen Krallen seine Wange und flitzt davon. Völlig verdutzt vergisst er sogar zu fluchen.

Sekunden später, unter dem Traktor im Scheunentor, sieht Mausi ihn ins Haus gehen und bezweifelt, ob sie sich wirklich schlau verhalten hat. Bekommen nun Blessys Töchter seinen Zorn zu spüren, den er an ihr nicht auslassen konnte?

Mausi fühlt sich schlecht und erschrickt geradezu vor sich selbst – vor dem Anteil in ihr, der plötzlich so übermächtig war. So kennt sie sich ja gar nicht. Mit ungutem Gefühl trottet sie in umgekehrter Richtung am Kuhstall vorbei, in dem es jetzt ganz ruhig ist. Der Katze ist es recht, denn nach einer Unterhaltung steht ihr nicht der Sinn. Allerdings fragt sie sich, was die Wiederkäuer vorhin zum Muhen veranlasst hat. Seeli – um die muss sie sich unbedingt kümmern!

Bei diesem Gedanken will Mausi eben ihre Schritte beschleunigen, als gegenüber vom Kuhstall ein Rascheln im hohen Gras ihre Aufmerksamkeit erfordert. Drei Katzen treten daraus hervor. Mausi erkennt in ihnen Filou, Ophelia und Blessy. Letztere eilt den anderen voraus und ihr entgegen. »Hast du die Kühe nach meinen Töchtern gefragt? Wir suchen sie schon die ganze Zeit. Sieben will sie hier im Gras gesehen haben.«

»Neunundzwanzig bei der Stalltür«, ergänzt Ophelia, die inzwischen mit Filou hinzugetreten ist.

Der Kater reibt sich an Mausi. »Tut mir leid, dass ich davongerannt bin, aber schreiende Menschen sind einfach nichts für mich. Dann habe ich die anderen im Wald gefunden und ihnen bei der Suche geholfen.«

Blessy drängt sich in den Vordergrund. »Was weißt du von meinen Dreifarbigen?«

Mausi zittert, als wäre sie schuld an deren Schicksal. »Ich hab versucht, sie vor dem Bauern zu retten.«

Blessy schreit: »An allem ist nur Ini schuld! Die hat sie zum Leichtsinn verleitet! Wenn ich Ini zwischen meine Krallen kriege …!«

»Nicht so laut«, gurrt Mausi und blickt ängstlich zum teils von der Scheune verdeckten Bauernhaus. »Sitzt Seeli noch auf dem Baum?«

Als die drei sie auf diese Frage verwundert ansehen, beginnt Mausi zu erzählen, was geschehen ist, und führt sie dabei durch den Waldstreifen zur Lichtung, wo sich ihnen andere Katzen anschließen, dann weiter durch den Wald, Richtung Streuobstwiese.

Fast zwischen den letzten Bäumen angelangt, die sie noch

von der Wiese trennen, überfällt Mausi Nervosität. Wenn Seeli nach wie vor auf dem Apfelbaum hockt, müsste sie den Suchtrupp allmählich nahen hören. Beherzigt sie wirklich so konsequent Mausis Anweisung, ruhig zu verharren? Nur der Ruf des Uhus und das Keckern eines jagenden Baummarders tönen durch den Wald.

Von Ophelia, die neben ihr läuft, erfährt Mausi, dass Blessys übriger Nachwuchs von Cassandra und der Tante in einem Schuppen betreut wird, der inmitten einer Wiese steht.

»Da, wo die duftenden Blumen wachsen?«, fragt sie. Erstaunt bejaht Ophelia.

Blessy überholt sie. »Wie weit ist es denn noch? Wir sind heute schon den ganzen Tag auf den Pfoten. Hätte Cassandra uns nicht unbedingt zu diesem Menschenfriedhof führen wollen, so wäre es nie zum Streit zwischen den Geschwistern gekommen. Meine Tante war überfordert. Sie konnte nicht alle im Auge behalten.«

»Ihr wart auf dem Friedhof?«, wundert sich Mausi. Einmal hat sie Mia zur Beerdigung einer Klientin begleitet, die mit dem Auto tödlich verunglückte.

»Cassandra hat gemeint, wir könnten vielleicht dorthin umziehen«, erklärt Ophelia. »Aber den meisten war die Vorstellung nicht geheuer, unter so vielen Menschen zu leben.«

»Unter? Eher auf«, berichtigt Mausi.

»Die unter der Erde sind am harmlosesten«, meldet sich Schlitzohr. Unauffällig hat er sich der Spitze des Trupps genähert.

»Heute waren sehr viele auf der Erde anwesend«, erzählt Ophelia.

Mausi will erklären, dass dann wohl jemand gestorben sei, erreicht aber gerade den Waldrand und hat nur noch Gedanken für Seeli. In hohen Sätzen springt sie durchs Gras, um zwischen den Blüten des nur noch wenige Katzenlängen entfernt stehenden Apfelbaumes die Kleine auszumachen. »Seeli!«, ruft sie, als wäre es ihr eigenes Kind, und erträgt die Anspannung nicht mehr. Sie fühlt sich ja schon schuldig am Elend der Schwestern. Nicht auszudenken, wenn Seeli nun auch noch etwas zugestoßen ist!

Da leuchten zwischen den Blüten zwei kleine runde Lichter auf. »Bitte Mauiriii«, fleht nun auch Blessy, »lass das keine Sinnestäuschung sein!«

Sie und Mausi erklimmen den Baum und spähen in die Blütenfülle. Da, ein Ast bewegt sich, weil an seinem Ende etwas auf ihm lastet. »Kriech vorsichtig zum Stamm, Seeli!«, rufen Mausi und Blessy zugleich.

Als Antwort ertönt ein müdes, hohes Maunzen. Alle viere um den Ast geklammert, robbt Seeli ihnen entgegen.

Beim Stamm angelangt, überwiegt die Erleichterung in ihr. »Jetzt hab ich zwei Mamas!«, ruft sie froh, lässt sich hinuntergeleiten und staunt über die dort versammelte Gesellschaft, schaut fragend zu Blessy und Mausi auf. »Alles wegen mir?«

So glücklich Blessy darüber ist, dass sie Seeli wiederhat, so groß ist ihre Sorge um ihre beiden dreifarbigen Babys, die im Bauernhaus eingeschlossen sind, wo ihnen weiß Mauiriii was geschehen kann …

Schlitzohr murrt und wird von Othello zurechtgewiesen. Schneeflocke reibt sich an den dreien. »Jetzt seht ihr fast so aus wie ich und meine Tochter Schneeflöckchen«, stellt sie fest. Tatsächlich – sie sind übersät von weißen Blüten. Trotz ihrer Erschöpfung vollführt Seeli einen Hüpfer und schüttelt ihren roten Fleck wieder hervor. Erneut murrt Schlitzohr. Diesmal lässt er sich nicht mehr von Othello zurechtweisen, sondern übertönt ihn knurrend und erhebt seine Stimme. »Im Namen Mauiriiis beantrage ich eine weitere Ratsversammlung!«

»Du?«, wundert sich Othello. Auch andere Katzen sehen den Schwarzbraunen erstaunt an, einige mit deutlichem Unbehagen. Vor allem Mausi bringt ihm höchst zwiespältige Gefühle entgegen.

»Ja, ich«, murrt Schlitzohr. »Es ist dringend notwendig, es geht um unser Überleben.« Bei diesen Worten richtet er einen Blick auf Ophelia, als habe sie eine ansteckende Krankheit.

Die sensible Seeli schüttelt unwillkürlich Blüten ab, die noch an ihr haften.

23. Kapitel

Um Leben und Tod

Seit sie hier wohnt, freut sich Mia alljährlich auf die Fliederblüte. Ist es dann endlich so weit, flaniert sie mit Vorliebe durch ihren Garten und schmiegt ihr Gesicht genussvoll an die Büsche.

Oder sie sitzt auf der Terrasse, lässt den Blick über die im Abendlicht besonders intensiv leuchtende violette Pracht schweifen und bittet den Wind, ihr deren aromatischen Duft zuzuwehen.

Meistens macht er das wirklich und würde es vielleicht auch diesmal tun – wenn Mia nur genügend Zeit und Muße hätte, um ihn darum zu bitten. Aber sobald sie tatsächlich mal ein paar Minuten erübrigen kann, erscheint ihr die Terrasse ohne Mausi öde und verlassen. Die scheint weiterhin die Gesellschaft dieses Rottigers der ihren vorzuziehen. Wer weiß, wo sich Mausi manchmal nächtelang mit ihm herumtreibt?

Saschas Filou … Hier ist er seit dem letzten Besuch nicht mehr aufgetaucht. Eigentlich, so sagt sich Mia, müsste sie dem Rätsel um ihn auf den Grund gehen, aber wann?

Unlängst erzählte ihr Steffi, sie habe neulich im Vorbeigehen auffallend viele Katzen auf dem Friedhof gesehen, während einer Beerdigung. Es habe direkt gewirkt, als würden sie mittrauern.

Daraufhin suchte Mia in ihrer nächsten freien Minute den etwas abseits gelegenen Parkfriedhof ab, fand dort aber weder Mausi noch andere Katzen.

Apropos Steffi – die hatte ihren Chef so lange bearbeitet, bis er ihr erlaubte, Alfonso mit in den Frisiersalon zu bringen. Das könnte allerdings ein schnelles Ende haben, weil einige Kundinnen beim Aufstehen nur noch die Trageriemen ihrer Taschen in den Händen hielten. Bis dahin unbemerkt, hatte Alfonso sie aus Langeweile durchgebissen.

Bei allem Mitgefühl konnte Mia ein Grinsen kaum unterdrücken, als die Freundin sich bei ihr über dieses Fehlverhalten ihres Welpen beklagte und sie bat, ihn heute ausnahmsweise zu nehmen. Bis morgen habe sich die Lage bestimmt wieder entspannt. *Na ja …*, dachte Mia, *wir werden sehen.*

Nur gut, dass sie den Welpen ausgezeichnet in ihre Arbeit integrieren konnte. Er lenkte nämlich einen übersensiblen jungen Rüden, der sich nach dem Umzug seiner Leute nur schwer in die neue Umgebung eingewöhnen kann, von seinen Ängsten ab.

Von diesem Erfolg noch inspiriert, möchte Mia nach ihrer Rückkehr am Spätnachmittag Alfonso mit Mausi bekanntmachen, die ausnahmsweise mal anwesend ist. Damit er sie in seiner Begeisterung für alles Lebende nicht regelrecht überfällt und sofort vergrault, nimmt Mia ihn angeleint mit auf die Terrasse.

Mausi ist entsetzt, weicht bis zum äußersten Fliesenrand zurück und wedelt mit dem Schwanz.

»Hallo!«, kläfft der mittlerweile knapp elf Wochen alte und mächtig gewachsene Welpe, ebenfalls schwanzwedelnd. »Was für ein freundlicher Empfang. Wer bist du? Ich bin Alfonso!«

Mausi faucht. »Mir egal, bleib mir bloß vom Leib!« Empört maunzend wendet sie sich an Mia. »Was fällt dir ein, so ein Ungeheuer mitzubringen?«

»Sei nachsichtig mit ihm, Mausilein. Alfonso ist lieb und noch ganz klein«, flötet Mia, hockt sich zwischen die beiden hin und krault dem Welpen zum Beweis seinen noch ziemlich nackten, hellhäutigen Bauch.

»Klein?«, knurrt die Katze verhalten. »Sogar im Liegen das Doppelte von mir – rein äußerlich, versteht sich! Du meinst jung. Warum müsst ihr Menschen euch immer so unpräzise ausdrücken, sogar du? Dass du mich nicht an ihn verfüttern willst, glaub ich dir ja«, schimpft Mausi weiter. »Aber was soll er hier?« Suchend schweift ihr Blick an Alfonso vorbei durchs Wohnzimmer. Normalerweise kommen Mias Patienten in Begleitung ihrer Leute.

Alfonso rollt sich zurück auf den Bauch und folgt neugierig Mausis Blick. »Was ist, kommt Steffi?«

Steffi! Endlich begreift die Katze. Einen Hundewelpen hat die sich ausgesucht. Na, Mias Freundin war ihr auf Anhieb etwas suspekt.

Als im Haus nichts geschieht, schaut Alfonso Mausi treuherzig an und winselt: »Was hast du eigentlich gegen mich? Ich will doch nur mit dir spielen.«

Mausi weiß nicht, wie sie reagieren soll. Dass er ein Hund ist, kann sie ihm freilich schlecht vorwerfen. Da steht er auch schon auf und will mit seiner Riesenpfote auf ihren Kopf patschen. Fauchend weicht sie zurück. »He, du Tölpel!«

Alfonso glotzt sie betreten an. »Was hab ich denn falsch gemacht?«

Das fragt der auch noch, denkt Mausi. Hunde!

Aber ans Aufgeben denkt er nicht, streckt ihr jetzt seine feuchte Nase entgegen. »Darf ich dich beschnuppern?«

Mausi weicht aufs angrenzende Beet zurück, allerdings ohne zu knurren.

»Fein!«, lobt Mia. Die Katze fühlt sich angesprochen.

»Ja, fein«, maunzt sie, zwar immer noch wenig begeistert, aber immerhin versöhnlicher. »Du verlangst mir da ganz schön was ab, meine liebe Mia. Als ob ich gerade nicht schon genug zu tun hätte.«

Alfonso nimmt es offenbar als Einladung und beschnuppert sie unter dem Schwanz, was sich unter Katzen nun gar nicht geziemt. Empört fährt Mausi herum. »Was fällt dir ein?«

Irritiert weicht der Welpe zurück. »Was hab ich denn jetzt wieder falsch gemacht? So begrüßt man sich doch unter Hunden.«

»Ich bin aber kein Hund!«, weist die Katze ihn zurecht und springt über kopflose Tulpenstängel.

Mia versucht, sie zu locken, kramt in ihrer Jeanstasche nach Leckerlis und streckt sie ihr hin. »Komm, Mausilein, gib Alfonso eine Chance.«

Unschlüssig verharrt die Katze, während ihr Blick zwischen Mia und dem Welpen wechselt und schließlich auf ihr haften bleibt. »Vielleicht erteile ich ihm ein andermal eine Lektion in der Katzensprache. Für heute reicht's.« Damit setzt sie in weiten Sprüngen über die Beete hinweg und entschwindet.

Etwas frustriert über die misslungene Zusammenführung sieht Mia ihr hinterher und erwidert Alfonsos Blick, der fragend auf sie gerichtet ist, mit einem Kauknochen.

Vom Liegestuhl aus schaut sie eine Weile zu, wie er daran herumnagt, vermeidet Blicke zum leeren Stuhl gegenüber und greift schließlich nach ihrem Smartphone. Nach langem Durchläuten meldet sich das Sekretariat des St.-Elisabeth-Kinderheims. Mia bittet darum, mit Frau Grohmann, der Heimleiterin, verbunden zu werden, soll jedoch zunächst ihr Anliegen äußern. »Es geht um eines der Kinder«, erklärt sie, worauf die Sekretärin wissen möchte, ob sie an einer Pflegschaft oder Adoption interessiert sei.

Seltsam, es so ausgesprochen zu hören, denkt Mia und verneint spontan, korrigiert sich aber sofort. Hatte sie diese Begriffe nicht bereits selbst im Hinterkopf?

»Darüber möchte ich gern mit Frau Grohmann persönlich reden«, entgegnet sie freundlich.

Eine endlos anmutende Weile später meldet sich eine ungeduldig klingende Stimme am anderen Ende der Leitung.

»Es geht um Sascha, sechs Jahre alt, blond«, beginnt Mia, nachdem sie sich kurz vorgestellt hat, und bedauert, dass sie seinen Nachnamen nicht verstand. »Er tauchte erstmals vor ein paar Wochen bei mir auf, besuchte mich seither noch mal auf meiner Terrasse und …« Sie stockt. Soll sie wirklich Saschas angebliche Geburtstagsüberraschung für den Vater preisgeben, die doch ein Geheimnis zwischen ihnen beiden ist – gleichgültig, ob es diesen Vater nun gibt oder nicht?

»Sascha ist sehr fantasiebegabt«, hört sie sich sagen. »Er erzählte Dinge, die mir fragwürdig erschienen. Er scheint jedoch fest daran zu glauben. Also folgte ich ihm und bekam zufällig mit, wie Sie ihn fanden und ins Heim brachten.«

»Also zu Ihnen geht er, wenn er wegläuft«, unterbricht die Heimleiterin sie.

»Wie gesagt, erstmals vor ein paar Wochen, und auch immer nur kurz«, betont Mia. »Seit wann neigt er denn zum Fortlaufen?«

Anstatt auf ihre Frage einzugehen, will Frau Grohmann erfahren, warum der Junge denn ausgerechnet zu ihr käme.

»Nun ja«, meint Mia. »Vielleicht gefällt ihm mein Garten. Er besitzt ein gutes Gespür für Tiere, er spielt gern mit meiner Katze. Hat er irgendwelche Probleme mit anderen Kindern? Ich meine, grundlos wird er ja nicht weglaufen.« Während sie das ausspricht, ahnt Mia bereits, dass Frau Grohmann auch darauf nicht wirklich eingehen wird.

»Unsere Einrichtung orientiert sich an den neuesten pädagogischen Erkenntnissen«, versichert sie. »Der Junge kam bereits stark verhaltensauffällig zu uns. Ich bedauere, wenn er sie belästigt ...«

»O nein, nein«, beteuert Mia schnell. »Er hat mich nicht belästigt, nicht im Geringsten. Ich mag ihn und wüsste gern, wie es ihm geht, ob ich vielleicht irgendwas für ihn tun kann.«

Falls sie eine Pflegschaft erwäge, solle sie einen Termin vereinbaren. Man bespräche dann die nötigen Voraussetzungen, erklärt die Heimleiterin formell. Weitere Auskünfte könne sie telefonisch leider nicht erteilen.

Mia spürt, wie die ohnehin knappe Geduld ihrer Gesprächspartnerin zu versiegen droht, kann sich jedoch für solch einen Termin nicht spontan entscheiden. »Selbstverständlich«, räumt sie ein. »Wie gesagt, sein Gespür für Tiere ist wirklich außergewöhnlich.«

»Vielleicht vererbt sich so was ja«, meint Frau Grohmann. »Seine Eltern haben eine Tierarztpraxis betrieben, sie sind tödlich verunglückt. Da war der Junge gerade mal drei.«

Betroffen schweigt Mia. Als sie Frau Grohmann endlich für das Gespräch danken und sich verabschieden kann, klickt es bereits in der Leitung.

Minuten später hat Mia noch immer weder Augen noch Ohren für ihre Umgebung. Wenn diese Frau bei den Kindern ebenso engherzig rüberkommt wie gerade bei ihr ... *Bleib objektiv,* ermahnt sich die Psychologin. Wahrscheinlich steckt sie bis zum Hals in Arbeit, ist wahnsinnig gestresst ...

Anhaltendes Läuten an Mias Haustür fällt in ihre Gedanken. Wer kann das sein? Steffi, jetzt schon?

Alfonso schaut von seinem Kauknochen auf, den er in der kurzen Zeit fast ganz vertilgt hat.

»Ist ja gut, ich komme ja«, murmelt Mia kopfschüttelnd, während sie hinter dem aufgeregt kläffenden Welpen zur Tür eilt und sie aufreißt. Also, wenn das Steffi ist, wird sie ihr gehörig … Vor ihr steht ein völlig aufgelöst wirkender Mann, etwa Anfang 40, mit einer Narbe unter der linken Augenbraue. »Gott sei Dank, Sie sind da!«, poltert er los. »Ich hab Ihre Nummer nirgends gefunden! Sie müssen mir helfen, es geht um Leben und Tod!«

24. Kapitel

Schlitzohrs Antrag

Als Mausi am nächsten Abend zur Lichtung unterwegs ist, vernimmt sie schon von Weitem, dass dort heftig debattiert wird. Findet gerade die von Schlitzohr beantragte Versammlung statt, so früh am Abend? Der Mond ist ja am Himmel noch nicht mal zu erahnen.

»Wo soll ich sie denn lassen?«, hört Mausi Blessy fragen, als sie näher kommt. »Vergangene Nacht hat der Bauer sogar im Schuppen gesucht, zum Glück nach unserem Auszug!«

»Trotzdem!«, entgegnet Schlitzohr. »Was heute besprochen werden muss, eignet sich nicht für Kinderohren!«

»Aufhören!«, ohrfeigt Blessy ihre beiden roten Söhne, die miteinander balgen, und faucht deren rotweiße Schwester an: »Wiegle sie nicht immer gegeneinander auf! Nimm dir ein Beispiel an Seeli!« Blessy richtet ihren Blick auf die brav Dasitzende und sucht Unterstützung bei Othello: »Sag du doch auch mal was!«

Auf einem Eichenstumpf thronend, wendet sich der Grautiger an Schneeflocke: »Aber du hast deine untergebracht?«

»Bei der Tante, ja«, antwortet die Weiße nach kurzem Blickwechsel mit der Rotweißen und fügt geschwind hinzu: »Mit Blessys noch dazu wäre sie heillos überfordert.«

»Ich habe nichts gegen ihre Anwesenheit«, mischt sich Ophelia ein. »Und Mauiriii sicher auch nicht.«

»Wie kannst du dich erdreisten, für Mauiriii zu entscheiden?«, erbost sich Kleckse, die neben Schlitzohr sitzt.

Ophelia nimmt den Vorwurf gelassen hin. »Wenn Mauiriii etwas dagegen hätte, würde sie uns ein Zeichen schicken. Außerdem sind Blessys Kinder fast drei Mondzyklen alt und außergewöhnlich reif.« Bei diesen Worten schweift ihr Blick zu Seeli.

»Ophelia hat recht«, pflichtet Filou ihr bei. Schlitzohr will eine spöttische Bemerkung von sich geben, wird aber von Blessy übertönt, die Seeli zurückbeordert. Die läuft nämlich gerade davon, weil sie Mausi kommen sieht. Die Schwarzweiße erwidert ihre überschwängliche Begrüßung und betritt die Lichtung.

Missbilligend verzieht Schlitzohr das Gesicht. »Was willst du schon wieder hier, Menschenkatze?«

Mausi ignoriert ihn, begrüßt Filou, Ophelia und Othello, dann auch Schneeflocke, Blessy und weitere, die ihr keine Feindseligkeit signalisieren.

Die Rotweiße zieht Seeli an sich heran und leckt ihr das Fell. »Meine Kinder lasse ich nicht mehr aus den Augen«, entscheidet sie. »Wenn sie gehen müssen, gehe ich mit ihnen. Schließlich habe ich schon meine beiden Dreifarbigen verloren.«

»Damit sind wir an dem Punkt angelangt, warum ich diese Sitzung beantragt habe. Sie hätte schon längst stattfinden müssen!«, hakt Schlitzohr ein und richtet sich an alle Versammelten, übergeht dabei allerdings Mausi. »Bisher hat es – soweit bekannt – nur Dreifarbige getroffen, aber das Unglück kann schon bald auf alle anderen übergreifen! Mauiriii zeigt uns durch den Bauern, was sie begehrt – unsere Bereitschaft, ihr alle Dreifarbigen zu opfern! Erst dann können wir wieder sicher leben!«

Ob überrascht, geschockt oder womöglich zustimmend – aller Blicke folgen Schlitzohrs zu Ophelia.

Mit knallrotem Kopf sitzt der Mann neben Mia, die durch den Wald zum Ausflugsgebiet Milanberg rast und nur hoffen kann, in keine Verkehrskontrolle zu geraten. »Erzählen Sie mir alles unterwegs«, meinte sie, nachdem ihr klar wurde, wen sie auf der Türschwelle vor sich hatte.

»Mona war Tag und Nacht in dieser Auffangstation«, stammelt Leon nervös. »Vor drei Tagen drängte der Leiter …«

»Herr Richter«, hilft Mia ihm auf die Sprünge.

»Genau, Richter, der drängte sie, die Vögel mitzunehmen. Die Bindung zwischen ihnen wäre jetzt stark genug.«

Mia schweigt dazu. Sie kann sich lebhaft vorstellen, wie genervt Richter von Mona war und dass er sie endlich loswerden wollte.

»Das hat auch gestimmt«, fährt Leon fort. »Die sind nur miteinander beschäftigt. Ich hab mich gefreut, und Mona … sie hat gesagt, sie würde sich auch freuen, aber in ihre Augen ist dabei ein ganz komischer Ausdruck getreten, irgendwie richtig unheimlich.«

Weil Leon stockt, wirft Mia einen kurzen Seitenblick auf ihn und erschrickt. Er ist kreidebleich. »Wird schon alles gut, Leon«, versucht sie, ihn zu beruhigen, auch Alfonso zuliebe. Angesteckt von Leons Unruhe sitzt der Welpe winselnd in seiner Transportbox im Kofferraum des Kombis, der zum Fond hin offen ist. Eigentlich sollte er das Autofahren mit etwas Angenehmem verknüpfen, aber so auf die Schnelle konnte Mia ihn nirgendwo anders unterbringen. Ihn allein zu lassen kam in seinem Alter erst recht nicht in Frage.

Leon schluckt. »Ich hab so gehofft, dass wir jetzt endlich Zeit ganz für uns allein hätten, aber Mona hat tausend Ausreden gefunden, um dauernd bei den Vögeln zu hocken. Ich hab sie beobachtet und gemerkt, wie verzweifelt sie versuchte, Amigos Aufmerksamkeit zu erregen. ›Komm, lass sie doch‹, hab ich zu ihr gesagt, aber …« Erneut stockt er, schnappt nach Luft und schüttelt den Kopf. »Sie hat überhaupt nicht darauf reagiert. Wenn ich sie ansah, schaute sie wie durch mich hindurch, mit so einem entsetzlich leeren Blick, als wär ich gar nicht da. Und dann war sie plötzlich weg. Alles hab ich nach ihr abgesucht – Haus, Garten …«

Mia nimmt die Abzweigung zum Milanberg hinauf. So schnell es die Serpentinen zulassen, fährt sie durch den düster anmutenden Tannenwald.

»Und Sie meinen wirklich, dort oben könnte sie sein?«, fragt Leon.

»Als sie bei unserem Telefonat neulich den Milanberg erwähnte, hatte ich den Eindruck, er wäre ein Zufluchtsort für sie«, erklärt Mia.

»Dann muss sie dort sein. Wenn wir nur nicht zu spät kommen«, bangt Leon.

Das hofft auch Mia inbrünstig. Bereits die ganze Fahrt über quält sie sich mit Vorwürfen. Wann hat sie das letzte Mal von Mona gehört? Auf Anhieb kann sie es gar nicht sagen, weil sie sich in letzter Zeit für zu vieles einsetzen musste. Überhaupt bestand ihre Aufgabe ja vornehmlich darin, für Amigo eine gute Lösung zu finden. Nachdem er sich so erfreulich schnell mit diesem Araweibchen angefreundet hatte, war Mias Aufgabe eigentlich erledigt.

Die Psychologin macht sich bewusst, wie sehr sie Monas Gefährdung aufgrund deren Seelennot unterschätzt hat, und fühlt einen Kloß im Hals. Niemals wird sie es sich verzeihen können, wenn …

Nein, diesen Gedanken will sie nicht zu Ende führen!

Hinter der letzten Serpentine taucht der Waldparkplatz auf. Von hier aus sind es nur noch wenige Meter bis zum »Eiffelturm vom Milanberg«, wie die achteckige Rohrskelettkonstruktion aus Eisen und Stahl im Volksmund genannt wird. Kaum steht der Wagen, da springt Mia heraus und vernimmt einen Schrei, bevor sie und Leon die Lichtung mit dem Aussichtsturm erreichen.

25. Kapitel

Hinter dem Weiher

Filou faucht Schlitzohr mit eng an den Kopf gelegten Ohren an. »Ich habe dir zwar schon immer misstraut, aber dass du so ein Ungeheuer bist, das hätte sogar ich nicht gedacht!«

»Es ist die Angst, ja, ja, seine Angst«, sinniert Cassandra vor sich hin. »Dieses Ungeheuer, das ist seine Angst, ja, ja.«

»Was faselt die demente Alte da?«, knurrt der Schwarzbraune. Erschrocken weicht Cassandra zurück, sinniert aber weiter.

Ophelia, noch zu betroffen und verletzt, um sich zu äußern, stellt sich schützend vor sie.

Mit gesträubtem Fell geht Blessy auf Schlitzohr und Kleckse zu. »Jede von uns kann ein Dreifarbiges gebären, auch du, Kleckse. Was würdest du mit ihm machen?«

»Das, wozu wir von jetzt an alle verpflichtet sind«, entgegnet die Angesprochene, »es Mauiriii opfern.«

»Das sagst du in der Hoffnung, nie so eins zu bekommen«, erlangt Ophelia endlich ihre Fassung zurück und wendet sich an alle Versammelten: »Glaubt ihr ernsthaft, Mauiriii hätte uns mit diesem Bauern geschlagen, um uns zum Mord an dreifarbigen Mitkatzen zu bewegen? Wenn tatsächlich Mauiriii ihn uns gesandt hat, möchte sie dann nicht eher unseren Zusammenhalt in Krisensituationen auf die Probe stellen?«

»Oder Chraaan will uns zum Bösen verleiten«, überlegt Filou und erregt damit vielstimmiges Gemaunze und Gemurre.

»Also stimmen wir über Schlitzohrs Antrag ab«, meint Othello. »Wer ist …«

»Halt!«, gebietet Filou, entschuldigt sich jedoch augenblicklich beim noch amtierenden Ranghöchsten für seine vermeintliche Respektlosigkeit ihm gegenüber, und rechtfertigt sich: »Überlegt doch mal! Können wir über so einen ungeheuerlichen Antrag überhaupt abstimmen? Dürfen wir das? Schon der Gedanke daran verbietet sich doch! Ist es nicht klar, dass Schlitzohrs Antrag verworfen werden muss?«

Mausi und Blessy haben die vor Angst und Entsetzen zitternde Seeli schützend in ihre Mitte genommen und pflichten ihm bei wie aus einer Schnauze. »Ganz recht! Wehe dem, der seine Pfote gegen eine dreifarbige Mitkatze erhebt!«

»Halt du deine Schnauze!«, faucht Schlitzohr die Schwarzweiße an, »… du hast hier gar nichts zu sagen – Menschenkatze!«

»Doch, habe ich!«, gibt Mausi ihm mit nicht minder wütendem Fauchen zurück und wundert sich selbst über ihren Mut. »Hier geht es um die Mitkätzlichkeit. Es ist völlig egal, dass ich bei Menschen lebe – denn eine Katze bin ich schließlich auch! Das wird wohl niemand bestreiten, oder?« Kampfbereit blickt sie in die Runde.

Schlitzohr will etwas erwidern, aber Othello nimmt ihm das Wort. »Mausi hat vollkommen recht! Sie ist unsere Mitkatze!« Sichtlich von ihr beeindruckt, richtet er die Aufmerksamkeit aller auf sie. »Ihre überragende Menschenkenntnis soll nicht Fluch, sondern Segen für uns sein.« Feierlich die Katzengottheit Mauiriii anrufend, wendet der Grautiger seinen Blick zum Halbmond. »Ich bin sicher, nicht dieser Bauer, sondern Mausi wurde uns von Mauiriii gesandt!«

Seine Worte verhallen nicht ohne Wirkung und stärken seine fast schon verloren geglaubte Vormachtstellung.

Mausi wird es bang zumute. Damit hat sie nicht gerechnet. Wie kann sie diesem Anspruch gerecht werden? »Ich fühle mich tief geehrt, verehrter Othello«, beginnt sie ehrfurchtsvoll und überlegt fieberhaft, muss Zeit gewinnen. »Also, wenn ich euch einen Vorschlag machen darf …« Die von allen Seiten erwartungsvoll auf sie gerichteten Blicke werden zusehends bedrängender. »… dann würde ich euch raten, solange es hier so unsicher ist – auf den Friedhof umzuziehen.«

»Ha, toller ›Vorschlag‹!«, spotten Schlitzohr und Kleckse.

»Murren kann jeder!«, knurrt Filou sie an. »Mausi versucht wenigstens, eine gangbare Lösung zu finden.«

»Mir reicht's«, knurrt Schlitzohr zurück. »Kleckse und etlichen anderen, die sich nur nicht trauen, die Schnauze aufzumachen, bestimmt genauso! Wenn eine Gesellschaft die Anträge ihrer Mitglieder so missachtet, dann ist sie keinen

Mäusedreck wert! Wer derselben Meinung ist, kann sich mir anschließen!« Hochtrabend verlässt er die Lichtung, den Schwanz steil aufgerichtet und die Spitze vor Empörung zitternd.

Kleckse folgt ihm, was niemanden erstaunt. Aber damit löst sie aus, dass weitere Kater und Katzen zu ihr und Schlitzohr überwechseln. Mausi, Ophelia und Filou bemerken es mit wachsender Besorgnis – vor allem, weil welche darunter sind, von denen sie das niemals gedacht hätten. Schneeflocke bleibt zwar an Blessys Seite, tretelt jedoch nervös mit den Vorderpfoten auf einem Rindenstück herum. Das Mienenspiel etlicher Katzen verrät Unschlüssigkeit. Von Filou prüfend beäugt, wenden sie ihren Blick ab und tun so, als müssten sie sich dringendst der Fellpflege widmen. Wieder andere schauen ratsuchend zu Othello. Der Grautiger hält ihnen stand, schreitet einmal um die Lichtung herum, markiert hier und da und kehrt schließlich an seinen Ausgangsplatz auf dem Eichenstumpf zurück. »Im Namen Mauiriiis«, verkündet er, »lehne ich Schlitzohrs Antrag aus ethischen Gründen ab und erkläre die Versammlung für beendet.«

»Etwas anderes habe ich auch nicht von dir erwartet«, sagt Filou zu seinem Halbbruder und fügt im Stillen hinzu:... *geschweige denn es akzeptiert.*

Cassandra hat allem Anschein nach nicht mitbekommen, dass die Versammlung aufgelöst wurde. Sie stiert immer noch vor sich hin und maunzt unentwegt: »Seine Angst ist das Ungeheuer, ja, ja, seine Angst. Die Angst geht um, die Angst geht um, die Angst ...«

236

Seeli zittert. »Was meint Oma damit? Oma?« Ehe die Kleine sie anstupsen kann, wird sie von ihrer Mutter am Nacken zurückgezogen. »Lass, sie ist nicht mehr ganz richtig im Kopf.«

»Das würde ich nicht behaupten«, widerspricht Ophelia und leckt Seeli beruhigend übers Fell. »Ich glaube, deine Großmutter ahnt so manches. Sie ist altersweise. Außerdem hat sie Schlitzohr durchschaut. Aus ihm hat wirklich die pure Angst gesprochen. Das will er bloß nicht zugeben.«

»Warum nicht?«, will Seeli wissen.

»Weil er sich dafür schämt, weil er ein großer, starker und mutiger Kater sein möchte.« Ophelias Blick schweift zu Blessy und Schneeflocke. »Ich vermute, ihr seid ins Kornfeld ausgewichen.«

»Du hast wohl auch das ›zweite Gesicht‹«, erwidert die Rotweiße anstelle einer Antwort und fordert ihre Kinder sowie Schneeflocke zum Gehen auf.

Bereits zwischen den ersten Bäumen hindurch, merkt sie, dass Seeli ihr nicht folgt, und dreht sich zu ihr um. »Was ist, worauf wartest du?«

»Bitte lass mich bei Ophelia und Mausi bleiben«, maunzt das Kätzchen.

»Wir passen auf sie auf«, versichert Ophelia. »Filou und Othello sind ja auch noch da.«

Die beiden Kater sehen sich einen Moment lang überrascht an, stimmen dann aber zu. »Ja, Blessy, du kannst uns deine Tochter ruhig anvertrauen«, versichert der Rottiger.

Cassandra, wohl immer noch geistig abwesend und Selbstgespräche führend, hebt ihren Kopf und sieht Ophelia an, als sei sie durchsichtig. »Drei werden dreifarbig.«

Die Glückskatze ist zu verdutzt, um sofort etwas darauf zu erwidern.

Dann ruft auch schon Blessy: »Komm mit uns, Cassandra!« Wackliger und steifbeiniger denn je torkelt die Schwarze hinter ihnen her.

Flankiert von den Katern, machen sich auch Ophelia und Seeli auf den Weg, allerdings in entgegengesetzter Richtung, tiefer in den Wald hinein. Nur zögernd schließt sich Mausi ihnen an.

Ophelia bemerkt es und wendet sich zu ihr um. »Geh ruhig nach Hause. Wir finden uns, wenn Mauiriii es möchte.«

Die Schwarzweiße bewundert ihre Gelassenheit und ihr Gottvertrauen, ist jedoch im Grunde erleichtert. »Gut, ich seh mal nach meiner Mia. Die kommt mir gerade zu sehr auf den Hund.«

Schweigend ziehen die anderen weiter und sehen rechterpfote den Weiher vor sich liegen. Während sie ihn in respektvollem Abstand passieren, fällt Ophelia auf, dass Filou sich immer wieder umsieht, als folge ihnen jemand. Weil sie Seeli nicht beunruhigen möchte, spricht sie ihn nicht darauf an, macht sich jedoch insgeheim Sorgen. Wer könnte ihnen folgen und warum? Schlitzohr, der stets auf eine Gelegenheit lauert, um lästige Rivalen loszuwerden? Oder hat womöglich der Bauer ihre Versammlung beobachtet? Laut genug, um ihn darauf aufmerksam zu machen, hat Othello auch diesmal die Katzengottheit angerufen.

Sie durchqueren feuchte Mulden, in denen es ähnlich riecht wie direkt am Weiher. Etwa auf gleicher Höhe mit ihm berichtet der Grautiger: »Beim Patrouillieren hab ich hier in der Nähe einen verlassenen Fuchsbau gefunden, unter der Wurzel einer umgestürzten alten Buche. Dort könnten wir unterkommen – zumindest vorübergehend.«

»Falls er wirklich verlassen ist«, gibt Filou zu bedenken.

Mit Blick zu Ophelia versichert Othello: »Ich hab schon lange keinen Auswurf vor den Eingängen mehr gesehen und auch keinen frisch verscharrten Kot gerochen.«

Bei der Vorstellung, in einen Fuchsbau zu ziehen, ringen in Seeli Angst und Abenteuerlust um die Vorherrschaft. »Hat ein Fuchs die Katze aus dem Weiher umgebracht?«, fragt sie Ophelia.

Die überlegt und verneint. »Ein Mensch wird sie vor langer Zeit hineingeworfen haben, wahrscheinlich der Bauer. Ein Fuchs oder ein anderes Tier hat sie gewittert, herausgezogen und ihre sterblichen Überreste vertilgt.«

Erneut blickt Filou sich um, merkt, dass die Kleine es mitbekommt, und beschwichtigt sie: »Du musst dich nicht fürchten. Othello und ich behalten unsere Umgebung im Auge und bewachen die Eingänge des Baus.«

Obwohl es ihr fernliegt, die Kompetenz der beiden Kater anzuzweifeln, atmet Seeli erleichtert auf, als sie den unheimlichen Weiher hinter sich lassen, und wäre gern noch ein bisschen weitergegangen. Doch da taucht auch schon besagte Baumwurzel vor ihnen auf. Mächtiger, als das Kätzchen es sich hätte vorstellen können, ragt sie in die Höhe.

Filou und Ophelia rümpfen die Nasen und werfen sich einen vielsagenden Blick zu. Riecht es hier nicht doch noch verdächtig nach Fuchs?

»Nein, Mona, nein!«, schreit Leon. Auch Mia steht für die Dauer eines Augenblicks das Herz still. Zwischen den Zweigen versetzt hintereinander aufragender Tannen, erhascht sie oben auf dem Turm eine Bewegung. Oder täuscht der Wind es nur vor, indem er mit den Zweigen spielt?

Unmittelbar darauf stürzt sich etwas herab. Durch die Tannenwipfel ist nicht ersichtlich, von wo genau. Mia stockt der Atem. Leon bleibt der nächste Schrei im Hals stecken.

Da entpuppt sich dieses Etwas als einer jener Vögel, die dem Berg seinen Namen gaben. Unten auf der Wiese hat der Rotmilan eine Maus entdeckt.

Der Schrei in Leons Kehle löst sich. Als sie Leon folgt, streift Mia einen der letzten Tannenstämme vor der Lichtung, rast hinter Leon die Gitterstufen der Wendeltreppe im Turm hinauf und beschwört ihn: »Ruhig bleiben, sonst versetzen wir sie erst recht in Bedrängnis.«

Beide Hände um eines der äußeren roten Eisenrohre geklammert und bereits mehr als neun Meter über dem Boden, löst sie ihre Füße von der Stufe, klettert ein Stück außen am Gerüst hoch, lehnt sich weitmöglichst zurück und späht hinauf. Tatsächlich – oben auf der Plattform steht Mona, ein Bein über dem Geländer.

»Mona!«, ruft Mia. »Bitte bleiben Sie ganz ruhig. Wir kommen zu Ihnen hinauf!«

»Nein! Nein, nicht, bitte nicht!«, tönt Monas Stimme hysterisch hinunter.

Sie muss allein zu ihr rauf, erkennt die Psychologin. Mona fühlt sich zu stark bedrängt, vor allem durch Leon. Dreimal muss Mia ihn rufen, ehe er sich, schon im oberen Drittel des Turms angelangt, stoppen lässt und hinabschaut. Allerdings sieht er sie erst, als sie sich zurück auf die Wendeltreppe hangelt.

»Ich komme allein, Mona!« Atemlos hastet Mia hinauf, erreicht Leon und bedeutet ihm mit einer Geste zu warten. Dann blickt sie wieder nach oben. »Wir reden allein miteinander. Vertrauen Sie mir, Mona, alles wird gut! Wir kriegen das hin!«

Unentwegt beruhigend auf die Verzweifelte einredend, erreicht Mia die Plattform und verharrt auf der letzten Stufe.

Ihr Bein immer noch auf der Außenseite, steht Mona zitternd und schweißüberströmt da. Als von fern Sirenen nahen, löst sie eine Hand vom Geländer und droht das Gleichgewicht zu verlieren. In ihre Augen tritt Panik.

Mia spürt den Impuls, die wenigen Meter zwischen ihnen über die runde Plattform zu springen und die Frau festzuhalten. Aber wenn sie nicht schnell genug ist, nur einen Sekundenbruchteil zu langsam …

»Keine Angst Mona, niemand kommt zu uns herauf, bevor Sie es erlauben«, versichert die Psychologin. Obwohl sie nicht weiß, ob sie es halten kann, fügt sie nach kurzer Schweigepause hinzu: »Das verspreche ich Ihnen.«

Mona entgegnet zwar immer noch nichts, nimmt aber

zögernd ihr Bein zurück und legt es aufs Geländer. »Ich …
ich …«, beginnt sie endlich stockend. »… schäme mich so
vor Leon, ich kenne mich selbst nicht mehr, bin mir so
fremd.« Ihr verwirrter Blick klammert sich an Mia, während
sie fortfährt: »Ich hab Angst vor seiner Nähe. Und
dann hab ich Angst, ihn zu verlieren.«

Verständnisvoll nickt Mia. »Das kann man behandeln,
Mona«, versichert sie und merkt, wie ihre Stimme unwillkürlich
anschwillt, gegen die Sirene der ankommenden
Feuerwehr ankämpft. »Wir finden einen Ausweg aus Ihrer
Situation, verstehen Sie?«

Plötzlich geistesabwesend, nickt die Verzweifelte mechanisch.
Mia fürchtet, das fein gesponnene Band zwischen
ihnen könne zerreißen, und geht vorsichtig einen Schritt
auf sie zu. Doch als Mona es merkt, nimmt sie ihr Bein vom
Geländer und ist im Begriff, ganz hinüberzusteigen.

Erschrocken weicht Mia zurück. »Schon gut, Mona, ich
komme Ihnen nur so nahe, wie Sie es erlauben.« Ihre Stimme
wird fast vom Wind übertönt.

Die Sirenen verstummen. Gedämpft dringen nun von unten
Stimmen herauf, was Mia mit ungutem Bauchgefühl
registriert. Eine davon gehört Leon. Er muss übers Handy
Hilfe angefordert haben.

Mia vermeidet es, Mona zu fixieren, wagt jedoch nicht,
ihren Blick völlig von ihr zu lösen, als könne sie die Verzweifelte
damit festhalten. So erkennt sie nicht, was genau
da unten vor sich geht. »Ich helfe Ihnen, einen fähigen
Therapeuten zu finden, der mit Ihnen und Leon eine Paar-

therapie macht«, verspricht sie und bemüht sich um ein Lächeln, das angesichts der brisanten Lage missglückt.

Trotzdem scheint es nicht völlig seine Wirkung zu verfehlen, denn Mona erwidert Mias Blick. Ja, die Psychologin meint sogar, Hoffnung darin aufglimmen zu sehen. Oder ist das nur Wunschdenken? Immerhin ermöglicht es Mia nun ein wahrhaft zuversichtliches Lächeln. Sie streckt Mona ihre Hand entgegen. »Legen Sie einfach Ihre Hand in meine. Ich werde sie nicht festhalten. Sie können sie jederzeit zurückziehen.«

Mona will ihrer Bitte nachkommen, aber nicht vom Geländer abrücken. Dafür ist jedoch der Durchmesser der Plattform zu groß. Nicht mal ihre Fingerspitzen erreichen einander.

»Mona«, beginnt Mia erneut, »darf ich einen Schritt auf Sie zugehen? Nur so weit, dass sich unsere Hände berühren, versprochen!«

Abgelenkt durch eine Eule, die über ihnen am dämmrigen Himmel kreist, benötigt Mona mehr Zeit für ihre Antwort. Endlich nickt sie.

»Danke!« Einladend streckt die Psychologin ihr eine offene Hand entgegen. Mona hat ihre fast hineingelegt, als von unten eine Männerstimme hinaufruft, verstärkt durch ein Megafon.

Fast glaubt Mia, über ihrer Hand noch Monas schweben zu sehen, und wagt nicht, aufs Geländer zu schauen. Dann hört sie auch schon, wie ein Schrei in der Tiefe verhallt. Er scheint dem Ruf eines Vogels zu ähneln.

26. Kapitel

Im Haus des Zauberers

Fast unberührt steht der Teller Spaghetti in der Spüle. Mia fragt sich, warum sie überhaupt welche gekocht hat, wo sich ihr doch seit Tagen allein beim Gedanken ans Essen schier der Magen umdreht. Was sie auch unternimmt und wo sie auch ist – ständig hat sie das verlassene rote Geländer vor ihrem geistigen Auge und hört Monas Schrei.

Dabei nützt es wenig, sich ins Bewusstsein zu rufen, dass die Frau vom Sprungtuch der Feuerwehr aufgefangen wurde und sich nur das Schlüsselbein brach. Es wird schnell heilen – im Gegensatz zu ihrer Seele.

»Laufleine, Leckerlis, Klicker … was noch?«, beordert sich die Tierpsychologin, bereits an der Tür, in Gegenwart und Alltag zurück.

»Handy?« Während sie in den Untiefen ihrer Tasche danach gräbt, hört sie es vom Wohnzimmertisch her klingeln, ist mit wenigen Schritten dort und schaut aufs Display. Als sie die Nummer erkennt, beginnt sie unwillkürlich zu fiebern, und nimmt ab.

»Grohmann hier, ist der Junge bei Ihnen?«, legt die Heimleiterin los, kaum dass Mia sich gemeldet hat.

»Nein«, entgegnet sie. »Seit wann vermissen Sie ihn denn?«

»Nach dem Mittagessen hat er angeboten, den Müll rauszutragen, und ist nicht zurückgekommen. Bitte informieren Sie mich unverzüglich, falls er bei Ihnen auftaucht.«

»Selbstverständlich«, beteuert Mia und schaut durchs Fenster, sieht aber nur ihr Blumenmeer, das unter teils wolkenverhangenem Himmel im Wind wogt. Sie werde nach Sascha Ausschau halten, will sie noch sagen und um Benachrichtigung bitten, sobald er zurück ist. Doch Frau Grohmann hat bereits aufgelegt.

Während Mia mit suchendem Blick durch den Garten geht, verschiebt sie telefonisch den Termin bei einer Klientin, deren Junghund sie heute therapieren wollte. Als Begründung nennt sie familiäre Probleme und lässt sich das nach dem Gespräch durch den Kopf gehen. Hat sie das wirklich nur gesagt, weil ihr spontan nichts Passenderes einfiel?

Obwohl sie Sascha nur ein paarmal gesehen hat, spürt sie eine so innige Zuneigung für ihn, die sie selbst erstaunt. Die Verlorenheit und Einsamkeit des Jungen haben etwas in ihr berührt, das sie sich wünschen lässt, sie könnte seine Augen vor Freude zum Leuchten bringen …

Mausi lenkt sie von diesen Gedanken ab, streicht ihr maunzend um die Beine. Mia nimmt sie hoch und reibt die Wange an ihrem Fell. »Hallo Mausilein, wie schön, dass wenigstens du da bist!« Fragend schaut sie ihr in die grünschillernden Augen. »Hast du vielleicht eine Ahnung, wo unser junger Freund sein könnte? Bei Filou? Und wenn ja, wo ist der?«

Mia vernimmt ein Rascheln und meint, zwischen den Fliederbüschen eine Bewegung zu erhaschen, doch der Wind hat sie offenbar genarrt.

Die Katze nutzt ihre erhöhte Position, kann Sascha aber auch nirgends erspähen.

Mit ausgebreiteten Armen, die Haare flatternd im Wind, rennt der Junge parallel zum Feldweg durchs hohe Gras und schaut sich immer wieder um. Dabei muss er die Augen zusammenkneifen, weil die Sonne ihn blendet. Ist wirklich niemand hinter ihm?

Ach, wenn sich doch seine Arme in Flügel verwandeln könnten! Ganz fest stellt er sich das vor und meint, tatsächlich schneller zu werden, vom Wind davongetragen. Wie hoch die Bäume am Waldrand vor ihm aufragen! Kaum weit genug kann er den Kopf in den Nacken legen, um ihre Wipfel zu sehen.

Obwohl die Bäume ihm Deckung bieten, durchquert Sascha ohne Atempause den Wald und hält auch auf dem Hofgelände nicht inne – instinktiv wissend, dass ihn sonst die Angst einholt und sich ihm in den Weg stellt. Das könnte er jetzt gar nicht gebrauchen, denn ihn treibt eine Herausforderung. Der Wille, sie anzunehmen, ist in ihm gewachsen und nun stärker als seine Angst vor dem bösen Zauberer.

Im Begriff, ohne Umschweife zum Bauernhaus zu rennen, lässt sich der Junge dann doch von Geräuschen aus dem

Kuhstall bremsen. Beim Näherkommen sieht er die Schubkarre. Halb mit Mist beladen, steht sie vor der Tür. Gerade landet eine weitere Gabel voll darauf. Wer da ausmistet, kann Sascha noch nicht erkennen. Er sieht nur mal einen Fuß im Gummistiefel oder einen haarigen Unterarm. Endlich, als er nur noch wenige Meter von der Tür entfernt ist, erkennt er die mürrische Stimme des Knechts.

Schrilles Quieken schmerzt in Saschas Ohren. Erschrocken presst er eine Hand auf den Mund. Zu spät – sein Schrei ist schon draußen.

Säuerlich lächelnd, streckt der Knecht seinen Kopf zur Kuhstalltür heraus. »Ach, du bist's. Willst wieder mit den Katzen spielen?«

Schüchtern nickt der Junge. Der Knecht stützt sich auf den Stiel der Mistgabel und schaut sich schulterzuckend um. »Hast aber Pech, sind keine da.« So unerwartet, dass der Junge zusammenzuckt, hebt er den Zeigefinger. »Lass dich bloß nicht vom Bauern erwischen.« Grinsend tritt er ums Eck und weist zum Schweinestall. »Da drin ist er und schneidet den Ferkeln ihre Ringelschwänzchen ab.«

Ungläubig starrt Sascha ihn an, doch er wackelt nur mit seinem hageren Kopf. »Ja, ja. Pass bloß auf, sonst ...« Mit Zeigefinger und Daumen vollführt er eine vielsagende Bewegung.

Der Junge hört nicht weiter zu. Das entsetzliche Quieken noch in den Ohren, rennt er davon, am Scheunentor vorbei zum Haus. Als würde es ihn erwarten, so einladend offen steht die Tür.

Erst im Hausflur wird Sascha bewusst, was er da gewagt hat. Dabei holt die Angst ihn ein, breitet sich in ihm aus und gewinnt die Oberhand. *Geh! Da draußen ist die Freiheit,* flößt sie ihm ein.

Wieder an der Tür, sieht Sascha den Bauern über den Hof und direkt auf sich zukommen, in einer Hand etwas silbern Glänzendes und die grüne Arbeitsschürze blutverschmiert. Obwohl einen scheinbar endlosen Moment gebannt von diesem Anblick, könnte der Junge immer noch hinausflitzen. Der Bauer würde ihn zwar sehen, aber höchstwahrscheinlich nicht einholen. Stattdessen reißt Sascha sich von diesem Anblick los und flieht ins Innere des Hauses, eine schmale Treppe in den Keller hinab. Beinahe stößt er gegen die graue Tür hinter der letzten Stufe, vernimmt über sich die Schritte des Bauern und drückt vorsichtig die Klinke. Erstaunt, dass sie tatsächlich aufgeht, betritt Sascha einen düsteren Gang, in dem sich beidseits weitere Türen befinden. Von ganz hinten fällt diffuses Licht herein, aber das ist es nicht allein, was seine Aufmerksamkeit erregt.

Lauschend verharrt der Junge, spürt, wie sein Herz zu rasen beginnt, und eilt den Gang entlang. Plötzlich steht er vor einer offenen Tür. Nein, er hat sich nicht verhört. Allerdings verstummt das Klagen der Katzen, als sie ihn durch das Gitter ihrer Gefängnisse auf der Schwelle stehen sehen. Spärliches Tageslicht fällt durch deckennahe, schmale Fenster herein, von denen eines offen ist, und erhellt nur die oberen der teils aufeinandergestapelten Käfige.

Erst während sich Saschas Augen an das Dämmerlicht

gewöhnen, erkennt er, dass auch in den unteren dreifarbige und schwarzrote Schildpattkatzen sitzen. Aller Blicke sind auf ihn gerichtet, wie ihm das Leuchten ihrer zumeist grün bis grüngelben Iris verrät.

Kaum kann Sascha realisieren, was er sieht, da fleht Feli, eine von Blessys Töchtern, die sich mit ihrer Schwester Piri etwa auf seiner Augenhöhe befindet: »Hol uns hier raus!«

Sascha erkennt Feli an ihrer Zeichnung, obwohl sie jetzt viel größer ist. Sie war es, die damals das Schulterblatt gefunden hatte und an ihren roten Bruder abtreten musste.

Saschas geschickte Finger sind gerade dabei, die Käfigtür zu öffnen, als vom Flur Schritte nahen. »Pssst«, zischt er und erkennt zu seinem Entsetzen, dass es hier praktisch keine Versteckmöglichkeit für ihn gibt.

In seiner Not kriecht er zwischen ein paar alte Decken in einer Ecke unter den Fenstern. Eine gute Lösung ist das nicht, denn wenn der Bauer zufällig einen Blick dorthin werfen sollte, könnte ihm auffallen, dass sie anders daliegen als zuvor.

Kaum darunter verborgen, ergeben sich weitere Probleme. Der dicke muffige Stoff erschwert das Atmen und reizt den Jungen zum Niesen. Doch ihm bleibt keine Wahl. Er kann nur hoffen, nicht entdeckt zu werden. Weil er durch die dicken Decken nichts sehen kann, spitzt er umso aufmerksamer die Ohren, meint jedoch nur, sein eigenes Herz pochen zu hören, so laut hämmert es gegen seine Brust. Schon betritt der Bauer den Raum, und seine schweren Schritte lassen den Boden spürbar vibrieren. Sascha macht sich vor Angst fast in die Hose. Er vernimmt ein Quietschen und das Aneinanderstoßen metallischer Gegenstände. Offenbar hat der Bauer einen der Käfige geöffnet.

»Das dauert ja ewig!«, hört Sascha ihn schimpfen. »Oder hast du am Ende gar nichts im Bauch, und ich stopf umsonst das viele Futter in dich rein?«

Erneut ertönen metallische Geräusche, wahrscheinlich durch das Schließen des Käfigs. Dann nimmt der Bauer eine andere Katze heraus.

»Ah«, hört Sascha ihn sagen. »Du bist ja prächtig gewachsen, mit dir fang ich gleich an. Bringst mir dann zwar keinen Nachschub, aber ich muss endlich liefern.«

Sascha erschaudert, als Felis Angstschrei durch seine Ohren gellt. Muss er nun ohnmächtig miterleben, wie der Bauer ihr das Fell über die Ohren zieht? Und ihm womöglich ebenfalls, denn der raue Wollstoff reizt immer unerträglicher seine Nase. Wie lange kann er das Niesen noch unterdrücken?

»Bin gerade so in Stimmung, und die Schürze ist eh schon dreckig«, fährt der Bauer fort. »Wo hab ich denn das …«
Plötzlich stockt er und registriert, was seit etwa einer halben Minute unterschwellig auch bis zu Sascha durch die Decke dringt – das Läuten eines Telefons.

Der Junge kann es nicht länger verhindern. So leise wie möglich versucht er zu niesen und horcht angstvoll – vernimmt jedoch nur die sich eilig entfernenden Schritte des Bauern.

Ist der wirklich wieder nach oben gegangen? Angestrengt lauscht Sascha. Nur dumpf dringt die Stimme in den Keller.

Solange sie nicht lauter wird, ist er sicher. Flugs schlüpft der Junge unter der Decke hervor und befreit eine Katze nach der anderen. Die aus den oberen Käfigen springen mit einem Satz zum offenen Fenster und zwängen sich hindurch. »Nicht so«, flüstert Sascha, als es drei gleichzeitig versuchen, eine dabei auf den darunterstehenden Käfig stürzt und ihn beinahe zum Herabfallen bringt. Gerade noch kann Sascha es verhindern. Das hätte vielleicht gescheppert!

Angstvoll blickt der Junge zur Tür und lauscht. Noch immer telefoniert der Bauer, aber etwas hat sich verändert. Sascha versteht Wortfetzen und hört nun auch Schritte. Ein Blick zum Fenster zeigt ihm, dass gerade die letzten beiden Katzen entfliehen. Könnte er sich nur auch dort hindurchzwängen! Ihm bleibt nichts anderes übrig, als wieder unter den Decken Zuflucht zu suchen.

»Okay, dann holen Sie also übermorgen die erste Ladung. Wie ich schon gesagt hab, erstklassige Felle!«, hört er den Bauern rühmen und erkennt sogar die schrille Stimme am anderen Ende der Leitung. Sie gehört der Frau mit der Tigerhose.

Dann hört Sascha plötzlich nur noch sie: »Hallo – sind Sie noch dran? Hallo!«

In tausend Teile zerspringt das Telefon an der Wand, knapp unterhalb des offenen Fensters. Als Sascha unter der Decke hervorlugt, sieht er zuerst nur die Füße des Bauern. Daran hochblickend bemerkt er, dass der Mann wie erstarrt dasteht und ungläubig durch das Fluchtfenster stiert.

Die Decke noch über dem Hintern hängend, robbt der Junge in Windeseile über den Boden. An der Tür steht er auf, stolpert aber über eine Kante auf der Schwelle. Noch während er sich wieder hochrappelt, spürt er den feuchten Atem des Bauern im Nacken.

Mia steht zwischen den Blumenbeeten und betrachtet eine Wolke. Sie muss ihren Hals weit recken, denn die zieht direkt über sie hinweg. Besitzt sie nicht die Gestalt eines kleinen Jungen? Ja, jetzt bricht am »Kopf« auch noch die Sonne durch und verstärkt diesen Eindruck.

Plötzlich meint Mia, einen Tropfen auf ihrer Wange zu spüren, und blickt irritiert auf die volle Gießkanne in ihrer Hand. Was wollte sie eigentlich? Gießen, wo es doch jeden Moment regnen kann?

Mia fragt sich, warum sie die Kanne gefüllt hat. Nicht mal halbherzig ist sie bei der Sache. Ihr Versuch, durch Gartenarbeit den Gedankenstrom zu unterbrechen, der unablässig um Sascha kreist, ist gründlich fehlgeschlagen. Suchend schweift ihr Blick zum Mäuerchen, worauf Mausi noch vor Minuten lag. Nun ist es verlassen.

»Mau!«, ruft die Katze, streicht um Mias nackte Waden, läuft ein Stück voraus durch die Beete und blickt sich auffordernd maunzend zu ihrer Freundin um.

Was hat sie bloß?, fragt die sich. Vorhin war sie schon so unruhig. Wahrscheinlich stecke ich sie damit an. »Mausilein, sorgst du dich etwa auch um Sascha?«

»Mau! Ich weiß, wo er sein könnte. Los, komm schon!«

Der plötzliche Klingelton an der Haustür fährt Mia durch Mark und Bein. Sascha? Die Grohmann?

Mia lässt die Gießkanne fallen, stürzt querbeet den Hang hinauf und durchs Haus. Sascha hat noch nie geläutet, schießt es ihr durch den Kopf, während sie die Tür aufreißt.

»Überraschung!«, ruft Steffi, die dahinter steht – an der Leine den hechelnden Alfonso und mit der anderen Hand eine Kühlbox hochhebend. »Erdbeere mit Rhabarber und Vanille, dein Lieblingseis!«

Noch ehe Mia etwas erwidern kann, ist sie schon drinnen, knallt auf der Terrasse die Kühlbox mit dem Eis auf den Tisch, streckt sich gemütlich im Liegestuhl aus und nimmt den Welpen auf den Schoß. »Worauf wartest du noch?«, fragt sie freudestrahlend. »Hol zwei Löffel!«

Entnervt fährt sich Mia durch ihre Lockenmähne. »Steffi ...«

Die Freundin blickt erstaunt. »Was ist, komm ich ungelegen?«

Kopfschüttelnd holt Mia Dessertschälchen und Löffel, füllt jedoch nur eines und schiebt es Steffi hin. »Ist lieb gemeint von dir, aber mir ist gerade nach gar nichts zumute. Wieso bist du eigentlich nicht bei ›Trendy Hair‹?

Steffi macht sich über das Eis her und fährt sich mit der Zunge über die Lippen, während Alfonso ihr verstohlen Eisspuren von den Fingern leckt. »Heute ist doch Dienstag, mein freier Tag.«

»Ach so, ja ...« Zerstreut lässt Mia ihren Blick über den Garten schweifen. Mausi! Da kommt sie, verharrt aber bei den lila Schwertlilien, als Alfonso von Steffis Schoß springt und auf sie zuläuft. Auf ein Handzeichen von Mia setzt er sich sofort hin.

»Tja«, meint Mia mit Blick in Steffis erstaunt aufgerissene Augen und lässt sich auf den Liegestuhl fallen. »Wenn du konsequent bist, kriegst du das genauso hin. Gehst du noch in die Welpengruppe?«

»Na klar! Du, da gibt's echt super Typen! Daniel zum Beispiel, der hat einen belgischen Schäferhund – Rico. Aber das Beste sind seine Augen.«

»Wessen Augen?«, frotzelt Mia. »Ricos oder …?«

»Mia! Übrigens – ich hab Bernd getroffen.«

»Bernd?« Steffis Männersortiment wird immer unübersichtlicher. Aber davon will Mia jetzt doch gar nichts wissen!

»Ja«, hilft die Freundin ihrem Gedächtnis auf die Sprünge. »Der coole Typ von neulich, mit diesem … Konfettihund.«

Konfetti? Das Bild der Australian-Shepherd-Hündin im Farbschlag Blue Merle erscheint vor Mias innerem Auge, während Steffi weiterplappert: »Der muss irgendwo da wohnen, in meiner Nähe, hat sich auffallend lange mit mir unterhalten und mich dabei angeguckt …« Ein schwärmerischer Ausdruck tritt in ihre Augen, als sie einen Löffel voll Eis genießt. »Wenn ich nur wüsste, für wen ich mich entscheiden soll … Mia, sag doch mal was!«

Mausi reicht's jetzt endgültig. Lautstark fordert sie Aufmerksamkeit. »Nun komm endlich, Mia! Sascha ist wahrscheinlich in Bedrängnis!«

Steffi lacht. »Du hast vielleicht eine komische Katze!«

»Ich habe keine komische, sondern eine sensible Katze!«, berichtigt die Tierpsychologin.

»Stimmt!«, bestätigt Mausi, »und ich habe offensichtlich einen begriffsstutzigen Menschen!«

27. Kapitel

Das Opfer

Eng aneinandergedrängt und noch etwas steif vom langen Eingesperrtsein, verharren die Glückskatzen im Schutz der Scheuneninnenwand, wohin sie zunächst geflohen sind, um Kräfte zu sammeln.

Als ein fürchterliches Gebrüll ertönt, wird Ini vorgeschickt. Sie späht um die Ecke. »Der Menschenjunge rennt raus, der Bauer hinterher«, berichtet sie aufgeregt. »Ich rieche Blut.«

»Wer blutet?«, fragen mehrere zugleich.

»Ich weiß nicht.«

»Entkommt er, der Menschenjunge?«, will Blessys Tochter Feli wissen.

Ini überlegt. »Wahrscheinlich, er ist ja viel flinker.«

»Ich will es aber genau wissen«, verlangt Feli, worauf ihre Schwester Piri meint: »Ja, das sind wir ihm schuldig. Er hat uns schließlich gerettet!«

»Sie sind hinter dem Schweinestall verschwunden«, rechtfertigt sich Ini. »Ich sehe sie nicht mehr.«

»Gut«, sagt Schwarzpfote zu ihr, »dann geh und hilf dem Menschenjungen, falls nötig. Du bist schließlich schuld daran, dass er uns retten musste, kannst auch gleich den Bauern von uns ablenken.«

Aller Augen richten sich fordernd auf Ini. Die weicht zitternd zurück. »Ihr habt ja recht, aber ich bin doch viel zu schwer zum Rennen. Meine Babys wollen bald geboren werden.«

Blessys Töchter empfinden Mitleid, doch die anderen bleiben unerbittlich. »Daran hättest du früher denken müssen«, meinen sie übereinstimmend. »Sieh es als Chance, wieder in unsere Gemeinschaft aufgenommen zu werden. Und jetzt los!«

Mit bangem Herzen wagt Ini einen Blick nach draußen. Abgesehen von den Arbeitsgeräuschen, die vom Kuhstall herüberdringen, ist alles ruhig, weder von Sascha noch vom Bauern etwas zu sehen. Trotzdem scheint die Luft förmlich zu knistern.

»Los, los!«, drängen die Katzen hinter Ini. Zitternd am ganzen Leib, macht sie sich auf den Weg. Aus sicherer Deckung verfolgen die anderen, wie sie hinter dem Schweinestall verschwindet.

Bei der Vorstellung, ihre Mitkatze womöglich in den Tod zu treiben, wird einigen nun doch flau im Magen. Sie behalten es allerdings für sich. Sogar Blessys Töchter sind inzwischen alt genug, um zu wissen, dass man nicht immer alles ausplaudern sollte.

»Wir müssen schleunigst weg vom Hofgelände«, bestimmt Schwarzpfote, »am besten in den Wald. Der Bauer wird uns jagen. Vermutlich …« Sie stockt, weil niemand ihr mehr zuhört. Alle horchen erschrocken auf ein ohrenbetäubendes Quieken.

»Das sind nur die Schweine«, meint Schwarzpfote.

»Autos geben manchmal ähnliche Geräusche von sich«, bemerkt eine andere Katze.

»So oder so – wir gehen jetzt in den Wald«, drängt Schwarzpfote. »Vermutlich haben sich alle längst nach dorthin verzogen.«

Von ihr angeführt, schleichen sie an der Scheune entlang, sichern am Eck und rennen, so schnell ihre Beine sie tragen, über das Hofgelände zur Wiese, ducken sich ins hohe Gras.

»Hast du das eben auch gehört?«, fragt Feli ihre Schwester.

Piri blinzelt zwischen den Halmen hindurch zurück. »Ja, das klang wie diese nette Katze, die uns helfen wollte!«

Rufend läuft Mausi zu ihnen ins Gras. Freudig reiben sie und Blessys Töchter ihre Nasen aneinander.

»Sie hat ihr Leben für uns riskiert«, erklärt Feli den anderen. »Aber dann erwischte uns der Bauer leider doch.«

»Wer hat euch befreit?«, fragt Mausi. »Sascha?«

»Vermutlich«, antwortet Schwarzpfote, »falls das ein Menschenjunge ist. Du hast ihn nicht zufällig gesehen – oder Ini?«

Mausi verneint und lässt sich berichten, was geschehen ist.

»Ich weiß, wo eure Mutter ist«, sagt sie anschließend zu Blessys Töchtern. »Kommt mit, ich führe euch zu ihr. Es dürfte dort genug Platz für euch alle geben.«

Unschlüssig verharren die anderen, folgen ihnen dann aber zögernd.

Die jungen Kätzchen in der Mitte, nehmen sie den Weg durch Wiese und Wald, streifen die Lichtung und durchqueren den Waldgürtel Richtung Feldweg. Beim geringsten Knacken, das von einem Menschen verursacht worden sein könnte, ducken sich alle ins Unterholz.

Plötzlich ertönt aus dem Waldstück hinter dem Weiher der Warnschrei einer jungen Katze.

»Das ist Seeli!«, rufen ihre Schwestern.

»Pssst!«, mahnen Mausi und Schwarzpfote leise fauchend.

Ophelia hört den Schrei eines Neugeborenen, der in ein Wimmern übergeht, und wittert Blut. Dann verstummt das Wimmern. Beunruhigt tastet sie mit den Schnurrhaaren ihre unmittelbare Umgebung ab. Weil es im Kessel des Fuchsbaus stockfinster ist, sieht sie kaum etwas.

Wo ist das Kleine? Sie kann es nicht finden. Stattdessen vernimmt sie raschelndes Laub, Tritte und Scharren über sich, am Eingang ein Schnüffeln sowie einen scharfen Geruch.

Ophelia ruft ihr Neugeborenes und schlägt die Augen auf. Wer oder was auch immer am Eingang war – es muss ihn wieder freigegeben haben, denn ein Lichtschein flutet zu ihr hinab in den Kessel.

Regungen in ihrem Bauch sagen Ophelia, dass sie nur geträumt hat. Noch ist keines ihrer Jungen geboren.

Als sie gerade dabei ist, sich wieder zu beruhigen, dringen erneut Laute zu ihr. Diesmal müssen sie von Seeli stammen, klingen ängstlich und kommen von draußen. Also ist das

Kätzchen nicht im benachbarten Kessel, wie Ophelia glaubte. Sie kriecht nach oben, um nachzusehen.

Während sie zum halb von der Baumwurzel verdeckten Ausgang unterwegs ist, steigern sich Seelis Lautäußerungen zu Warnschreien und werden von anderen verstärkt. Ophelia erkennt Filous und Othellos Stimmen. Offenbar sehen sich die beiden Kater einer Gefahr gegenüber.

Die werdende Mutter verharrt. Sie will den Feind erkennen, bevor sie von ihm bemerkt wird. Von Seeli ist gar nichts mehr zu hören, aber das Katergeschrei schallt durch den Wald. Am Ausgang späht Ophelia zwischen von oben herabhängenden Wurzelausläufern hindurch. Außer Filous und Othellos Gerüchen steigt ihr der scharfe von vorhin in die Nase. Ein Fuchs muss sich ganz in der Nähe aufhalten, und noch ein anderes Tier. Aber das naht nicht von außen, sondern von innen. Es muss durch einen der anderen Eingänge hineingelangt sein. Ophelia fühlt es hinter sich. Mit einem Satz ist sie draußen, rennt zwischen Bäumen hindurch und sieht Filou auf sich zukommen.

»Wo ist Seeli?«, fragt sie.

Unter einem Reisighaufen am Stamm einer Eiche rührt sich etwas. Vorsichtig streckt das Kätzchen seinen Kopf heraus und fragt: »Sind sie weg? Darf ich rauskommen?«

Erleichtert leckt Ophelia ihr das Fell und wendet sich an Filou. »Wo ist Othello?«

»Auf der anderen Seite des Baus. Er überprüft, ob der Dachs sich noch hier rumtreibt.«

»Der ist drinnen«, berichtet Ophelia. »Auch der Fuchs

kann nicht weit sein, schleicht irgendwo um den Bau herum. Othello passt hoffentlich auf.«

»An einen Kater wie ihn wird er sich kaum heranwagen«, meint Filou. »Aber Seeli ist hier nicht mehr sicher und deine Jungen nach ihrer Geburt erst recht nicht.«

»Hat sich der Fuchs mit dem Dachs um den Bau gestritten?«, fragt die Kleine.

»Gut möglich«, überlegt Ophelia und bemerkt anerkennend: »Du bist sehr klug.«

»Danke!«, freut sich Seeli und reibt sich an ihr. Dann sieht sie Feli mit steil aufgerichtetem Schwanz auf sich zueilen.

Durch inniges Nasenreiben begrüßen sich die Schwestern.

»Du bist uns nicht böse, weil wir dich auf den Baum gejagt haben?«, wundert sich Piri, die inzwischen ebenfalls herangekommen ist.

»Ich bin nur froh, dass wir wieder zusammen sind«, freut sich Seeli und fügt schelmisch hinzu: »Ihr könnt ja nichts dafür, dass ihr nicht so klug seid wie ich.«

»Warte!«, schreien beide Schwestern. Schon bricht das wildeste Gejage und Gerangel los.

»Entfernt euch nicht zu weit!«, warnt Ophelia, während sie an Filous Seite den anderen Glückskatzen und Mausi entgegengeht. Stolz, Fuchs und Dachs zugleich in die Flucht getrieben zu haben – wie er zumindest behauptet –, stößt auch Othello wieder zur Gruppe. »Wie seid ihr dem Bauern entwischt?«, fragt er Schwarzpfote.

»Ein Menschenjunge ist in unser Verlies gekommen und hat die Käfige geöffnet«, berichtet sie.

»Das war Sascha!«, ruft Filou, kaum dass sie geendet hat. »Hab ich es euch nicht immer gesagt – Sascha ist unser Retter!«

Othello kann ein leichtes Spötteln nicht unterlassen. »Hört, hört den ›großen Propheten‹! Ist ja schon gut«, beschwichtigt er den fauchenden Rottiger, will seine schwindenden körperlichen Kräfte nicht unbedingt beim Zweikampf auf die Probe stellen. Stattdessen wendet er sich an die Dreifarbigen: »Wohin ihr auch geht – wir schließen uns euch an. Hier können wir nicht bleiben.«

»Im Wald wären meine Jungen durch Raubtiere bedroht«, fügt Ophelia erklärend hinzu. Plötzlich fällt ihr etwas auf. »Wo ist denn Ini?«

»Sie hat sich für uns und unseren Retter geopfert, den Bauern von ihm abgelenkt, als der ihn verfolgte«, erklärt Schwarzpfote. »Damit ist ihre Schuld getilgt.«

Betretenes Schweigen breitet sich aus. Ophelia bricht es. »Schuld? – Ini hatte keine Schuld. Sie ist selbst ein Opfer.«

»Kommt doch mit ins Kornfeld«, schlägt Mausi vor, »zu Blessy und …«

Warnend faucht Filou, verharrt in angespannter Haltung und dreht seine Ohren in sämtliche Richtungen. »Versteckt euch!«

Alle folgen seinem Beispiel, ducken sich in eine Mulde oder kriechen unter Äste und rühren sich nicht. Nun vernehmen sie es auch – ein Knistern von Laub unter derben Schuhen.

Ophelia und Mausi sehen sie sogar, denn sie befinden sich in unmittelbarer Nähe. Unter den ausladenden Wedeln eines Farns suchen sie Zuflucht.

Bemerkt der Bauer, wie die Pflanzen sich dabei bewegen? Seine verkniffenen Augen schauen direkt darauf, folgen dann jedoch einem Eichhörnchen in einen Tannenwipfel. Plötzlich zieht er eine Waffe und schießt darauf, trifft aber nur einen Ast, der krachend herunterstürzt, direkt neben Filou. Ein zweiter Schuss löst sich, dann ein dritter, vierter, fünfter, sechster …

Endlich ist das Magazin leer. »Ich krieg euch, am Ende krieg ich euch!«, schreit der Schütze und fuchtelt mit der Waffe herum. Überlegend glotzt er in die Mündung. Wie irr schallt sein Gelächter durch den Wald. »Dann halt mit Löchern im Pelz, passend zu den Mantelknöpfen!«

Die Katzen verharren, selbst nachdem er zwischen den Bäumen verschwunden ist und weder seine Schritte noch sein Atem zu hören sind.

Endlich fragt Ophelia leise: »Wer will zuerst als Wachposten auf einen Baum?«

»Heißt das, wir bleiben jetzt doch hier?«, schließt Seeli daraus.

»Zunächst sollten wir das wohl«, schlägt Filou vor und beäugt respektvoll den herabgefallenen Ast neben sich. »Weil er uns nicht gefunden hat, wird er hier nämlich so schnell kein zweites Mal nach uns suchen.«

»Aber die Raubtiere …«, melden sich Feli und Piri ängstlich, worauf Ophelia versichert: »Gegen so viele Katzen haben die keine Chance.«

Seeli treibt noch eine Frage um. »Warum hat er das gemacht? Das war doch völlig sinnlos.«

»Menschen handeln oft unsinnig«, belehrt Ophelia sie, als erneut Geräusche ertönen – raschelndes Laub, knackende Zweige …

Wenn Menschen tatsächlich so unsinnig handeln, sucht er vielleicht doch noch mal hier, fürchtet Seeli insgeheim.

Dann wittert aber auch sie den Geruch von Artgenossen. Von dort, wohin der Bauer sich nach seinem Wutanfall wandte, prescht Schlitzohr mit Kleckse und weiteren Katzen, die sich ihnen offenbar angeschlossen haben, durchs Unterholz.

Weil keiner auf ihre Gesellschaft erpicht ist, verharren alle still und warten, bis sie im Waldesdunkel verschwunden sind.

28. Kapitel

Erwischt

Obwohl der Bauer nicht mehr im Waldstück nahe des Fuchsbaus gesichtet wird, missfällt Ophelia die Vorstellung, ihre
Babys unter einem Reisighaufen zu gebären. »Die Feuchtig-
keit ist bis zu mir durchgekrochen, als es heute Morgen ge-
regnet hat«, meint sie einige Tage nach der Attacke zu Filou.
Der springt gerade vom Wachbaum, weil Schwarzpfote ihn
ablöst. »Das ist einfach nichts für Neugeborene. Andererseits«, räumt sie ein, »bin ich für eine weite Abwanderung
schon viel zu schwerfällig.«

Hingebungsvoll reibt der Kater seinen Kopf an ihrem ausladenden Leib und gibt zu bedenken: »Ins Kornfeld dringt
der Regen auch ein, vielleicht sogar stärker, je nachdem, wie
der Wind steht.«

Das kann Ophelia schlecht abstreiten. »Ja, und es sieht
nach mehr Regen aus, aber dort sind Neugeborene sicherer
vor Füchsen. Außerdem ist das Feld ein besserer Jagdgrund.
Es steckt voller Mäuse. Vielleicht erwische ich sogar mal einen fetten Hamster. Ich möchte es wenigstens inspizieren,
am besten mit Seeli zusammen.«

»Jetzt, noch bevor es dunkel wird?«, fragt Filou.

»Ja, ich spüre eine solche Unruhe in mir. Wäre prima, wenn du mitkämst und auf die Umgebung achten würdest.«

Dem Kater fällt ein, dass er bei dieser Gelegenheit vielleicht etwas herausfinden könnte, was ihm auf der Seele liegt. »Für dich tu ich doch alles«, verspricht er. »Lass uns aufbrechen.«

Seeli, immer in Ophelias Nähe und bis jetzt auf Mäusejagd, hat die Entscheidung mitbekommen und schließt sich den beiden begeistert an. »O ja, dann sehe ich Mama wieder!«

Auch Feli und Piri springen maunzend herbei.

»Ihr bleibt hier bei Schwarzpfote und den anderen Dreifarbigen«, befiehlt ihnen Filou.

Ophelia, an die sie sich hoffnungsvoll wenden, pflichtet ihm bei. »In meinem Zustand wäre es für mich zu anstrengend, auch noch auf euch aufzupassen. Wir bleiben durch Othello in Verbindung.«

Der Grautiger kontrolliert seit Tagen das neue Revier und markiert die Bäume.

Eben kommt er auf Ophelia zu und legt ihr eine Maus zu Pfoten. »Hier, meine Schöne, eine kleine Stärkung für unterwegs.«

Nachdem Ophelia den Nager verspeist hat, zieht sie mit Filou und Seeli los. Othello lässt es sich nicht nehmen, ihnen Geleitschutz zu geben. Tatsächlich erweist sich das als sinnvoll, denn kurz vor dem Waldsaum – tief stehendes Sonnenlicht flutet zwischen den Stämmen zu ihnen hindurch – erklingen menschliche Stimmen. Die des Bauern ist allerdings nicht darunter.

»Geh trotzdem vor und schau nach«, meint Othello zu Filou.

Angespannt verharren die Zurückbleibenden, bis die Stimmen erst anschwellen und nach einer Weile in der Ferne verklingen.

»Wo bleibt Filou bloß?«, wundert sich Ophelia.

Sie erträgt das Warten nicht mehr und befiehlt Seeli, bei Othello zu bleiben. Dann schlägt sie dieselbe Richtung ein wie der Rottiger. Nach wenigen Bäumen kommt ihr Filou mit einer Maus entgegen und legt sie vor ihr ab. »Keine Gefahr, Liebste. Hier, die ist noch ein bisschen fetter als Othellos.«

Hin- und hergerissen zwischen Erleichterung und Ärger möchte Ophelia ihn am liebsten ohrfeigen. »Was fällt dir ein, uns so lange im Ungewissen zu lassen! Seeli, komm!«, maunzt sie die Kleine herbei und teilt die Maus mit ihr.

Wenig später stehen sie am Waldsaum und schauen auf das Kornfeld. Gerade noch wie flüssiges Gold wogend, scheint es zu erlöschen, als der Wind eine blauschwarze Wolke vor die untergehende Sonne treibt.

Irgendwo von der Mitte ausgehend, läuft plötzlich eine schlangenförmige Linie durch das Feld. Gleichzeitig raschelt es darin, und eine magere schwarze Katze kommt zum Vorschein. Sie eilt über den Feldweg und von da aus in den Wald, schräg an Ophelia und den anderen vorbei.

»Cassandra!«, ruft die Glückskatze ihr hinterher. Verdutzt bleibt die Schwarze stehen und schaut sich suchend um.

»Hier sind wir!«, rufen nun auch die anderen und laufen ihr entgegen.

»Ach – euch kenne ich doch, ihr seid doch …«

Bevor sie ihr auf die Sprünge helfen können, fällt es ihr wieder ein. »Ach – Othello, Ophelia … und die kleine Feli!«

»Seeli«, berichtigt das Kätzchen.

»Natürlich, Seeli, hab ich doch gesagt«, erwidert Cassandra. »Wohin wollt ihr?«

»Ins Feld«, beginnt Ophelia, »meine Bab…«

»O nein, nein, kein guter Platz!«, unterbricht die Hochbetagte sie.

Ophelia möchte es genauer wissen. »Warum ist es kein guter Platz?«

Doch Cassandra wiederholt sich nur immer wieder und eilt davon, unentwegt weiter vor sich hin murrend.

»Sie ist alt und weiß nicht mehr, was sie sagt«, meinen Filou und Othello.

Nachdenklich sieht Ophelia ihr hinterher. »Ich glaube, mit dieser Erklärung machen wir es uns zu einfach. Was, wenn doch Altersweisheit aus ihr spricht?«

Suchend schweift ihr Blick zurück in den Wald und bleibt auf einer dicken, abgestorbenen Eiche haften. Bei eingehender Inspizierung stellt sich heraus, dass ihr über und über von Efeu überwucherter Stamm hohl ist. Ophelia kriecht hinein, dreht sich ein paarmal darin herum und streckt ihren Kopf heraus. »Seeli, komm, es ist geräumig genug. Ich glaube, Mauiriii hat meinen Blick darauf gelenkt. Vorläufig bleiben wir hier.«

Zufrieden mit dieser Entscheidung wendet sich Filou dem Feldweg zu und denkt wieder an das, was ihm seit Tagen keine Ruhe lässt. »Bin bald zurück«, verabschiedet er sich und entschwindet in der Ferne, bevor die anderen ihn nach seinem Vorhaben fragen können.

Am liebsten wäre Mia heute im Bett geblieben. Gedanken an Mausi, die sich immer öfter nächtelang herumtreibt, haben sie bis in ihre Träume verfolgt. Aus einem war sie hochgeschreckt, irgendwann um Mitternacht, und konnte sich trotz größter Anstrengung nicht an seinen Inhalt erinnern. Erst in den Morgenstunden war sie in einen unruhigen Schlaf gefallen und hat beinahe den Wecker überhört.

Dieser unselige Tagesanfang schien einen Domino-Effekt auszulösen. Am Vormittag kam Mia nach ewigem Stehen im Stau vor einer Unfallstelle verspätet zu ihrem ersten Termin und musste ihre Mittagspause streichen, um den kürzlich auf heute verschobenen einhalten zu können.

Nicht genug, dass sie vor Hunger bereits kurz vorm Umfallen war. Nein, das Frauchen des ungestümen Junghundes erwies sich als ausgesprochen therapieresistent und beanspruchte sie bis zum frühen Abend. Immerhin bekam sie dort endlich etwas zu essen – jede Menge übersüßten Kuchen. Damit vollgestopft, rebelliert seitdem ihr Magen, und ihr ist hundeübel.

Jetzt, auf dem Heimweg, grübelt Mia wieder über ihren nächtlichen Traum nach und wird das Gefühl nicht los, er sei bedeutsam gewesen. Immer noch fühlt sie sich elend, aber zum Glück ist es ja nicht mehr weit bis nach Hause, versucht sie, sich zu trösten.

Trotz ihrer Magenkrämpfe hat Mia vor der Abfahrt gegen Abend noch etwas besonders Leckeres für Mausi eingekauft und im Kinderheim angerufen, um sich nach Sascha zu erkundigen. Die Grohmann sagte, wie immer kurz angebunden, nur, er sei wohlbehalten aufgegriffen worden. Na ja, wenigstens ist ihm nichts geschehen, zumindest körperlich. Wer weiß, wie es in seiner Kinderseele aussieht?

Was Sascha angeht, ist Mia wirklich unzufrieden mit sich. Sollte sie ihn vielleicht mal besuchen, selbst auf die Gefahr hin, dass sie ihn damit beschämen könnte?

Der überwiegend von Tannen und Fichten bewachsene Mischwald, in den die Straße sie jetzt führt, scheint das letzte Licht des Tages zu verschlucken.

Als ein Schild auf die Gefahr eines Wildwechsels hinweist, drosselt Mia das Tempo. Zum Glück ist kein Drängler hinter ihr, so wie neulich ein alter Passat. Fast an ihrem Nummernschild klebte der. Zu ihrer Erleichterung war er dann aber in einen Waldweg abgebogen.

Heute ist es überraschend ruhig auf der Straße, fast unheimlich ruhig …

Jetzt hör aber auf, dich in so eine Stimmung hineinzusteigern!, ermahnt sich die Tierpsychologin und gibt dabei unwillkürlich wieder Gas, will raus aus diesem Wald, den sie doch eigentlich mag.

Da sieht sie im Rückspiegel etwas am linken Straßenrand liegen und bremst kurzerhand ab.

Nachdem sie sich vergewissert hat, dass die Straße frei ist, legt sie den Rückwärtsgang ein, fährt bis kurz an die betreffende Stelle zurück, rechts ran und betätigt den Warnblinker. Dabei klopft ihr das Herz bis zum Hals. *Ruhig, Mia,* beschwört sie sich. Das ist gar nichts, eine Tüte, eine verlorene Jacke ... *Oder ein Fuchs, ein Marder – eine Katze,* meldet sich eine Stimme in ihr, die keine Ruhe geben will.

Es erscheint ihr verrückt, bar jeglicher Vernunft, aber Mia weiß, dass diese Stimme recht hat. Es wird doch nicht Mausi ...

Mit zitternden Beinen steigt sie aus und schaut über die Straße, auf das reglos daliegende Etwas. Die Größe passt, die Gestalt auch. Die Katze liegt auf der Seite und kehrt ihr den Rücken zu. Er ist schwarz, das hochstehende Ohr und der Schwanz ebenfalls.

29. Kapitel

Filou in Gefahr

Seit Sascha die Glückskatzen befreit hat, sucht Filou nach einer Gelegenheit, um ihm dafür zu danken und sich von seiner Unversehrtheit zu überzeugen. Leider naht jetzt schon die Zeit, zu der Menschenkinder seines Alters schlafen gehen.

Beim Waisenhaus angelangt, vernimmt der Kater hinter den Fenstern Geräusche, mit denen er nicht viel anfangen kann, und Stimmen – leider nicht Saschas. Gerüche von Essbarem erinnern Filous Magen daran, dass er gefüllt werden möchte und die an Ophelia verschenkte Maus gern selbst verdaut hätte.

Nur von den oberen Fenstern sind welche gekippt. Möglichkeiten, um aufs Dach zu klettern, sieht der Kater zwar, zum Beispiel über die Feuerleiter. Mausis Erlebnis mit dem Kippfenster hat ihn allerdings gelehrt, dass man sich damit besser nicht anlegt.

Eigentlich will Filou ja gar nicht da rein! Doch wohl oder übel bleibt ihm nichts anderes übrig, denn zumindest heute wird Sascha nicht mehr rauskommen. Also legt sich der

Kater unter einem am Straßenrand parkenden Golf auf die Lauer und lässt die Haustür nicht aus den Augen.

Endlich wird seine Geduld belohnt. Während ein Jugendlicher draußen einen prall gefüllten und nach Essensresten riechenden Sack entsorgt, huscht Filou hinein und einen von Neonröhren voll ausgeleuchteten Flur entlang. Ob der Junge ihn bemerkt hat, weiß er nicht. Unter den paar Stühlen an den Wänden fände Filou notfalls kaum Deckung.

Dem Essensgeruch folgend, hört er hinter einer Ecke Stimmen von Kindern verschiedenen Alters und kann tatsächlich Saschas herausfiltern.

Eng an die Wand gekauert würde er nun auf ihn warten, spürt jedoch Vibrationen unter sich und einen Luftzug. Vor sich hin pfeifend, naht von hinten der Jugendliche.

Der Kater weiß nicht, ob es Mut ist oder Fatalismus, aber ein Blick auf die geschlossene Tür am Ende des Flurs, die ihm eine Flucht verwehrt, macht ihm klar: Entdeckt wird er höchstwahrscheinlich sowieso, entweder von dem Jugendlichen oder von denen im Raum hinter der Ecke.

Also huscht er um die Ecke und in den Speisesaal hinein. Noch bemerkt ihn keines der essenden und schwatzenden Kinder am Tisch, auch die beiden Erzieher nicht, die sich an den Schmalseiten gegenübersitzen, eine Frau mittleren Alters und ein junger Mann.

Der pfeifende Jugendliche kommt herein, schließt hinter sich die Tür und lässt sich auf dem einzigen leeren Stuhl nieder.

Während Filou unter herumzappelnden Füßen hindurch-
kriecht, bekommt er mit, wie einige Kinder einander puffen
und stoßen, sich dabei Drohungen zuraunen oder sich ver-
abreden.

Die Erwachsenen scheinen davon nichts mitzukriegen.
Bedächtig kauen sie vor sich hin.

»Au!«, entfährt einem Kind ein Schmerzenslaut.

Der Kater hat Saschas Stimme trotzdem erkannt und
peitscht erregt mit dem Schwanz.

»Ist etwas, Sascha?«, hört er die Erzieherin fragen, worauf
der Junge schnell verneint.

»Dann iss«, entgegnet sie. »Sonst müssen wir wieder alle
auf dich warten.«

Filou kriecht unter den Stuhl seines Freundes, reibt seinen
Kopf an dessen Wade und blickt hoch in ein vor Überraschung fast auflachendes Kindergesicht.

»Sascha«, fragt der Erzieher, »was suchst du denn da auf
dem Boden?«

»Nichts«, beeilt sich der Junge zu versichern, mit einer
Hand den Kater streichelnd.

»Wahrscheinlich seinen unsichtbaren Kumpel«, meint der
vorhin pfeifende Jugendliche amüsiert und löst damit all-
gemeines Gelächter aus.

»So ein Unsinn, nicht wahr, Sascha?«, bemerkt der Erzieher und wendet sich an alle Umsitzenden: »Ich sehe hier so
viele Freunde. Wozu sollte Sascha da einen unsichtbaren
brauchen? Los, fassen wir uns alle an den Händen.«

Offenbar kennen die Kinder und Jugendlichen diese Zeremonie bereits. Sie lassen ihr Besteck fallen, folgen seiner Aufforderung und rufen wie aus einem Munde: »Lieber Sascha, wir sind alle deine Freunde!«

Manchen kommt es aufrichtig über die Lippen. Andere verbergen mühsam ein Kichern oder Tuscheln.

Holger wirft seinen Kumpanen verstohlene Blicke zu – die wiederum dem Mädchen, mit welchem sie verbündet sind. Anschließend rufen sie den Spruch besonders laut.

Sascha bemerkt die darin enthaltene Häme. Zwar lächelt er gehorsam, kann seine Augen aber nicht zum Mitlächeln zwingen.

Die Erzieherin interpretiert sein Verhalten falsch. »Ihr müsst ihn dabei anschauen«, bemängelt sie, worauf die Zeremonie wiederholt wird.

Als einige der Übermut packt und dazu veranlasst, auf den Tisch zu trommeln, erschrickt der Kater darunter dermaßen, dass er hervorprescht und sich angstvoll in eine Zimmerecke drückt.

»Eine Katze! Da ist eine Katze!«, ruft ein kleines Mädchen und zeigt mit dem Finger auf ihn. Als sähen sie zum ersten Mal in ihrem Leben ein solches Tier, starren beide Erwachsene darauf.

»Ich bring sie raus«, meldet sich Holger und springt auf.

»Nein!«, ruft Sascha erschrocken und richtet flehende Blicke auf die Erzieher. »Darf ich das machen? Ditte, bitte!«

Noch immer steht Holger einsatzbereit da und argumentiert: »Aber wenn er dann wieder abhaut?«

»Nein nein«, versichert Sascha. »Ich komme sofort zurück, ehrlich, versprochen, ganz bestimmt!« Vor ansteigender Nervosität überschlägt sich seine Stimme.

Unschlüssig sehen die Erzieher sich an, während aller Blicke an ihren Lippen hängen, als verfolgten sie eine besonders spannende Filmsequenz.

»Wir sollten Sascha eine Chance geben, seine guten Absichten zu beweisen und der Versuchung zu widerstehen«, äußert der Erzieher endlich.

Die Erzieherin nickt zwar, schaut jedoch überlegend zu dem abwartend dastehenden Holger. »Einverstanden – wenn Holger ihn begleitet.«

»Aber dann ist es ja keine richtige Aufgabe für mich!«, wendet Sascha ein und weicht Holgers warnendem Blick aus, den er auf sich gerichtet fühlt.

Zu seiner maßlosen Erleichterung stimmt der Erzieher ihm zu. »Da hat Sascha recht.«

»Okay, auf deine Verantwortung«, seufzt seine Kollegin und bedeutet Holger, sich zu setzen.

Sascha fühlt gleichermaßen erstaunte wie anerkennende Blicke auf sich gerichtet, als der bislang immer noch in der Ecke kauernde Kater auf seinen leisen Zuruf an seiner Seite den Raum verlässt.

Kaum draußen, eilen beide den Flur entlang zur Haustür. Sascha reißt sie auf, kniet sich auf der Schwelle zu seinem Freund hinab und streichelt ihn.

»Dir darf Holger nichts tun, Filou. Das lass ich nicht zu. Wie geht's den anderen?«

Dankend reibt sich der Kater an ihm. »Ich bin so froh, dass du dem Bauern entwischt bist.«

Sehnsuchtsvoll schweift Saschas Blick hinaus in die Mainacht, zu Mond und Sternen. »Fast hätte mich der böse Zauberer erwischt, aber ich hab ihn in den Finger gebissen. Als ich dann zu Mia wollte, hat Holger mich gefunden. Wenn der mich jetzt in die Finger kriegt …«

Der Kater gibt Köpfchen. »Ich würde dich ja so gern mitnehmen, aber dann glauben die da drinnen dir gar nichts mehr. Wir müssen durchhalten, wir beide – du hier und ich dort.«

Bis Filou auf der anderen Straßenseite im hohen Gras verschwindet, schaut Sascha ihm nach und geht schweren Herzens zurück in den Speisesaal.

Gedanklich abwesend, übersieht Mia, dass noch jemand im Wartezimmer sitzt, als sie die Praxis der Tierärztin Dr. Rosemund gerade verlassen will. Schließlich ist die Sprechzeit für heute vorbei – eigentlich.

An der Ausgangstür lässt ein leises Winseln sie zurückschauen. »Oh, hallo, sind wir uns nicht schon mal be…« Lachend stoppt Mia, als der junge Mann dasselbe sagt. Indem sie seine ernste Miene bemerkt, blickt sie jedoch besorgt auf die hochträchtige Australian-Shepherd-Hündin an seiner Seite. »Stimmt etwas nicht mit Bellas Welpen?«

Der junge Mann ist sichtlich überrascht. »Sie haben sich den Namen meiner Hündin gemerkt.«

Mia lächelt. »Die Namen der Tiere merke ich mir schnell,

ist berufsbedingt. Ich bin Tierpsychologin«, fügt sie erklärend hinzu. »Mia Melcher.«

»Bernd Schlingenhöfer«, erwidert der junge Mann. »Gestern waren die Herztöne ziemlich schwach.« Liebevoll krault er seine Hündin, die ihren bunt gesprenkelten Kopf an sein Bein schmiegt. »Fällt mir schwer, es zu beschreiben, aber ich hatte den ganzen Tag über den Eindruck, sie fühle sich nicht gut.«

Mia nickt verstehend. »Wenn man sein Tier kennt, spürt man das. Werden's viele?«

»Laut Ultraschall nur drei«, entgegnet Bernd, »aber zumindest eines scheint einen ziemlich großen Kopf zu haben. Das könnte problematisch werden bei der Geburt.«

Nachdenklich nickt Mia. »Wie ich Frau Dr. Rosemund kenne, wird sie kein Risiko eingehen und notfalls einen Kaiserschnitt machen. Seien Sie unbesorgt, bei ihr ist Bella in guten Händen.«

»Bestimmt«, nickt Bernd, immer noch seine Hündin kraulend. Doch seine Angst um sie steht ihm deutlich ins Gesicht geschrieben. »Und was führt Sie so spät noch hierher?«, fragt er. »Sie haben kein Tier dabei?«

»Doch, eine Katze.« Mia wirft einen Blick zum Behandlungsraum. »Möchten Sie sich nicht für einen Moment zu uns setzen?«, schlägt Bernd vor. Gemeinsam wartet sich's leichter. Natürlich nur, wenn ich Sie nicht aufhalte«, fügt er schnell hinzu.

»Gern.« Mia nimmt Platz. »Sie wird gerade operiert, wurde wohl von einem Auto erwischt. Ich hab sie auf der Heimfahrt am Straßenrand gefunden. Im ersten Moment dachte ich, es wäre meine.« Während die junge Frau erzählt, fragt sie sich unweigerlich, ob Bernd ebenfalls einen sozialen Beruf ausübt – so aufmerksam und ruhig, wie er ihr zuhört und dabei der Blick aus seinen samtbraunen Augen ihrem begegnet. »Aber dann«, fährt sie fort, »hab ich gesehen, dass sie ganz schwarz ist und wohl schon ziemlich alt. Sie ist weder tätowiert noch gechipt, wahrscheinlich eine Verwilderte. Frau Dr. Rosemund weiß eine gute Pflegestelle für sie, falls sie die Operation übersteht.«

Mia legt eine Redepause ein. »Immerhin hat sie einen Bein- und Beckenbruch. Aber«, fügt sie hoffnungsvoll hinzu, »wie durch ein Wunder keine inneren Verletzungen.«

Nachdenklich streicht Mia über Bellas Kopf und berührt dabei, als würde sie magisch angezogen, Bernds Hand.

30. Kapitel

Der Sensenmann

Die Kleiderhaken der Garderobe im Kindergarten sind bereits leer an diesem Nachmittag Anfang Juni.

Auf einem Bänkchen darunter sitzt nur noch ein dreieinhalbjähriges Mädchen und lässt sich von Sascha zeigen, wie man eine Schleife bindet. Da wird ihm von draußen verkündet, dass er abgeholt werde.

Abgeholt? Warum auf einmal wieder? Seit Wochen ist er nicht weggelaufen und durfte die kurze Strecke bis zum Heim immer allein gehen.

Argwöhnisch späht der Junge durch die Tür und entdeckt zwischen den Kindern und ihren Eltern Holgers lange Beine in den zerschlissenen Jeans. So versucht er also jetzt, an ihn ranzukommen. Seit Filous Besuch neulich beim Abendessen geht Sascha ihm tunlichst aus dem Weg und achtet darauf, dass er nie mit ihm und seiner Bande allein ist.

Bisher ist ihm dieses ebenso anstrengende wie nervtötende Unterfangen gelungen. Jetzt erscheint die Lage jedoch aussichtslos. Schon wird er zum zweiten Mal gerufen. Jeden

Moment wird Holger in den Garderobenraum kommen und ihn holen.

Sascha rennt von einem Spielzimmer ins nächste und stolpert beinahe über eine Holzeisenbahn, die noch mittendrin steht. Hinter sich hört er, wie Holger das kleine Mädchen nach ihm fragt, und schaut sich hektisch nach einer Versteckmöglichkeit um. Doch was würde es nützen, sich hinter dem Pult oder womöglich im Schrank zu verkriechen? Dort fände Holger ihn ja doch.

Kurzerhand öffnet Sascha das Fenster, klettert hinaus und lässt sich auf den Rasen dahinter fallen – keine Sekunde zu früh, denn sein Verfolger ist schon im ersten Spielzimmer.

So unerwartet frei, wollen Saschas Beine nicht den Weg zum Heim einschlagen. Außerdem erwischt Holger, der ja viel schneller laufen kann, ihn dann vielleicht doch noch. Auf den ersten 50 Metern in Richtung Heim bieten nämlich weder Baum noch Strauch, noch Haus ausreichend Deckung.

Wie von selbst fliegen Saschas Beine schier um die nächste Ecke des Gebäudes und tragen ihn die davon abgehende Straße entlang. In Häuserschluchten taucht er unter, schnappt in der Gasse zwischen Metzgerei und Bäckerei nach Luft und biegt in das nächste Seitengässchen ein. An dessen Ende leuchten im Sonnenlicht Rasen, Laub und bunte Blumen einiger Vorgärten, die zu den ältesten Häuschen von Glattkleebach gehören. Dahinter dehnt sich die zum Feldweg führende Streuobstwiese aus …

Überragt und umgeben von Ähren, lauert Ophelia bereits geraume Zeit vor einem Mäuseloch. Doch selbst als ihre Geduld endlich belohnt wird und der Nager verschlungen ist, plagt sie noch der Hunger. Kein Wunder, denn die Babys in ihrem Bauch wollen wachsen. Ein paar Mäuse sollte Ophelia schon noch erbeuten, bevor sie sich zum Dösen in die hohle Eiche zurückzieht. Hoffentlich lässt ihr das drohende Gewitter genügend Zeit dazu.

Plötzlich meldet ihr feines Gehör, dass jemand naht. Noch ehe die Ähren vor ihr geteilt werden, erkennt die Katze: Es ist Seeli, die mit ihren Geschwistern herumtobt. Auch Feli und Piri sind dabei. Gestern kamen sie mit Schwarzpfote und den anderen Glückskatzen aus dem Wald und zogen zu ihrer Mutter ins Kornfeld. Nach Ini hielt Ophelia jedoch vergebens Ausschau.

»Könnt ihr nicht woanders spielen?«, schimpft sie jetzt. »Ihr verscheucht mir ja alle Mäuse.« Weil der Körper ihr täglich die Geburt ihrer Jungen signalisieren kann, reagiert die sonst so Langmütige manchmal gereizt. »Wo ist eigentlich Schneeflocke mit ihrem Nachwuchs?«, fragt sie, als Blessy allein hinter ihrer Kinderschar auftaucht.

»Im Schuppen«, antwortet die Rotweiße.

»Im Schuppen?«

»Ja«, erklärt Blessy. »Sie fürchtet das Unwetter offenbar mehr als den Bauern und hofft darauf, dass er den Schuppen kein zweites Mal durchsucht.«

Bei näherer Überlegung leuchtet Ophelia dieses Argument ein, zumal sie weiß, dass immer wenigstens ein Kater

285

oder eine Katze von einem Baum aus die Umgebung um den Feldweg überwacht. Mittlerweile sind Schneeflockes Kinder ja auch älter und müssen beim Umsiedeln nicht mehr unbedingt getragen werden.

»Wenn der Wind so weiterbläst, brechen am Waldrand vielleicht Äste ab und bieten euch Unterschlupf«, meint Ophelia. »Ich bleibe jedenfalls nicht hier, sondern ziehe mich nach der Jagd zurück. Wer weiß, womöglich hagelt es sogar. Dann seid ihr im Feld nur unzureichend geschützt.«

Während sie miteinander reden, entgeht ihnen der ungewöhnliche Gehorsam von Seeli und ihren Geschwistern. Die müssen sich fernab einen anderen Spielplatz gesucht haben. Jedenfalls hört man nichts mehr von ihnen.

»Ach«, meint Blessy, »so sehr muss sich der Wind gar nicht anstrengen. Mir reicht's, wenn er die Gewitterwolken von hier vertreibt.«

Als habe er das mitbekommen, schickt er eine Böe und biegt die Ähren dermaßen, dass sie den Katzen übers Fell streichen.

»Andererseits«, gibt Ophelia zu bedenken, »sind wir beim Gewitter vor dem Bauern sicher. Menschen mögen das noch weniger als …« Mitten im Reden reckt sie ihre Nase in die Luft. »Sag mal, riechst du das auch?«

»Jetzt, wo du es sagst …« Aufgeregt saugt Blessy den Baldrianduft in sich auf, lässt sich von ihm locken und eilt davon.

Ophelia sieht ihren steil aufgerichteten Schwanz zwischen den Ähren verschwinden, läuft ihr nach und ruft: »Sei vorsichtig! Baldrian hier, so plötzlich, das ist mir nicht geheuer!«

Offenbar hat auch der diensthabende Wachposten etwas von dem Katzenaphrodisiakum abgekriegt, denn sein Warnschrei erfolgt zu spät und klingt ekstatisch, ebenso die hohen Stimmen der Jungen. Als die plötzlich wieder hörbar werden, dazu ein Unheil verheißendes Zischen, schreit Blessy ihnen zu: »Rennt weg da, weg von da!«

Eine weitere Windböe rauscht durchs Feld und übertönt alles übrige. Ophelia, die ungefähr zwei Katzenlängen hinter Blessy läuft, sieht zwischen den Ähren etwas aufblitzen und weicht zurück – im letzten Moment, denn unmittelbar darauf mäht die Klinge einer Sense annähernd alle vor ihr befindlichen Ähren nieder.

Nur noch eine schmale Reihe schützt die Glückskatze vor dem Entdecktwerden. Von irgendwo dahinter schreit Blessy erneut.

Da springt Ophelia über die Ähren und begegnet dem von Irrsinn gezeichneten Blick des Bauern.

Ja, er hat sie gesehen, folgt ihr und mäht hinter ihr her. Immer wieder verharrt sie und zeigt sich, hört hinter sich sein Fluchen und die Sense.

Endlich dürfte Ophelia ihn weit genug von den anderen weggelockt haben. Nun muss sie zu ihrer hohlen Eiche und darin verschwinden, bevor er es bemerkt.

Doch als sie den Feldweg überquert hat und sie erreicht, fauchen ihr daraus Kleckse und zwei weitere Katzen entgegen. Mit denen kann sie sich jetzt nicht anlegen, dazu fehlen ihr sowohl Kraft als auch Zeit.

In ihrer Not rennt Ophelia durch den Wald. Die Sense hört

sie längst nicht mehr. Ist sie verstummt? Wenn ja, bedeutet das, dass der Bauer sie aus dem Feld fliehen sah und ihr folgt?

Durch die flirrende Luft erscheinen hinter Nadel- und Laubbäumen die ersten Hofgebäude. Seit Wochen war Ophelia nicht hier, auch die anderen Katzen nicht. Schneeflockes Strategie kommt ihr in den Sinn. Ja, wahrscheinlich vermutet der Bauer sie überall, nur nicht mehr hier. Aber falls doch …

Der Hochträchtigen bleibt keine Wahl. Sie eilt zum Kuhstall. Mit den Wiederkäuern ist sie immer prima ausgekommen und weiß, dass die auch nicht gerade gut auf den Bauern zu sprechen sind. Außerdem ist sie dort wenigstens vor Naturgewalten geschützt.

»Oh, welch seltener Besuch!«, äußern mehrere Kühe verwundert. »Pssst«, fleht Ophelia, huscht zwischen Neunundzwanzigs Beinen hindurch in eine Ecke und verkriecht sich im Stroh. »Bitte seid leise. Nicht, dass er kommt.«

»Sind wir, sind wir!«, muhen sie nicht minder laut, vermeiden aber jeden Schritt, der das Stroh rascheln lässt. Ophelia lauscht in die eintretende Stille und vernimmt keinerlei Geräusche aus dem Kornfeld. Ist es zu weit entfernt, selbst für ihre feinen Ohren? Hat der Sensenmann durch seinen Baldrian-Trick vielleicht ein paar der Katzen erwischt? Die todesmutige Blessy? Ihre neugierigen Kinder, womöglich Seeli? Ophelia schnürt es das Herz zusammen.

Lange kann sie allerdings nicht daran denken, denn es nahen Schritte. Sie sind zu leichtfüßig für den Bauern, aber womöglich ist das ein Trick.

»Der Junge, es ist dieser Junge, der sich hier manchmal rumtreibt«, verkündet Dreizehn.

Sascha, tatsächlich! Vor freudiger Erregung kann sich Ophelia ein Maunzen nicht verkneifen. Schon kriecht er auf allen vieren unter den Leibern der Kühe zu ihr durch, streichelt sie und lächelt.

»Pass auf!«, warnt die Katze ihn leise, denn sie vernimmt hinter ihm weitere Schritte. Und die gehören zweifellos dem Bauern, der ihm gefolgt sein muss.

Saschas Lächeln weicht einer entschlossenen Miene. Er steht auf und löst nacheinander die Haltestricke der Kühe. Sieben begreift zuerst, dass sie frei ist und das Weiden auf der Wiese nicht mehr nur ein Traum. Beim Hinauslaufen stößt sie den verdutzten Bauern beinahe um.

Sascha erkennt seine Chance. Mit Ophelia auf dem Arm eilt er durch den Stall. Gedanklich schon bei Mia, überhört er Ophelias Warnsignale, steht plötzlich dem Bauern gegenüber und sieht dessen Augen auf sich gerichtet. Zornentbrannt funkeln sie zwischen Fettwülsten hervor.

31. Kapitel

Bellas Welpen

Teilnahmslos, den Kopf auf die Vorderpfoten gebettet, liegt die Australian-Shepherd-Hündin in Mias Wohnzimmer auf dem Parkett zu Bernd Schlingenhöfers Füßen. Immer wieder streichelt er sie, murmelt tröstende Worte und blickt die Tierpsychologin dankbar an. »Nett von Ihnen, dass wir gleich kommen durften.«

Mia nickt. »Ist doch selbstverständlich. Wenn wenigstens eins überlebt hätte …« Angestrengt überlegt sie.

Bernd scheint ihre Gedanken lesen zu können. »Sie wüssten nicht zufällig ein paar verwaiste Welpen, die sie adoptieren könnte?«

Seufzend schüttelt Mia den Kopf. »Leider nein. Aber so schnell geben wir nicht auf«, fügt sie hoffnungsvoll hinzu, kann dieses Drama einfach nicht länger mitansehen. Auch ihr schlägt es auf den Magen. Die leckeren Kekse auf dem Tisch hat noch keiner angerührt.

Das Smartphone in der Hand, um nach hilfsbedürftigen Hundebabys zu suchen, fällt Mias Blick beiläufig auf die Terrasse. Dabei entgleitet ihr das Gerät.

Bernd fängt es auf, folgt ihrem Blick und starrt genauso erstaunt hinaus.

Bella schaut die Menschen fragend an und winselt: »Solche Wesen habe ich zwar schon gesehen, aber noch nie im Garten.«

Als wäre es das Selbstverständlichste auf der Welt, weidet Sieben hinter der Terrasse und köpft Margeriten. Mausi erscheint, spricht mit der Kuh und läuft mit steil aufgerichtetem Schwanz, die Spitze zitternd vor Erregung, an der Terrassentür hin und her.

In Mia keimt eine diffuse Ahnung. »Kommen Sie, Bernd!«, fordert sie ihren Gast auf und eilt ihm voraus auf die Terrasse, wo Mausi beide lautstark anmaunzt. Als dann auch noch Bella kläfft und Seite an Seite mit der Katze durch den Garten rennt, als würden sie sich über etwas höchst Dringliches verständigen, tauschen die Menschen ungläubige Blicke.

Mia findet zuerst Worte. »Auf dem Bauernhof muss was passiert sein.«

Wie zur Bestätigung hebt Sieben kauend den Kopf und muht. Der junge Mann nickt und hält Ausschau nach seiner Hündin, deren aufforderndes Kläffen nun von der angrenzenden Streuobstwiese herüberdringt. »Bella ist ja plötzlich wie ausgewechselt.«

Querfeldein folgen Mia und Bernd ihren Tieren und verlieren sie im hohen Gras immer wieder aus den Augen. Bernd ruft wiederholt nach Bella, aber die sonst so gehorsame Hündin entschwindet gerade am Waldrand mit Mausi zwischen den ersten Bäumen. Nur noch ihr Bellen ist zu vernehmen.

Aus dem gegenüberliegenden Feld huscht etwas Rotbraunes und verschwindet ebenfalls im Wald. Die Wipfel in Gewitterwolken, biegen sich schlanke Tannen im schwülen Wind. Den Menschen, die ihnen entgegenhasten, bricht der Schweiß aus allen Poren.

Mia fällt hinter Bernd zurück. Er bemerkt es, hält inne und lauscht. Ist das nun Katzen- oder Kindergeschrei, was da von fern durch den Wald zu ihnen dringt?

Mia hört es auch und bedeutet ihm mittels einer Geste, nicht auf sie zu warten. Doch dann verleiht ein Adrenalinschub ihr ungeahnte Kräfte.

Sascha presst die maunzende Ophelia an sich, spürt einen Stoß gegen seine Stirn und schreit. Dann realisiert er, dass dieser Stoß nicht von der Hand des Bauern herrührt, sondern von Neunundzwanzigs Flanke. Gerade noch rechtzeitig ist die Kuh dazwischengetreten und ermöglicht damit dem Jungen einen Vorsprung.

»Lauf, lauf!«, muht sie so lange, bis alle anderen Kühe mitrufen und sich dem Bauern in den Weg stellen. Außer sich vor Zorn trommelt der mit Fäusten auf ihre Leiber ein.

Unterdessen flieht Sascha mit Ophelia auf dem Arm in den Wald. Zu Mia will er, achtet aber in seiner Panik nicht auf den Weg, sondern rennt einfach drauflos. Wie lange werden die Kühe den Bauern aufhalten können?

Hoch über sich windgebeutelte Äste, verschnauft der

Junge, lässt die Katze zu Boden und versucht, sich zu orientieren. Etliche Meter vor ihm lichtet sich der Wald. Aber es ist nicht die vertraute Lichtung. Sie müssen tiefer in den Wald geraten sein.

Auch Ophelia schärft ihre Sinne. Wo sollen sie sich hier verstecken? Sie könnte notfalls auf einen Baum klettern und dort verweilen, bis keine unmittelbare Gefahr durch den Bauern mehr droht – falls diese Zeitspanne ein paar Stunden nicht überschreitet. Die dramatischen Ereignisse beunruhigen ihre ungeborenen Babys und könnten eine Frühgeburt auslösen. Bevor das geschieht, muss unbedingt eine wenigstens einigermaßen sichere Unterkunft gefunden werden.

Die Katze verkrallt sich in der rauen Rinde einer Eiche, klettert bis zur ersten Astgabel und späht umher. Plötzlich springt sie zu Boden, streicht dem Jungen aufgeregt maunzend um die Beine und eilt ihm voraus.

»Wo willst du hin?«, fragt er und folgt ihr, als sie nichts darauf erwidert.

Kurz vor der Lichtung sieht Sascha den Hochsitz ebenfalls. Sein verwittertes Holz hebt sich farblich kaum von der Tanne ab, neben der er aufragt. Ophelia erklimmt sie und wechselt in halber Höhe auf eine Sprosse der Leiter über. Die knarrt verdächtig, schon bei ihrem Gewicht. Innerlich hin- und hergerissen, blickt die Katze zu dem Häuschen über sich, welches bis auf ein blindes Fensterchen sowie eine schmale Tür ringsum geschlossenen ist. Das wäre nicht das schlechteste Versteck. Es böte Sicherheit vor Regen, Raubvögeln, Füchsen und wohl auch vor dem Bauern. Denn ob die morschen Sprossen sein Gewicht tragen könnten, ist fraglich – Saschas vielleicht gerade noch.

Ophelia wägt ab. Nein, es ist zu riskant. Sie müssen sich eine andere Bleibe suchen. Doch bereits im Begriff hinunterzuklettern, bemerkt sie, dass ihm keine Wahl mehr bleibt.

Der Bauer erreicht eben die Lichtung und entdeckt ihn.

So geschwind klettert der Junge die Leiter hinauf, dass die Sprossen wohl keine Zeit zum Brechen haben. Beim ersten Knacken ist er schon auf der nächstoberen. Der Bauer streckt beide Hände nach Sascha aus, streift mit den Fingerspitzen dessen Schuhsohle und steigt fluchend hinterher. Da bricht unter seinen Füßen eine Sprosse.

Erfasst von Triumphgefühl, verharrt Sascha kurz vor dem Ziel, blickt hinab zu seinem gescheiterten Verfolger und lacht.

»Weiter, weiter, nicht stehenbleiben!«, warnt Ophelia von ganz oben, doch der Junge reagiert zu spät. Gerade noch kann er die Sprosse unterhalb des Eingangs umklammern. Eine gefühlte Ewigkeit lang baumelt er etwa fünf Meter über dem Erdboden. Dann erlahmen seine Finger, und er stürzt direkt auf seinen Verfolger.

Nach der ersten Schrecksekunde rappelt sich Sascha auf, spürt aber einen Griff um seinen Knöchel. Auf dem Rücken liegend, hält der Bauer ihn umschlungen. »Ich hab dich, Bürschchen!«, brüllt er, wird jedoch sogleich überstimmt von Gebell, Geknurr sowie Katzengeschrei und heult vor Schmerz laut auf.

Sascha – wieder frei – sucht Zuflucht hinter der Tanne und kauert sich an ihren Stamm. Die Wange an die Rinde gepresst, verfolgt er mit großen Augen, wie Hündin, Mann, Mausi und Filou den Bauern überwältigen.

Dann begegnet Saschas Blick Mias. Die Haare vom Wind zerzaust und das Gesicht gerötet, stürzt die junge Frau auf die Lichtung und schließt das Kind in ihre Arme.

Schluchzend vor Erleichterung verharren beide, bis ein sehr schwaches und klägliches Maunzen sie aufhorchen lässt.

»Wo ist die Glückskatze?«, fragt Sascha mit Blick zum Hochsitzhaus, wo er sie zuletzt sah. Nun scheint sie verschwunden zu sein.

Ahnungslos begegnen Mias und Bernds Blicke einander. Der junge Mann hat den Bauern mit dessen eigenem Gürtel gefesselt, vor sich in die Knie gezwungen und bereits mittels Handy die Polizei verständigt.

Bella, Mausi und Filou haben den Überwältigten bislang knurrend in Schach gehalten. Jetzt stellen sie die Ohren auf und lauschen zum Hochsitz hinauf.

»Hör nur, Mia!«, meint Sascha aufgeregt. »Die Glückskatze muss inzwischen ihre Babys gekriegt haben!«

Tatsächlich erscheint Ophelia mit einem dreifarbigen Jungtier in der Tür, packt es behutsam am Nackenfell und klettert mit ihm hinunter.

Ehe Mia oder Bernd ihr Erstaunen darüber äußern können, ist sie längst wieder oben und holt ein Graugetigertes. Unterdessen kümmert sich Bella um das erste und leckt es hingebungsvoll ab.

»Sascha, das können unmöglich ihre sein«, ergreift Mia endlich das Wort und blickt in die blauen Augen des Katzenkindes.

»Genau«, bestätigt Bernd. »Die sind mindestens zwei bis drei Wochen alt.«

Fragend schauen Mausi und Filou zu Ophelia. Die setzt gerade das zweite Junge unten ab, holt ein schwarzbraunes und übergibt es Bellas Obhut.

»Es werden Inis sein«, vermutet die Glückskatze, unterwegs zum nächsten Tigerchen, das bereits neugierig zur Tür hinausschaut. »Sie ist also doch entkommen. Aber aus irgendeinem Grund, den wir wohl nie erfahren werden, konnte sie sich nicht mehr um ihre Kinder kümmern.«

Nachdem die Polizei eingetroffen war und Sascha von seinen Beobachtungen auf dem Hof berichtet hatte, wurde der Bauer von zwei Polizisten abgeführt.

Inzwischen haben sich die anderen um den Hochsitz versammelt und bestaunen die ungewöhnliche Familie. Die Augen glänzend vor Zufriedenheit säugt Bella vier offenbar ziemlich ausgehungerte Kätzchen.

32. Kapitel

Neues Leben

»Oh, schon so spät! Die Welpengruppe!« Erschrocken schaut Steffi auf ihre Armbanduhr und ruft nach Alfonso, der bereits um ein gehöriges Stück gewachsen ist. Im selben Atemzug verabschiedet sie sich winkend von Mia und Bernd und zerrt ihre Neueroberung Jonas am Arm mit sich, ehe der überhaupt begreift, was los ist.

»Mal sehen, wie lange er's mit ihr aushält«, spöttelt Bernd und kassiert dafür von Mia einen liebevollen Puff in die Seite.

»Da, schau!«, weist sie ihn auf Mausi hin. Die läuft eben auf die Weide, direkt zu einer der grasenden Kühe.

»Womöglich hält sie sich jetzt für eine Schwarzbunte«, lacht Bernd, der Mausis Geschichte inzwischen längst kennt.

Bella blickt erstaunt zu ihm auf, kriecht unter dem Weidezaun hindurch und fragt die Katze: »Hast du das gehört?«

»Weißt du«, sagt Mausi, »wenn ich auf jeden Blödsinn hören würde, den Menschen von sich geben … Bin schließlich kein Hund.« Damit wendet sie sich wieder Sieben zu: »Du hattest recht, bist wirklich rausgekommen aus dem Stall und alle anderen auch.«

Sieben muht zustimmend.

Dreizehn, die in der Nähe grast und es mitbekommen hat, fügt ergänzend hinzu: »Dafür sitzt der Bauer jetzt in Untersuchungshaft. Das hab ich beiläufig erfahren, wegen Bedrohung eines Kindes und Tierquälerei.«

»Apropos Kind …«, meint Bella, verlässt die Weide und kläfft ihre Menschen auffordernd an. »Wir müssen nach Hause gehen. Meine Kinder warten auf mich!«

»Seit sie Mama ist, will sie immer gleich wieder heim«, bemerkt Mia zu Bernd. Der schüttelt den Kopf über seine Hündin. »Früher waren ihr zwei Stunden neben dem Rad noch zu wenig.« Zärtlich nimmt er Mias Hand. »Komm, lass uns den neuen Schweinestall anschauen.«

»Gern«, erwidert sie. »Was für ein Glück, dass der Biobauer den Hof umgehend übernehmen konnte!«

Während sich die beiden wenig später daran erfreuen, wie behaglich sich das Borstenvieh in den von der Sonne erwärmten Pfützen suhlt, begegnet Mausi einigen ihrer Freunde – Filou, Othello, Blessy und Seeli. »Wir gehen essen«, verkündet die Kleine.

»Ja«, bestätigt ihre Mutter begeistert. »Mauiriii hat uns nicht nur alle vor dem bösen Bauern bewahrt, sondern obendrein einen geschickt, der uns zu würdigen weiß und ganz ohne böse Absichten ernährt.«

»Mit vollen Mägen«, fügt Seeli hinzu, »sind alle viel umgänglicher. Chraaan hat keine Chance mehr, jemanden zu Boshaftigkeiten zu verleiten!«

»Sogar Schlitzohr wird verköstigt«, murrt Filou.

»Aber was glaubst du, Mausi«, berichtet Othello schadenfroh, »wie sehr der sich trotz alledem insgeheim darüber ärgert, dass er mit seiner Theorie unrecht hatte.«

Mausi muss einen Moment überlegen, ehe sie begreift, wovon er spricht. Dann fällt es ihr ein. »Klar, jetzt kann er nicht mehr behaupten, alle Menschen wären Ungeziefer!« Maunzend reibt sie sich an ihren Freunden. »Macht's gut. Ich will mal nach meinen Menschen sehen.«

Mausi gesellt sich zu ihnen und begleitet sie ein Stück auf ihrem Spaziergang, eilt aber bald nach Hause. Bella rennt ihr nach und gehorcht nur widerwillig, als Bernd sie zurückpfeift. Auch dann gibt sie keine Ruhe, sondern winselt unablässig.

»Ignorieren«, beschwört die Tierpsychologin ihren Freund, »einfach ignorieren und erst weitergehen, sobald sie mindestens vier Sekunden lang still ist.«

Einer unbestimmten Ahnung folgend, unterschlägt Mia jedoch die vierte, geht schon nach der dritten Sekunde los und wird mit jedem Schritt schneller.

»Warum hast du's denn plötzlich so eilig?«, wundert sich Bernd.

Tatsächlich scheint etwas geschehen zu sein, denn auf der Streuobstwiese rennt ihnen Sascha entgegen und winkt mit beiden Armen.

Besorgt sehen Mia und Bernd sich an. Er wollte doch unbedingt bei den Kätzchen bleiben.

»Kommt schnell! Die Babys haben endlich die Augen aufgemacht!«, verkündet der Junge.

Als die Heimkehrenden eintreten, nuckeln gerade zwei Tigerchen an Ophelias Zitzen – eines rot, das andere grau. Bei ihren drei Schwestern ist offenbar die Neugier größer als der Hunger. Sie klettern am Rand des Körbchens hoch und blicken staunend aus ihren blauen Augen zu den Menschen auf. Und wie Cassandra, die von ihrem Autounfall genesen ist und jetzt in der Nachbarschaft wohnt, es prophezeite, sind diese drei Glückskätzchen.

»Bald wirst du alle Pfoten voll zu tun haben, weil sie ihre Welt erkunden. Wenn du mal was vorhast, pass ich gern auf sie auf!«, blinzelt Mausi Ophelia an und die wiederum ihre neuen Freunde.

Bella wird von ihren Adoptivkindern bereits sehnsüchtig erwartet, steigt in den Korb und streckt ihnen ihr prallvolles Gesäuge entgegen.

»Na dann«, meint Bernd zu Mia und Sascha, »lasst uns ein Beispiel an ihnen nehmen.«

Wenig später sitzt der Junge zwischen Mia und Bernd am gedeckten Tisch auf Mias Terrasse und kann sich, genau wie sie, nicht sattsehen am tierischen Glück.

Doch auch ihr eigenes Glück kann Mia kaum fassen.

In Bernd hat sie einen liebevollen Partner gefunden, der sie förmlich auf Händen trägt und mit dem sie sich ein gemeinsames Leben vorstellen kann.

Mit der Verwaltung des Kinderheimes hat sie eine Vereinbarung treffen können, nach der Sascha vorerst an den Wochenenden tagsüber ganz offiziell bei ihr sein darf. Sie will sich darüber klar werden, ob sie sich als seine Pflegemutter eignet, bevor sie dem Jungen Hoffnungen auf ein Zuhause bei ihr macht.

Und wer weiß? Wenn die Liebe zwischen ihr und Bernd Bestand hat, vielleicht könnten sie ihn sogar eines Tages adoptieren und ihm liebevolle Eltern sein.

Und nicht zuletzt ist sie zufrieden über die Richtung, die Monas, Amigos und Leons Leben genommen hat. Mona geht regelmäßig zu Therapiesitzungen, und es zeichnet sich bereits ab, dass sie Amigo loslassen kann und Leon ihr wichtiger ist als ihr gefiederter Freund …

Als Mausi sie freundschaftlich stupst, richtet Mia ihre Aufmerksamkeit wieder auf Ophelias Babys.

»Ich kann es immer noch kaum glauben. Eigentlich ist das ja unmöglich«, meint sie kopfschüttelnd. »Drei Glückskätzchen auf einmal.«

Mausi springt ihr auf den Schoß. »Mau, was heißt hier drei? Schließlich bringen alle Katzen Glück!«

Gute Unterhaltung
hat viele Seiten

Sie lieben Krimis und Thriller,
große Liebesgeschichten,
schwungvolle Komödien
und historische Romane?

dotbooks hat für jede Lesestimmung
das richtige eBook für Sie:
auf www.dotbooks.de und
überall, wo es gute eBooks gibt.

Einen ausgewählten Teil
unseres Programms gibt es auch
als Print-on-Demand-Ausgabe.
Mehr Informationen finden Sie hier:

www.dotbooks.de/print

Lightning Source UK Ltd.
Milton Keynes UK
UKHW010632260820
368857UK00001B/333

9 783961 485222